ROBBIE COUCH

Se o Amanhã Não Chegar

São Paulo
2024

If I see you again tomorrow
Copyright © 2023 by Robbie Couch

© 2024 by Universo dos Livros

Todos os direitos reservados e protegidos pela Lei 9.610 de 19/02/1998.
Nenhuma parte deste livro, sem autorização prévia por escrito da editora,
poderá ser reproduzida ou transmitida, sejam quais forem os meios empregados:
eletrônicos, mecânicos, fotográficos, gravação ou quaisquer outros.

Diretor editorial
Luis Matos

Gerente editorial
Marcia Batista

Produção editorial
Letícia Nakamura
Raquel F. Abranches

Tradução
Carlos César da Silva

Preparação
Monique D'Orazio

Revisão
Ricardo Franzin
Rafael Bisoffi

Arte
Renato Klisman

Ilustração da capa
Bilohh

Diagramação
Nadine Christinne

Dados Internacionais de Catalogação na Publicação (CIP)
Angélica Ilacqua CRB-8/7057

C893s	Couch, Robbie
	Se o amanhã não chegar / Robbie Couch ; tradução de Carlos César da Silva. -- São Paulo : Hoo, 2024.
	336 p : il., color.
	ISBN 978-85-93911-54-5
	Título original: *If I see you again tomorrow*
	1. Ficção norte-americana 2. Homossexualidade I. Título II. Silva, Carlos César da
24-4102	CDD 813

Universo dos Livros Editora Ltda. — selo Hoo
Avenida Ordem e Progresso, 157 — 8º andar — Conj. 803
CEP 01141-030 — Barra Funda — São Paulo/SP
Telefone: (11) 3392-3336
www.universodoslivros.com.br
e-mail: editor@universodoslivros.com.br

Para os solitários

CAPÍTULO UM

ESTOU PRESTES A CONTAR À MINHA PSICÓLOGA ALGO QUE NUNCA contei a ninguém. Não deveria estar nervoso, porque é só a sra. Hazel (a essa altura, ela já ouviu de tudo), e, de qualquer forma, nada mais importa. Ainda assim, vai ser estranho admitir isso em voz alta pela primeira vez.

— Posso contar uma coisa? — pergunto.

A sra. Hazel para de abrir uma bala e me dá sua total atenção. Limpo a garganta.

— Acho que... que estou solitário.

Colocando o doce na boca, ela sorri.

— Que maravilha te ouvir dizendo isso.

Franzo o cenho, confuso.

— Não sei se acho isso algo maravilhoso.

— Não é maravilhoso que você esteja solitário — esclarece ela, quebrando a bala com uma mordida. — A maravilha é você ter *me contado*.

Gosto da sra. Hazel. Eu sabia desde o primeiro dia que isso ia acontecer. Por mais estranho que pareça, meu primeiro indicativo foi o consultório dela. Sabe aquilo que dizem sobre as pessoas parecerem seus cachorros? Acho que psicólogos se parecem com seus consultórios, e esse tipo de sala revela muita coisa.

O dr. Oregon, por exemplo: ele tinha rugas fundas cravadas no rosto, assim como o piso de madeira rachado no qual ele insistia que eu me sentasse de pernas cruzadas e descalço. Larguei mão depois da primeira consulta; não porque eu não queria que meu terapeuta tivesse rugas, mas porque gosto de poder me sentar numa cadeira. O sr. Ramplewood estava sempre com os olhos vermelhos e só vestia roupas cinza, o que combinava perfeitamente com sua clínica sombria, que mais parecia um porão, cheia de infiltrações. Se um dia ele desistir de ser psicólogo — e ele deveria mesmo —, minha sugestão seria que ele seguisse seu verdadeiro chamado e assumisse um cargo de guia turístico de casas mal-assombradas.

A sra. Hazel, por outro lado, tem uma energia de arquivista de museus misturada com colecionadora amadora de tralhas. Seja qual for o motivo, gosto disso nela. Estamos sentados em poltronas de couro marrom idênticas, separadas por uma mesinha de centro coberta com revistas de psicologia arcaicas, pratos de doces para alimentar o suposto vício em açúcar, com o qual ela se autodiagnosticou, e marcas circulares que denunciam décadas de um hábito de apoiar ali copos de bebida sem proteção. Mal dá para enxergar o desenho no papel de parede floral velho, visível entre as fileiras e mais fileiras de prateleiras repletas de livros antigos e cacarecos quebrados. Além disso, há tantas fotos tortas espalhadas que daria para encher um consultório dez vezes maior que este. Pode até ser o pesadelo de um minimalista, mas, desde a nossa primeira sessão, percebi que, por alguma razão estranha, a poluição visual da sala ajuda a silenciar minha mente.

A sra. Hazel, quase engolida pelo suéter de crochê e a echarpe amarela que está usando, apesar do calor do fim do verão, é uma extensão do consultório para o qual ela passou anos fazendo uma curadoria minuciosa. Tem uma coroa grisalha imóvel sobre sua cabeça e brincos brilhantes no formato de casquinhas de sorvete balançando nas laterais de seus óculos. Eles são tão gigantescos que parecem ter sido feitos para uma bola de praia com olhos, não para uma senhorinha corcunda de sessenta e tantos anos (se bem que, preciso confessar, eles lhe caem bem).

Como previsto, ao contrário do que aconteceu com o dr. Oregon e o sr. Ramplewood, eu gostei das sessões com a sra. Hazel. Não necessariamente porque ela é uma profissional melhor — embora eu ache que sim — ou porque o consultório dela seja mais confortável que os dos outros dois — embora eu saiba que é. Gosto da sra. Hazel porque ela joga verdades na minha cara, como tenho certeza de que ela vai fazer agora. Por isso, pergunto:

— Por que a senhora suspeitava de que eu estava solitário? O que me denunciou?

Sem titubear nem por um segundo sequer, ela responde num suspiro:

— Tudo.

Arregalo os olhos com a sinceridade bruta, mas ela não parece se importar — fica de pé e começa a se ocupar com a sala mais uma vez.

Durante nossas primeiras sessões, eu me estressava um pouco por estar com uma psicóloga que, pelo visto, não conseguia se concentrar em mim por mais de trinta segundos antes de ir arrumar alguma coisa para fazer. Porém, com o passar do tempo, acabei me afeiçoando a essa excentricidade e me dei conta de que a sra. Hazel pode muito bem estar mexendo numa lâmpada ou abrindo matriscas, mas mesmo assim vai absorver cada palavra que eu disser. Ela não tem o menor interesse em pagar de Boa Psicóloga só para me fazer feliz. E, parando para pensar, eu meio que deteste a maneira como os outros dois faziam questão de fitar bem fundo nos meus olhos enquanto apenas fingiam se importar com as palavras que saíam da minha boca. Nos consultórios de ambos, eu me sentia exposto como numa vitrine, mas com a sra. Hazel eu me sinto parte da sala. Adoro isso.

Ela para à mesa e começa a revirar uma papelada antes de encontrar as anotações das minhas consultas.

— Ah, achei — anuncia ela. — Clark, a princípio eu suspeitei que você estivesse solitário porque mencionou que estava se sentindo mal desde que Sadie se mudou para o outro lado do país, e que fazer novas amizades tem sido difícil para um introvertido como você, o que é totalmente compreensível. Não ajuda que Sadie pareça estar, como você mesmo disse uma vez, *se divertindo horrores* sem você no

Texas — conclui ela, ressaltando o "se divertindo horrores" como se fosse uma especificação clínica importante.

A sra. Hazel continua:

— E aí tem o fato de que sua mãe e seu pai estão se divorciando, o que, como discutimos antes, pode trazer uma sensação de abandono. E, como observei semana passada, parece que você tem se restringido a uma zona de conforto minúscula que parece diminuir cada vez mais, o que ironicamente leva a ainda mais desconforto, como a solidão. — Ela levanta a cabeça para me olhar com um sorriso triste. — Tudo isso para dizer que parece mesmo haver solidão dentro dessa sua cabecinha, Clark.

Ela está completamente certa, mas a sra. Hazel não sabe nem a metade da história.

No caso, *a metade* é a maior fonte da minha solidão.

Só que não vale a pena tocar nesse assunto com ela agora. Vai por mim, eu já tentei. Três vezes. A primeira resultou numa ligação preocupada para a minha mãe, a segunda provocou uma gargalhada surpreendente — logo em seguida, ela se engasgou com uma bala — e a terceira acabou com a sra. Hazel gentilmente sugerindo que eu assistisse a menos filmes de ficção científica. Como hoje eu estou em busca de resoluções, vou deixar uma quarta tentativa para depois.

— Como eu combato a solidão? — pergunto. A resposta dela não vai aliviar meu sufoco, mas, conhecendo a sra. Hazel, ao menos vai ser interessante.

— *AÍ É QUE TÁ!* — grita ela, apontando o dedo para mim do outro lado do consultório.

Eu pulo de susto.

A sra. Hazel *nunca* grita.

Que estranho.

— Essa é uma ótima pergunta — ela se entusiasma. — *Amei* essa pergunta, Clark, porque ela mostra que você entende que a solidão, de certo modo, pode ser uma sensação passageira, fluida, não um estado crônico e imutável. Muitas pessoas não têm essa convicção.

Por mais que a sra. Hazel ache que eu tenha, não estou lá tão convencido assim tampouco (mas fico quieto).

— Clark, sei o que quero propor como sua lição de casa desta semana — diz ela, voltando à poltrona com uma caneta e um bloquinho de anotações, escrevendo, toda animada, enquanto se senta. — É um desafio dividido em quatro partes que já me trouxe resultados ótimos quando os pacientes se comprometeram de verdade.

Inclino a cabeça, pensando se não ouvi errado.

— Você disse que é um desafio dividido em quatro partes?

— Exatamente.

Isso… também é estranho. A lição de casa que a sra. Hazel me passa é sempre bastante direta.

— É assim que você vai derrotar a solidão, Clark (ou, no mínimo, começar a fazer progresso nesse sentido): número um, tentar fazer uma nova amizade em vez de só ficar esperando a formatura do Ensino Médio chegar, e…

— Peraí — interrompo.

Ela para. Meu coração palpita.

— A senhora disse para eu "tentar fazer uma nova amizade"?

Ela faz que sim.

— Tem certeza? — pergunto para confirmar. — *Essa* é a minha lição de casa?

Ela balança a cabeça de novo, mas mais devagar desta vez.

Não pode ser. Não era para ela ter dito isso. Essa não é a minha lição de casa. Independentemente do tópico das nossas conversas, isso nunca era para ser minha lição de casa hoje. Ela me olha com expectativa, esperando que eu explique minha confusão.

— Falei alguma coisa que o incomodou, Clark?

— Não, é só que… — Perco o fio da meada. — Deixa pra lá. Desculpa. Tá bem, então, *tentar fazer uma nova amizade*. E a segunda parte, qual é?

Ela limpa a garganta e confere as anotações de novo.

— A segunda parte é...

Diário de gratidão. É claro que ela vai me pedir para escrever sobre coisas pelas quais sou grato, como faz sempre.

— *...ajudar alguém que esteja precisando* — diz ela. — Estudos apontam que ajudar outras pessoas pode não só ser incrivelmente gratificante, como também nos conecta a elas de maneiras significativas.

O que é que tá rolando aqui?

A sra. Hazel nunca saiu tanto do roteiro assim.

Eu, *sim*, sempre saio do roteiro. Mudo o rumo da conversa em praticamente cada sessão da nossa terapia, fazendo perguntas cabeludas e dando uma de advogado do diabo. Só que meus desvios nunca forçaram a sra. Hazel a mudar a lição de casa que vai me atribuir.

Então, eu repito: *o que é que tá rolando aqui?*

Fico de pé, dou a volta na mesinha de centro e me abaixo do lado dela. Fico chocado ao ler nas anotações:

4 dicas p/ o Clark combater a solidão:
Tentar fazer uma nova amizade.
Ajudar alguém que esteja precisando.
Ser vulnerável para que as outras pessoas também sejam.
Fazer aquilo que mais lhe dá medo.

— Isso é sério? — pergunto, me afastando.

— Clark. — A sra. Hazel dá uma risada. — Pra quê esse espanto todo? Você está achando lição de casa demais para uma semana só, é isso? — Ela balança a cabeça, atenciosa. — Só para esclarecer: não precisa seguir todas as quatro dicas esta semana. Por que a gente não começa com uma só?

— Mas e o diário de gratidão? — pergunto, sentindo o suor se acumulando na minha testa.

Ela arregala os olhos, que ficam maiores e mais distorcidos por trás das lentes dos óculos. A sra. Hazel volta uma página no seu bloquinho, mostrando o que está escrito do outro lado. Como eu suspeitava, diz:

Lição de casa do Clark: ter um diário de gratidão.

— Como é que você sabia que eu ia pedir para você fazer um diário de gratidão? — pergunta ela, embasbacada. — Era o que eu ia propor como lição de casa, até você mencionar a solidão.

Até você mencionar a solidão.

Já falei coisas bem mais fora da casinha para a sra. Hazel neste consultório. Por que dizer que tenho me sentido solitário fez alguma diferença?

Fico em silêncio, ponderando minhas opções.

Será que devo me aproveitar da mudança de rumo sem precedentes e buscar uma resposta, o que provavelmente só ia confundir a sra. Hazel? Ou é melhor eu deixar para lá e ir no embalo dela?

Antes que eu tome uma decisão, ela chega mais perto e escolhe por mim:

— Você entrou na minha sala antes da nossa sessão e bisbilhotou minhas anotações, não foi? — questiona ela com um sorrisinho. — Foi assim que você descobriu minha ideia do diário de gratidão? Não vou ficar brava, Clark.

Volto à minha poltrona, perplexo.

— A senhora me pegou.

A sra. Hazel sorri, toda orgulhosa por ter descoberto.

Só que ela não entende. Como poderia entender?

— Vamos falar da terceira e da quarta dica para combater a solidão — continua ela. — Vulnerabilidade. É uma coisa contagiosa, como discutimos no mês passado. Abrir-se com as pessoas geralmente serve como catalisador para que elas se sintam confortáveis para se abrir com você também. É assim que construímos laços significativos na vida. E aí tem a dica número quatro: *Fazer aquilo que mais lhe dá medo.*

A sra. Hazel faz uma pausa dramática antes de continuar.

— Todos nós temos uma coisa que nos assusta, não temos? Algo amedrontador que sabemos que deveríamos fazer, ou dizer, ou tentar, porque é o certo a se fazer, ou dizer, ou tentar. Pode não ser intuitivo, mas vejo que, na maioria das vezes, é justamente fazer coisas assustadoras que traz as maiores recompensas, em termos de estabelecer relacionamentos com as pessoas que amamos, além de um relacionamento com nós mesmos. E… — Ela para, desta vez percebendo que estou distraído. — Clark?

Estou com muita dificuldade de me concentrar porque, por algum motivo inexplicável, uma das leis inquebráveis no manual que fui obrigado a seguir acabou de ser burlada, e eu não faço ideia de como ou por que isso pode ter acontecido.

A questão é a seguinte, caso ainda não tenha ficado claro: estou preso num *loop*. Sei que soa tosco, mas não sei de qual outra forma me referir ao que estou passando. Um *loop* temporal? Um *loop* causal? A internet atribui diferentes nomes (e nenhum deles reflete de verdade o quanto essa coisa é horrível). Basicamente, o mesmo dia está se repetindo. Sem parar. Provavelmente, vai seguir assim até o fim dos tempos, porque nada que eu faça parece surtir efeito.

Até onde sei, só eu percebi que isso está acontecendo — ou sou a única pessoa a quem isso está acontecendo. Todo mundo acorda e segue com suas vidinhas como se já não tivessem vivido o mesmo dia várias vezes. E no meu mundo? Ontem foi hoje, assim como hoje é hoje, e — olha só! — amanhã também vai ser hoje. Três semanas antes de ontem? 19 de setembro. Quatro meses atrás? 19 de setembro.

E lá vamos nós de novo *e de novo* e de novo.

Como eu disse, já contei sobre o *loop* temporal para a sra. Hazel três vezes, e não deu em nada. Mesmo se eu encontrasse uma pessoa que acreditasse em mim, ela provavelmente se esqueceria no próximo hoje. Esse é o principal motivo por eu estar solitário. É *por isso* que estou deprimido. E *é por isso* que minha vida — se é que dá pra chamar de vida — basicamente já não faz mais sentido. Claro, a nova lição de casa da sra. Hazel é meio desconcertante (para dizer o mínimo).

Só que, por mais que eu queira acreditar que uma regra transgredida no meu *loop* temporal possa ser uma pista para eu escapar dele, já quebrei muito a cara neste hoje para me decepcionar de novo.

Ainda assim, dou um pouco de crédito à sra. Hazel. Ela pode estar certa no sentido de que o divórcio dos meus pais e a mudança de Sadie para Austin não têm me ajudado muito quando se trata da minha solidão, mas a vida continua depois de sua mãe e seu pai se separarem e de sua melhor amiga ir morar a três estados de distância.

Isso só não acontece quando você está preso num *loop* temporal pelo resto da eternidade.

CAPÍTULO DOIS

Jogo minha mochila sobre os ombros, me despeço da Sra. Hazel e abro as portas de vidro do prédio do consultório dela.

Se você é do tipo de pessoa que gosta das estações do ano tanto quanto eu, é bom rezar para a divindade em que acredita, seja ela qual for, para nunca ficar preso num *loop* temporal. Porque, vou te contar, como uma pessoa que ama bonecos de neve e o som que folhas secas fazem quando você pisa nelas, sair do ar-condicionado da minha terapia e ter que encarar um calor de 37 graus na minha caminhada de volta para casa *todo santo hoje* é a pior coisa do mundo. Como sempre, uma quadra depois eu já estou ensopado de suor.

Você começa a reparar nas coisas mais mundanas possíveis quando revive o mesmo dia repetidas vezes — coisas que passariam completamente despercebidas em situações normais. Por exemplo, a briga de esquilos que irrompe na esquina da Eighth com a North; o yorkshirezinho que solta três latidos estridentes para mim por trás da janela da casa do seu humano, para e depois late uma quarta vez; o galho da árvore velha, que range com a brisa quando passo por baixo dele.

Olha, eu também vejo graça em cãezinhos fofos e árvores balançando, mas depois de passar exatamente pelas mesmas situações mais de trezentas vezes, como tem acontecido comigo? Essas coisas passam a ser triviais. Em pleno dia 309 — o *hoje* em que estou agora —, a briga de esquilos, os quatro latidos do cachorrinho e os barulhos da árvore perderam o charme. A previsibilidade atenta contra a minha sanidade, e eu odeio cada um dos momentos inevitáveis que me lembram de que o amanhã nunca vai chegar.

Eu podia muito bem fazer um caminho diferente de vez em quando, sei disso. Provavelmente ajudaria a conter a previsibilidade irritante de cada hoje. Pegar a esquerda na North para evitar a briga dos esquilos só acrescentaria um minuto ao meu itinerário (e que mal faria perder um minuto no meu mundo, não é mesmo?), e cortar pelo parque para desviar do yorkshire assustador certamente compensaria as manchas verdes temporárias que a grama deixaria nos meus sapatos.

Só que, mesmo sem saber metade da história, a sra. Hazel não errou ao suspeitar de que minha zona de conforto diminuiu ainda mais — e piorou *muito* desde que fiquei preso na data de 19 de setembro. Por mais que eu odeie a inevitabilidade de cada hoje, a ideia de mudar de percurso me amedronta bem mais.

Entendo que isso talvez possa não fazer muito sentido para alguém que não está preso num *loop* temporal. Afinal de contas, estou enrolado em plástico-bolha num mundo sem riscos e sem consequências duradouras — o que há para temer? Queria que fosse assim mesmo, mas é difícil esquecer as coisas ruins pelas quais tive que passar quando saí da rotina em dias anteriores. Por exemplo, o acidente na estrada a que assisti em tempo real quando fiz uma viagem de carro espontânea a Wisconsin. Ou os cachorrinhos amedrontados no abrigo animal de Rosedore, aonde decidi ir de repente um dia. Teve também o idoso, sentado sozinho num banco do parque da cidade, com lágrimas silenciosas escorrendo pelo rosto. Odeio saber que ele está lá, em cada hoje que eu vivo, revivendo qualquer que seja a dor que o fez chorar — assim como os cachorros presos estarão sempre presos, e aqueles dois carros sempre vão colidir. Algumas pessoas podem ansiar pela aventura que espera por elas fora da rota conhecida, mas eu só vejo nisso mais oportunidade de a tristeza de hoje ficar cravada de vez na minha memória.

Então, é exatamente o mesmo caminho de sempre que me leva à porta do apartamento novo, mas bem antigo, da minha mãe. Como sempre, a casa está com cheiro de pizza e cigarro velho (graças aos inquilinos anteriores). Um episódio de *Judge Judy* está passando na televisão, com a juíza gritando com um homem por não ter pagado um tíquete de estacionamento. Todas as nossas paredes beges continuam vazias, expondo a pintura desigual. Caixas de papelão apenas parcialmente vazias estão espalhadas pelo carpete verde-menta, que minha mãe acredita ser mais velho que ela, abrigando tralhas aleatórias que ainda não decidimos onde guardar. Há as roupas de ginástica antigas da minha irmã mais nova, Blair, por exemplo, que espalham glitter dourado por toda parte, e um saco plástico gigante com clipes de papel dos quais minha mãe se recusa a abrir mão, ainda que eles nunca sejam usados para nada.

Meu laptop também está em uma dessas caixas, basicamente inutilizável pela tela rachada depois de ter sido guardado por engano numa caixa sem o rótulo de FRÁGIL. Sabe o que é pior do que quebrar seu laptop? Quebrar seu laptop logo antes de ficar preso num *loop* temporal e ser forçado a usar o computador jurássico da sua mãe pelo resto da eternidade. É, eu podia levar para consertar, e foi o que eu fiz nos primeiros dias, mas não é uma tarefa rápida, e logo você se estressa quando sabe que vai precisar fazer tudo mais uma vez no dia seguinte.

Deixamos meu pai e nossa casa de verdade para trás há algumas semanas, quando viemos para este apartamento com um aluguel mensal legalmente ambíguo. Acho que fazia mais sentido a gente ter ficado na casa com o meu pai, levando em conta que era a minha mãe quem queria se divorciar; mas, como ele trabalha sessenta horas por semana, ficou difícil morarmos com ele e termos que nos cuidar por conta própria. Então, aqui estamos nós.

No dia em que fizemos as malas, minha mãe prometeu que encontraria um lugar maior, mais ajeitado e permanente para nós três até o fim do ano, dizendo que montaríamos a árvore de Natal numa casa com mais de um banheiro e quintal. Blair foi generosa ao chamar o cronograma dela de otimista. Eu o chamei de ingênuo.

— Clark? — Ouço a voz da minha mãe vindo da cozinha.

— Oiê.

Jogo minha mochila no sofá antes de procurar o controle remoto e abaixar pela metade o volume da voz da juíza.

— Chegou bem na hora — declara ela. — Hoje vamos de...

— Pizza.

— O quê?!

— Nada, não.

— Pediu de quê, mãe? — grita Blair do quarto dela, no fim do corredor. — Se for abacaxi de novo, eu vou vomit...

— Champignon e presunto pra mim e pepperoni e calabresa pra você — respondo, tirando os sapatos. — A mamãe vai roubar fatias de cada um de nós dois, mas tirar boa parte do recheio porque hoje de manhã ela decidiu que vai tentar evitar carne vermelha.

Minha mãe se inclina para o lado para me olhar pela porta da cozinha, deixando seu cabelo preto longo cair em direção ao piso cor-de-rosa.

— Quando foi que eu disse que vou parar de comer carne vermelha?

Dou de ombros.

Ela me olha com suspeita antes de endireitar a postura, sem saber o que tirar das minhas aparentes habilidades de clarividência.

— Vê se lava as mãos antes de comer, viu?

Ando em ziguezague entre as caixas de livros e álbuns de fotos antigos antes de virar à direita no único corredorzinho do apartamento, depois à esquerda em direção a um banheiro ainda menor. Fecho a porta ao passar e encaro o espelho acima da pia, me preparando para as mesmas *Perguntas da minha mãe* com que tive de lidar centenas de vezes antes. ("Como foi a aula hoje?" é uma pergunta infinitamente mais irritante quando se está preso num *loop* temporal.) Respiro fundo, demoradamente, e observo meu peito se expandindo no reflexo.

Sabe uma coisa estranha para a qual ninguém te prepara, no caso de você um dia ficar preso num *loop* temporal? O quanto é surreal ver seu corpo parar de mudar.

Durante o verão, passei por um estirão de crescimento, chegando a quase um metro e oitenta e dois de altura (um e oitenta e cinco, se contar os cachos rebeldes da minha cabeça). Porém, como o Eu Permanentemente de Dezessete Anos confirma no espelho, *loops* temporais não permitem que a biologia aja como deveria. Provavelmente, nunca vou ver meu rosto estreito se arredondar ou os pelos ralos do meu queixo virarem uma barba de verdade, como a do meu pai (embora eu já não me barbeie há o que me parece quase um ano). Por outro lado, há algumas feições que eu adoraria ter para sempre, como as covinhas que surgem nas minhas bochechas quando sorrio, ou meus olhos azul-claros — que, de acordo com Sadie, "combinam perfeitamente" com o tom da minha pele.

Ainda assim, eu queria muito saber como estaria o meu Eu de Dezoito Anos.

Não lavo as mãos — sei que é nojento, mas, vai por mim, matar germes do cotidiano é uma prática muito menos relevante num *loop* temporal — e volto para a sala de jantar.

— Como foi a aula hoje? — pergunta minha mãe no exato momento em que eu sabia que ela falaria, enquanto me sento de frente para as duas.

— Bem.

Com certa relutância, coloco um pedaço de pizza no meu prato descartável. (E, sim, fiquei de saco cheio da pizza de champignon e presunto lá pelo Dia 10.)

— E você? — indaga ela, olhando para Blair.

Minha irmã ri e ignora nossa mãe, distraída demais com um vídeo no celular para ter ouvido a pergunta.

— Eu *perguntei* — repete ela — como foi o seu dia, Blair? *Cri-cri-cri.*

— O que é que você tá vendo aí, hein? — questiona minha mãe.

Derek Dopamina.

— Derek Dopamina — responde Blair, soltando outra risadinha.

Minha mãe revira os olhos.

— Achei que tinha proibido você de assistir ao conteúdo dele. Esses vídeos só vão te emburrecer. Desliga essa baboseira.

— Eu nem acho que essa palavra existe, mãe — rebate minha irmã.

— *Desliga agora.*

Blair larga o celular na cadeira vazia ao seu lado.

— Já sabe exatamente quantos convidados vêm para a sua festa de aniversário amanhã? — pergunta minha mãe.

Blair, cujas sardas são quase da mesma cor do molho marinara espalhado na sua boca, leva um momento para engolir antes de responder.

— Quinze.

Uuh, vai ser uma festa das boas.

— Uuh, vai ser uma festa das boas — comemora minha mãe.

A essa altura, o diálogo das duas vai se formando na minha cabeça como se eu estivesse assistindo ao mesmo episódio de série de comédia pela trecentésima nona vez.

Minha mãe entrega papel-toalha para nós dois.

— Sei que vocês não são fãs deste condomínio, mas…

— *Pft*, que baita eufemismo — interrompe Blair com um sorrisinho.

— … *mas* — continua minha mãe — a gente não vai ficar aqui por tanto tempo, então é bom aproveitarem a piscina enquanto o calor ainda está de matar, não acham? — Ela olha para a minha irmã, que dá um sorriso relutante, depois para mim, e eu não esboço reação alguma.

No momento, não estamos muito bem, minha mãe e eu. Era de se pensar que, depois de 309 dias repetidos, meu rancor já teria passado, mas acho que emoções não são tão simples assim. Toda manhã, acordo nesta caixa de sapato que chamamos de apartamento e lembro que só estamos enfurnados aqui porque *ela* queria o divórcio. Foi minha mãe quem largou meu pai.

Brilhando de suor com seu top de alcinha roxo, ela limpa a garganta e segue para o próximo tópico, sabendo tanto quanto eu que meu mau humor não vai passar com apenas uma janta, ainda que ela não saiba que já a vivenciamos centenas de vezes.

— Que doce você decidiu fazer para a festa? — minha mãe me pergunta.

Blair, que detesta bolos — principalmente os associados a festas de aniversário —, se anima.

— É, Clark, o que você vai fazer para mim e os meus amigos?

Paro para pensar. O que é mesmo que eu decidi para o Dia 309?

Geralmente, eu decido o que responder aqui enquanto viajo durante a aula e no caminho de volta da terapia. Hoje, no entanto, a mudança na lição de casa da sra. Hazel me desconcertou tanto que mal parei para pensar no que posso propor no Dia 309.

Inventar algo na cozinha para a festa é a única coisa que me diverte ultimamente, porque assim posso fazer algo diferente todas as noites depois da pizza. É a única coisa que me faz manter um senso de realidade. Bem, isso e calcular obsessivamente o número de dias que se passaram desde que fiquei preso aqui. As contas enganam a minha ansiedade com uma ilusão de controle, embora eu saiba que isso está longe de ser verdade.

Já fiz todo tipo de cookies, brownies, tortas e donuts que você possa imaginar, juro. O que passar pela sua cabeça, pode ter certeza de que eu já misturei, preparei e decorei na vida culinária. Óbvio, provavelmente nunca vou saber se os amigos da Blair gostaram da minha comida de aniversário — o que é uma pena, e eu já tive que fazer as pazes comigo mesmo em relação a isso. Só que, às vezes, quando sonho acordado, imagino que meus amanhãs existem em algum lugar em centenas de universos paralelos, com um bando de pré-adolescentes do Ensino Fundamental amando meus doces em cada um deles (exceto o dia em que falhei epicamente com os meus cookies de aveia e uva-passa; ninguém vai gostar daquela gororoba no 20 de setembro subsequente, onde quer que esse dia exista). E, vai saber, às vezes meus devaneios não estão tão longe assim da realidade, talvez minhas habilidades na cozinha *sejam, sim,* bem-recebidas pela minha irmã e os amigos dela em algum lugar no abismo do infinito, sobretudo com aqueles biscoitos amanteigados de baunilha que fiz bem lá no comecinho de tudo.

Ah, é!

— Biscoitos amanteigados com glacê amarelo — comunico, lembrando do que eu tinha decidido durante a minha terceira aula de hoje.

Blair lambe os beiços.

— Pode fazer mais do que já planeja fazer? O pessoal vai chegar com fome, e não seria a pior coisa do mundo se tivesse uma quantidade extra.

Ela sempre me pede isso. Sempre digo que sim.

— Aham.

Trocamos um olhar rápido e sutil, como todo dia. Não que haja muitas outras, mas esse momento é uma das poucas recorrências especiais do meu hoje.

Mesmo que possa parecer desnecessário, tento ser legal com Blair. Às vezes, ela é chatinha, claro — e a chatice piorou com o divórcio e a mudança —, mas sei que ela está sofrendo com a separação dos nossos pais tanto quanto eu. É só que ela externaliza isso de outra forma. Em vez de guardar ressentimento como eu, o que conforta Blair é ser uma pirralhinha insuportável. Como irmão mais velho, é meu dever engolir sapo (e na maioria dos dias eu consigo). É por isso que conseguir arrancar um sorrisinho genuíno dela é meio que uma vitória para mim.

— Posso ser sua cozinheira assistente? — pergunta minha mãe com relutância. — A gente não tem passado muito tempo juntos. Eu adoraria ajudar.

Assim como Blair sempre pede para eu fazer uma quantidade exorbitante de doces para a festa, minha mãe sempre se oferece para me ajudar a dar conta do trabalhão. Só que, ao contrário do que faço com o pedido da minha irmã, para a minha mãe eu digo não.

— Tá de boa. Valeu.

Ela tenta mascarar sua decepção com um sorriso, mas falha.

E aí vem um silêncio quebrado apenas pela juíza Judy dando seu veredito no cômodo ao lado e pelo barulhinho das bolhas no copo de Coca-Cola de Blair.

Depois de minha mãe fazer as perguntas rotineiras sobre como foi a terapia e eu confirmar que, sim, o gato da sra. Hazel, Oreo, já está melhor, começo a recolher os papéis-toalha e os pratinhos descartáveis sujos para enfiar o último prego no caixão do jantar.

Blair vai para a sala de estar e se aninha no sofá para assistir ao influenciador que ela ama e nossos pais detestam, mas minha mãe continua comigo na cozinha. Ela fica em silêncio como sempre, me olhando pegar a manteiga e o açúcar refinado, desejando desesperadamente que este seja um momento entre mãe e filho.

Sei o que ela vai me perguntar.

Você tá bem, Clark?

No *loop* temporal, nunca houve um jantar que não terminasse com essa pergunta. Minha resposta, é claro, é não. Nem um pouco. Mas de que adiantaria dizer isso à minha mãe? Confessar que estou solitário, que não consigo chegar ao amanhã e que estou me sentindo sufocado numa nova realidade que parece não ter fim? Admitir a verdade só arruinaria a noite para nós dois e não faria diferença alguma no Dia 310.

Ela dá um passo à frente, prestes a fazer a pergunta, então eu a detenho.

— Posso ficar sozinho aqui na cozinha?

Ela fecha a boca.

— Desculpa — emendo. — É só que fica muito apertado, porque preciso de todo o espaço da bancada para fazer a receita.

Ela assente com um sorrisinho relutante e vai embora.

Pré-aqueço o forno, pego os ingredientes faltantes e tento entrar no clima, mas hoje está mais difícil do que de costume.

Quem me dera a lição de casa nova e fora do roteiro que a sra. Hazel me passou pudesse me ajudar na minha situação. *Fazer uma nova amizade. Ajudar alguém. Ser vulnerável. Tentar algo que dá medo.* Todas parecem dicas bastante simples, e aposto que esse dever ajudou os pacientes solitários que tiveram o privilégio de viver numa dimensão do espaço-tempo normal e linear. Só que, se tem uma coisa que 309 dias consecutivos me ensinaram, é: seja qual for esse mundo em que me encontro, ele está bem longe da normalidade.

Por que o desafio em quatro partes da sra. Hazel mudaria alguma coisa no Dia 310?

CAPÍTULO TRÊS

Tenho uma cômoda branca que odeio. Não tenho um bom motivo — é só um móvel de madeira comum, que não merece ser vítima da minha ira. Porém, como ela é a primeira coisa que vejo de manhã quando abro os olhos para desligar o alarme do meu celular, às 7h15, é isso que ela ganha.

A maioria das pessoas não se lembra da primeira coisa que vê quando acorda de manhã. Vai ver é um ventilador de teto. Ou uma parede branca. Talvez, se for do tipo que dorme de bruços como a Sadie, você acorde num amontoado de travesseiros com a cara enfiada em algodão. Por que você se lembraria disso?

Só que, e quando você está preso num *loop* temporal e acorda olhando para a mesma coisa todo dia? Ah, daí sim você se lembra. Não dá *para não* lembrar. A primeira coisa que você vê assombra seus sonhos, confirmando de imediato que o feitiço não foi quebrado e você vai desperdiçar mais um dia. Valeu por ser uma cuzona, cômoda branca.

Rolo na cama, ficando de barriga para cima, desligo o alarme e solto um bocejo involuntário.

Mais um 19 de setembro. Dia 310.

Lá vamos nós outra vez.

Além da hora de fazer os doces depois da janta, as manhãs antes da escola são o momento menos ruim do dia. Minha mãe já saiu cedinho para levar Blair a um projeto voluntário para pintar armários velhos na escola dela. É o período mais longo da minha segunda-feira que tenho para ficar completamente sozinho. É coisa de só meia hora, mas tá valendo. Posso comer o que eu quiser de café da manhã (hoje vamos de cookies de escoteiras), ficar de cueca pela casa (algo que eu nunca faria em circunstâncias normais, sabendo que existe a chance de a minha mãe voltar para o apartamento a qualquer instante) e deixar o som bem alto, tocando qualquer música ou programa que eu queira ouvir enquanto me arrumo (agora é um episódio de podcast sobre avistamento de óvnis).

Aposto que sei o que você está pensando. Por que ir à escola? Por que fazer qualquer coisa que não sinto vontade de fazer, se não há consequência nenhuma me esperando no amanhã de hoje? Com Blair na escola e minha mãe trabalhando no banco, posso dançar só de cueca comendo cookies de chocomenta e evitando responsabilidades para sempre.

Mas é assim que um *loop* temporal funciona:

Nos primeiros dez dias, você fica basicamente num estado constante de horror pelo que está acontecendo, convicto de que está morto, em coma, preso numa simulação que deu errado, aguardando o julgamento final no purgatório ou alguma combinação bizarra dessas quatro coisas. (E vai saber — talvez a resposta seja mesmo uma delas.)

Depois, quando o terror inicia se atenua, claro, você pode até ter uma fase de lua de mel. É aí que você para de ir à escola, come qualquer porcaria que vê pela frente e se sente na liberdade de dizer o que quiser a quem quiser quando quiser, sabendo que nada vai importar no hoje seguinte. Se você for superdestemido (ao contrário de mim), talvez pela primeira vez você crie coragem para puxar assunto com a pessoa por quem você tem um *crush*, ou saia correndo pelado pelo campo no meio do jogo de futebol americano da sua escola, ou dance no fundo de uma reportagem sobre o clima da TV local. (Consigo imaginar Sadie fazendo tudo isso — até se *não estivesse* num *loop* temporal, na verdade.) Talvez você vá direto para o aeroporto, realizar suas viagens dos sonhos mais doidas e caras, já que economizar não faz mais sentido — embora você só fosse ter algumas horas antes de estar de volta na sua cama.

Minha fase lua de mel foi curta — e relativamente tímida em comparação com o que a maior parte das pessoas seria capaz de fazer num mundo sem consequências —, mas, ainda assim, foi libertadora. Fui a confeitarias caras que eu não conseguia achar justificativa para frequentar em condições normais, porque, para mim, um muffin nunca deveria custar oito dólares, e passei outro hoje perambulando pelas áreas proibidas dos jardins botânicos que Sadie e eu visitamos no nono ano, tirando selfies com as plantas mais bizarras que eu podia encontrar. Queria que minha zona de conforto hoje em dia ainda fosse grande como naquela época.

Mas vai por mim: você vai se cansar da sua fase de lua de mel. As vantagens vão minguar e ser substituídas pela realidade devastadora de que... é isso. Esse único dia agora é sua vida inteira. Você vai se cansar de perder aula, e da vontade insaciável de conhecer lugares novos, e de comer besteiras sem fim — eu garanto.

É lá pelo Dia 50 que o pânico bate de vez.

Você vai começar a procurar respostas desesperadamente (tô falando sério, procurar *mesmo*). Seu histórico de pesquisas na internet vai ficar cheio de sites absurdos como AVerdadeRevelada.net. E seus termos pesquisados fariam seus entes queridos se preocupar com a sua sanidade: *como escapar de um loop temporal; loops temporais são cientificamente possíveis?; efeitos colaterais extremos de déjà-vu intenso; estou louco ou o mesmo dia está mesmo se repetindo sem parar?* Não sou especialista em muitas coisas, mas durante essa fase eu virei um especialista em tudo que diz respeito a *loops* temporais.

Aqui vai a fofoca dos bastidores:

Com tantos filmes de ficção científica, tantas pesquisas legítimas de física quântica e um milhão de blogueiros com tempo livre demais, você provavelmente consegue deduzir que existem inúmeras teorias rolando por aí. Talvez você também consiga deduzir que a maioria... não passa de marmotagem descarada. Juro. Tô falando de absurdos tipo lorotas inventadas por um quarentão à toa na vida que mora no porão dos pais.

A parte triste é que mesmo as poucas teorias que parecem ter um certo embasamento científico não me levaram a nada quando as coloquei à prova.

A parte mais triste ainda é que eu recorri ao teste de algumas das teorias tontas também. Como dizem: quando a necessidade bate na porta…

E vou te contar, ela bateu com força, viu.

Em um dos meus dias, uivei para a lua do terraço do prédio no exato momento em que o sol se pôs, porque ouvi uma blogueira norueguesa dizendo que foi a única tática que surtiu efeito para ela. Para mim, só fez um vizinho gritar: "Cala a boca, moleque!". Num outro hoje, não comi nada até exatamente as 11h11, depois engoli um copo de sementes de papoula, porque um homem de Minnesota jurou que isso fez com que ele chegasse ao amanhã. (Vomitei na sala de estar do apartamento da minha mãe.) E, no que deve ter sido minha tentativa mais patética de escape, dirigi até os milharais no centro de Illinois, lá pelo Dia 90, para encontrar um cavalo de fazenda e ficar encarando o animal até que ele piscasse primeiro. Tudo porque um cara que se dizia um "especialista na manipulação do tempo" — que, alerta de spoiler, no fim das contas não era "especialista na manipulação do tempo" coisa nenhuma — respondeu ao meu e-mail me dando esse conselho.

Seria muito bom poder conversar diretamente com alguém que entende pelo que estou passando, outras pessoas que, em algum momento da vida, também se sentiram presas em seus dias — como a blogueira da Noruega e o moço das sementes de papoula.

Só que nenhum dos dois me respondeu, nem os outros cinco que contatei. Dois dos meus supostos companheiros de *loops* temporais não falavam inglês, e minha mensagem se perdeu *horrores* na tradução (descrever meu dilema para alguém já é difícil na mesma língua, então dá para me imaginar — eu, Clark Huckleton, um jovem de dezessete anos monolíngue de Rosedore, Illinois — tentando me explicar para uma vovó de 72 anos de Tóquio?). O homem que respondeu em inglês disse que tinha escrito seu relato sobre a experiência de reviver o mesmo dia quando estava (abre aspas) "completamente chumbregado" (fecha aspas) depois de os Patriots terem perdido o Super Bowl. Depois, ele *stalkeou* meu perfil e, quando encontrou uma foto de três anos atrás da minha mãe de biquíni numa viagem de férias da família a Ohio, me perguntou se ela estava solteira.

Nem uma única tentativa de entrar em contato com alguém que dizia ter estado no mesmo barco que eu me ajudou de fato.

Foi assim que meu desespero com o tempo me levou à apatia. Por volta do Dia 150, decidi desistir quando o último pingo de esperança na minha crise existencial secou. Percebi que as coisas ruins que eu tinha presenciado nos meus dias — a batida de carro, os cachorrinhos maltratados esperando adoção, o senhor triste sozinho no parque —, tudo estava ocupando mais espaço nas minhas memórias do que as coisas divertidas que eu tinha vivido durante a fase de lua de mel. Eu não queria me lembrar delas. Já estava exausto. Então, o que fazer?

Essa é a fase do *loop* temporal em que você vira uma mera carcaça de quem era antes. Para mim, isso significou retornar à rotina dolorosamente monótona — mas previsível e segura — de escola, terapia, pizza e cozinha até às 23h16 todas as noites.

Isso, 23h16 — o minuto mais amaldiçoado da noite.

É exatamente aí que meu dia termina. Não à meia-noite, como se imaginaria, ou às 7h15 do 20 de setembro, o que me proporcionaria 24 horas completas. Nada disso; essas duas opções ao menos fariam um pouco de sentido.

Só que, por algum motivo inexplicável, o *loop* temporal me leva de volta às 7h15, assim que o relógio mostra 23h16. Não faria diferença se eu estivesse completamente desperto em uma montanha-russa ou profundamente adormecido; quando o minuto quinze faz menção de virar dezesseis, às 23h, *bum*! Lá estou eu de novo encarando a mesma cômoda branca. Já faz muito tempo que não vejo um relógio marcando 23h16.

Pois, então, é nesse estágio que estive desde então, e toda a minha existência tem se resumido a uma repetição das mesmas dezesseis horas e um minuto numa segunda-feira quente do meio de setembro, no subúrbio sem graça de Chicago.

Tá com inveja? (Duvido.)

Mastigo um cookie enquanto olho para o telefone e percebo que estou atrasado. Não que faça diferença, mas não estou no clima para me atrasar para a minha primeira aula. Então, visto rapidamente a camisa e a bermuda, ajeito meu cabelo de Albert Einstein em algo que passe a vaga impressão de um estilo aceitável, pego a mochila e saio de casa.

Assim como a rota do consultório da sra. Hazel para casa, minha caminhada de menos de um quilômetro até a escola é cheia de elementos previsíveis: o motorista de ônibus escolar que ama ouvir o som da própria buzina, o pai estressado que derruba o suporte lotado de copos de café enquanto entra no carro, a guarda de trânsito gentil que todo dia se engana ao me cumprimentar com um "Bom dia, Clay" quando passo. Por outro lado, há duas vantagens na minha caminhada matinal que não ocorrem na caminhada da terapia. A primeira: ainda não está fazendo quase quarenta graus como às cinco da tarde; a segunda: converso com a Sadie pelo FaceTime.

— Oi, amigo — diz ela, como todos os dias, e seu rosto redondo ilumina a tela do meu celular. — Bom dia!

Sadie tem o cabelo loiro com mechas azul-esverdeadas, olhos cinza-escuros e um sorriso inabalável. Ela também está indo a pé para a escola, onde vai se divertir com seus novos amigos legais do Clube do Podcast. Apesar de Sadie ter se mudado para o Texas há basicamente cinco segundos, ela já fez mais amigos em Austin do que o introvertidão aqui fez em todo o estado de Illinois durante a vida toda. Para ser sincero, não me surpreenderia se ela fosse coroada a rainha do baile de primavera. (Pena que nunca vou descobrir se isso vai acontecer — ou talvez já tenha até acontecido).

Sinto tanto a falta de Sadie que dá vontade de chorar. Às vezes, como no Dia 306, eu choro mesmo.

— Acha que posso melhorar no quesito fazer amizades? — proponho, indo direto ao ponto.

Sadie ri, franzindo o cenho enquanto olha para os dois lados antes de atravessar um cruzamento.

— Do nada isso?

Especialmente nesta manhã, lembrando-me de todas as tentativas inúteis de encontrar outras pessoas presas num *loop* temporal — e a solidão que bateu depois de cada uma delas —, o desvio de roteiro da sra. Hazel martela minha mente ainda mais. A primeira dica do desafio em quatro partes foi o que mais me deixou intrigado.

— Ontem, a sra. Hazel me chamou de excluído e disse que preciso de mais amigos.

Ela revira os olhos.

— Ela não te chamou de excluído.

— Não exatamente, mas foi o que ela quis dizer.

— Por que você falou com a sra. Hazel ontem? — pergunta ela, botando um canudo na boca e sorvendo seu café com leite gelado. — Sua terapia não é de domingo.

Ah, é, tem essa.

— Foi por e-mail.

Tento não contar muitas mentiras, só para o caso de meu escape de hoje estar condicionado de alguma forma a um comportamento moral. Mas umas mentirinhas aqui e ali não me prejudicariam tanto assim, né?

— Falando em ontem — diz Sadie, animando-se —, como foi lá?

Encaro a tela, sem entender.

— O show, amigo.

— Ah, tá — comento, lembrando. — É mesmo.

Essa mudança da sra. Hazel tá me deixando doido.

— Mandei mensagem para o Truman hoje de manhã. Pelo visto, você se divertiu bastante, seu fraco pra bebida — zombeteia ela com um sorriso. — Que inveja! Me conta tudo.

O que ela me pede é difícil — cada vez mais tem sido complicado me lembrar do ontem de verdade. Eu bebi demais na parte de trás da minivan do pai de Truman antes de ver o show da banda DOBRA — *disso* eu tenho certeza (porque Sadie nunca deixa de me chamar de "fraco pra bebida" na nossa ligação matinal). O restante da noite é um borrão. Mais cedo naquela tarde, minha mãe pediu para eu me sentar e me contou que foi ela quem quis o divórcio, sem dar uma explicação válida do motivo, causando uma discussão calorosa entre nós dois que nunca foi finalizada. Ironicamente, é a conversa que mais ficou gravada na minha memória em todo aquele domingo, apesar de ter sido a interação que eu mais queria esquecer.

Veja bem, pedir o divórcio é uma coisa quando se tem um motivo justificável, mas quem é que decide acabar com a própria família do dia para a noite sem um bom motivo?

Enfim. Sadie não está muito interessada no meu drama familiar agora.

— A DOBRA foi tudo, mas espera aí. — Desta vez, nem finjo querer contar do show para ela. — Você também acha?

Sadie fica confusa.

— Também acho o quê?

— Que eu preciso fazer mais amigos.

Ela dá de ombros e bebe mais um gole do café.

— Assim, não sei… Você já tem amigos. Não fica botando coisa da sra. Hazel na cabeça.

— Mas não é esse o propósito da terapia? — contraponho. — Não era justamente para eu botar coisa da minha psicóloga na minha cabeça?

Sadie ignora o que eu disse.

— Mas e o Truman e o resto do pessoal com quem você saiu ontem à noite? São todos seus amigos.

— São *seus* amigos — eu a corrijo. — Eu só acabei indo ao show com eles.

— Credo, como você é chato. Além do mais — diz ela —, todos nós deveríamos estar abertos a fazer novas amizades.

— Você já parece ter muitos amigos em Austin.

Ela me olha séria.

— Que tom é esse?

Droga.

— Não me expressei direito. Desculpa.

Ela fica em silêncio por um momento.

— Não é como se amigos brotassem em árvores aqui, Clark.

— Eu sei.

— A escola é duas vezes maior que Rosedore. No começo me senti uma formiguinha prestes a ser esmagada.

— Eu acredito.

— E tem sido difícil encontrar a minha galera, sabe?

Tento não revirar os olhos (porque é evidente que ela não tem tido dificuldade nenhuma nesse quesito), mas não quero estragar nosso momento.

— Deixa o que eu disse pra lá — emendo. — A sra. Hazel me botou pilha com essa lição de casa de fazer uma nova amizade. Você sabe como eu fico ansioso perto de gente nova. Se pesquisar "introvertido" no dicionário, vai encontrar aquela minha foto feia do anuário do primeiro ano.

Sadie dá um sorriso.

— Como esquecer a foto que tiraram quando você estava quase espirrando?

— Mas é sério — continuo, vendo que a estou reconquistando. — Sou a personificação do ponto de encontro de um diagrama de Venn entre "reações corporais acontecendo no pior momento possível" e "desajeitado e quieto perto de pessoas novas"...

— Parou, hein, prefeito da Coitadolândia. — Ela sorri ainda mais. — É claro que você consegue fazer amizades novas. Isso deveria ser óbvio, vindo da sua melhor amiga. Quem liga se você não é lá dos mais extrovertidos? — Ela dá de ombros. — Além disso, você se lembra da promessa que fizemos um para o outro antes de eu me mudar para Austin?

Paro e penso.

— Fala sério. — Ela ri. — A gente estava no mesmo lugar de quando decidimos ser amigos no Ensino Fundamental. Nos balanços…

— … do Parque de Rosedore — termino a frase, lembrando.

— Óbvio, né. Prometemos que nosso último ano do Ensino Médio seria incrível, mesmo se a gente não o passasse juntos.

— Exatamente — confirma Sadie. — Então, vamos ao menos tentar, está bem?

Faço que sim e encaro irritado a calçada diante de mim, porque o *loop* temporal impossibilitou completamente o meu lado da promessa.

— Ei — diz ela, chamando a minha atenção de volta e abaixando o tom de voz. — Mesmo se você não fizer nenhum amigo novo este ano, você ainda tem a mim. Volto pra passar o Natal aí, e a gente vai se ver.

— Com "a gente vai se ver", espero que você queira dizer "vamos passar cada segundo do meu tempo em Illinois juntos".

— Isso mesmo.

Mas eu sei que o Natal nunca vai chegar para mim, e daqui para a frente eu só vou ver o rosto da Sadie na tela do meu celular. Só que, às vezes, fingir esperança faz que eu me sinta melhor, ainda que por apenas um milésimo de segundo.

— Preciso correr para o Clube do Podcast antes da primeira aula — comunica Sadie. — Mas quero saber do show mais tarde! Ah, e boa sorte preparando alguma coisa para a festa da Blair hoje à noite. O que você decidiu fazer?

Reflito.

— Churros assados, talvez?

— Eita. — Sadie arregala os olhos. — Churros? Você não brinca em serviço mesmo, hein?

Em pleno Dia 310, já cansei de assar cookies. Preciso pensar fora da caixa de receitas básicas ou arriscar transformar meu cérebro em purê.

— Te mando uma foto do resultado depois.

— *Mmm*, mal posso esperar — responde Sadie, dando uma piscadinha. — Combinado.

Desligo e penso na nossa conversa enquanto subo os degraus de concreto da escola.

Dou mais valor à amizade de Sadie do que consigo explicar, é claro, e sou mesmo muito grato pela força que ela me deu com a primeira dica da sra. Hazel. É que é difícil ter que ouvir da sua melhor amiga popular conselhos sobre fazer novas amizades, quando se é um introvertido ansioso como eu.

A partir disso, o Dia 310 segue mais tortuoso do que o normal, com cada peça de dominó tombando de um jeito ainda mais irritantemente previsível. No segundo período, Sara Marino levanta a mão para dizer que mudar o Dia de Colombo para Dia dos Povos Indígenas é um ataque à sua ascendência italiana — um posicionamento que, de alguma forma, fica mais ofensivo a cada dia (e olha que digo isso tendo raízes na Sicília). Greg Shumaker tropeça e derruba achocolatado na camisa durante o almoço, o que foi engraçado no começo, mas até mesmo ver um babaca se humilhando perde a graça lá pelo Dia 30. Quando enfim chega a última aula do dia, já estou totalmente no modo zumbi, flutuando pelos corredores com olhos vazios e uma indiferença inegável.

O último sinal já parou de tocar quando meu colega de turma, Thom, entra na sala e se senta ao meu lado na fileira do fundo.

— Acha que o sr. Zebb percebeu? — sussurra ele.

Balanço a cabeça antes mesmo de ele terminar de falar.

— Tá de boa.

O nervosismo no rosto sardento de Thom desaparece, como sempre.

— Graças a Deus — declara ele, coçando a cabeça ruiva com alívio. — Odeio trigonometria, mas mais um atraso e eu estou…

— Frito?

— Exatamente.

Thom é um cara legal, mas ele era o menino no parquinho que atormentava as garotas de que gostava quando éramos crianças. Ele empurrou a Sadie do trepa-trepa na quarta série, o que resultou em muitas lágrimas e curativos ensanguentados, e eu ainda guardo um pouco de rancor por isso, não vou mentir.

— Quem odiou a lição de casa? — pergunta o sr. Zebb na frente da sala. Ele está usando uma camisa polo vermelha justa, sentado num banquinho que tem metade do tamanho da bunda dele, o que não parece nada confortável. — Não tenham vergonha de falar. Sei que cossenos não são para todo mundo.

Com a menção inevitável a cossenos, minha mente viaja de novo.

Primeiro, ela vai para os churros assados que eu talvez faça para o aniversário de Blair (não acho que minha mãe tenha todos os ingredientes necessários na despensa, então provavelmente vou ter que dar um pulo no mercado depois da pizza). Em seguida, volto a Sadie e seu Clube do Podcast, que parece ser divertido. Queria que tivéssemos um desses em Rosedore, para ser sincero. Se eu ao menos tivesse a coragem de falar para o público, aposto que não seria o pior apresentador do mundo em uma série sobre cozinheiros amadores…

— Ah. — A voz surpresa do sr. Zebb me puxa de volta para a aula de matemática.

Ah?

A palavra reverbera pelo meu cérebro, porque o sr. Zebb nunca murmurou um "ah" de surpresa neste momento do dia. Levanto a cabeça. Um garoto, mais alto que eu, está parado na porta da sala. Eu… não sei quem ele é. Ele nunca tinha aparecido no meu *loop* temporal antes.

Meu estômago embrulha.

— Posso ajudá-lo? — pergunta o sr. Zebb.

O menino entra na sala.

— Meu nome é Beau.

— Beau — repete o professor, confuso. — O que posso fazer por você, Beau?

Agora é o garoto que fica confuso, embora sorria.

— O senhor não estava me esperando?

O sr. Zebb passa o olho pela sala como se estivesse numa pegadinha.

— Eu deveria...?

— Sou o aluno transferido. Beau Dupont. — Ele analisa a sala antes de encontrar uma carteira vazia entre mim e Zach.

Sem esperar por permissão, Beau passa pelas fileiras de carteiras como uma faca de churrasco deslizando por manteiga, instantaneamente cativando cada olhar da sala — *em especial* o meu. Seus braços, longos e definidos, estão expostos na regata verde-limão que mal cobre a pele marrom de sua barriga. Ele está com uma pulseira prateada no braço, no entorno de uma tatuagem discreta em seu pulso direito, e seus olhos tempestuosos cor de âmbar fazem o melhor dos arrepios percorrer minha espinha.

Mas o que...?

Um sr. Zebb desorientado olha para sua mesa em busca de alguma papelada que ele possa ter deixado passar.

— Eu não estava esperando um aluno novo hoje.

Tô na mesma.

Beau se senta na carteira ao meu lado com suas bermudas desbotadas.

— A secretária... a srta. Knotts, eu acho?... me disse que era para eu vir para cá. Tem algum problema?

O sr. Zebb parece mais perplexo a cada minuto, assim como eu.

— Não, de jeito algum. Acho que tudo bem. Mas antes da aula de amanhã, vou precisar da sua documentação, está bem?

— Pode deixar, professor... — Beau para de falar, sem convicção.

— Zebb.

— Ah, sim. Desculpa.

Puta que pariu. Como é que isso está acontecendo?

A sra. Hazel ter mudado minha lição de casa já foi uma alteração sem precedentes, mas uma pessoa nova surgindo no *loop* temporal? Minha mente não consegue computar o que meus olhos veem.

O professor continua a falar de cossenos, mas só consigo ouvir as batidas do meu coração martelando dentro dos ouvidos enquanto minha ansiedade extrapola os limites. Estou fingindo prestar atenção no quadro, não em Beau, seja ele quem for, mas quero saber mais sobre ele. *Muito.*

Quem ele é? De onde se transferiu?

E por que ele de repente surgiu na tricentésima décima última aula do sr. Zebb?

— Sr. Dupont — fala o sr. Zebb, num tom de bronca.

Olho na direção de Beau e percebo que ele está sussurrando algo para Thom.

— Foi mal, sr. Zed.

— É *Zebb*.

— Zebb. Isso. Com um *B*, de banana — responde Beau, como se estivesse gravando na memória. Sara Marino dá uma risadinha a algumas fileiras de distância. — Eu só estava pedindo um lápis para anotar a matéria.

— Pode fazer isso mais baixo, para não distrair o restante da turma — retruca o sr. Zebb.

— Não vai acontecer de novo, sr. Z.

O professor abre a boca para corrigi-lo.

— Zebb — retifica Beau. — Desculpa.

O sr. Zebb limpa a garganta.

— Como eu estava dizendo…

— Rapidinho, enquanto ainda tenho sua atenção — corta Beau.
— Preciso perguntar: quando é que a gente vai usar isso fora da escola?

Cada aluno, boquiaberto, se vira para olhar para Beau.

O sr. Zebb, igualmente ultrajado, passa a língua pelos dentes da frente.

— Em primeiro lugar, quero que sempre levante a mão quando tiver uma pergunta.

— Pode deixar, foi mal.

— Em segundo lugar, existem muitas carreiras na área de trigonometria.

— Mas nada legal, né?

Alguns alunos arquejam.

O professor, envergonhado, dá uma risada desconfortável.

— Eu discordo.

— Não era melhor a gente aprender matemática de jeitos mais práticos e relevantes? — questiona Beau. — Tipo, como fazer os cálculos para o Imposto de Renda. Isso sim me parece útil. Ou como os bancos se recusaram a prestar serviços a gerações e mais gerações de cidadãos negros neste país. Esse tópico deveria ser uma prioridade — ele olha ao redor da sala —, ainda mais num subúrbio branco feito um pote de maionese.

Rio pelo nariz e rapidamente cubro a boca.

O sr. Zebb arregala os olhos, sem saber como reagir.

— Olha…

— Se parar para pensar — retoma Beau, ao se levantar —, trigonometria deve estar bem baixo nessa lista, em termos de matérias relevantes para a vida dos adolescentes, não acha?

Engulo em seco, sem saber no que vai dar essa interação.

— Por favor, sente-se — ordena o sr. Zebb.

Só que Beau faz o oposto de se sentar. Ele sobe na minha carteira, deixando os tênis cinza a meros centímetros do meu rosto.

Vários outros alunos arfam desta vez.

— Desça já daí! — vocifera o professor.

Beau pula na carteira de Thom, bagunça o cabelo ruivo desgrenhado dele com um sorrisinho perverso e depois salta para a mesa de

Greg Shumaker. Depois, para a de Cynthia Rubric. E ele *continua*. A sala de aula vira uma bagunça.

— A gente não pode só admitir que trigonometria é um porre? — entoa Beau, seus pés saltando de carteira em carteira.

No último ato de seu teatro do absurdo, Beau pula da mesa de Sara Marino... para a do sr. Zebb.

Ai, meu Deus.

O professor fica calado, embasbacado.

— O que tá rolando? — pergunta Thom sobre meu ombro. Eu me viro para ele, que está de olhos arregalados, quase como se estivesse sentindo dor pelo espetáculo bem na nossa frente. — Vou dar o fora daqui antes que as coisas piorem.

Ele sai da sala.

— Qual é a de todo mundo? — pergunta Beau a ninguém em particular, absolutamente encantado. Ele digita algo no celular, e uma música começa a tocar. Post-its, grampeadores e porta-retratos deslizam da mesa do sr. Zebb e caem no chão quando Beau começa a dançar. — Tô tentando melhorar a segunda-feira de vocês. Só isso.

— Vou chamar os seguranças — anuncia o sr. Zebb, já com o celular na orelha.

Imediatamente, Beau desce da mesa e sai correndo da sala de aula.

Com o rosto vermelho, o professor cai no banquinho e quase tomba no chão. Cada aluno que vejo parece estar num estado de choque, olhando pela sala, de boca aberta, sem saber o que foi que acabaram de presenciar. Observo o sr. Zebb transtornado tentando tirar algum sentido do ocorrido e ouço a sra. Hazel em alto e bom som na minha mente: *Tentar fazer uma nova amizade.*

Vejo também minha primeira dica de lição de casa escrita nas anotações da minha terapia com uma letra super-redonda.

É raro eu encontrar uma pessoa que nunca vi antes, ainda mais sem ter me desviado da rotina de sempre. E Beau com certeza pareceu invadir meu hoje com um propósito (embora eu não entenda ao certo *qual era* esse propósito). Será que Beau Dupont pode ser um novo amigo? Thom, o sr. Zebb e todo o restante da sala estão desconcertados com o surto de Beau, o que significa que eu, de todas as pessoas, deveria ter ficado apavorado. Mas… não estou? A adrenalina pulsando nas minhas veias não é o mesmo nervosismo que sinto quando saio da rota ou deixo minha zona de conforto para trás. Não é medo o que estou sentindo, percebo. É animação.

Será que o universo está tentando me dizer alguma coisa?

Saio da sala e viro a cabeça pra lá e pra cá procurando por ele, mas o que encontro é um Thom assustado mais à frente no corredor. Ele está com as mãos de cada lado da testa, de boca aberta como um peixe sufocando.

— Dá pra acreditar naquilo? — exclama ele, suspirando enquanto me aproximo.

— Pra onde ele foi? — indago. Thom semicerra os olhos, confuso com a minha pergunta, apontando para o fim do corredor. — Por quê? Vai atrás dele?

Saio sem dar resposta.

Chego a um cruzamento e olho para cada corredor antes de avistar as costas de Beau se afastando à distância.

— Peraí! — grito.

Ou ele não me ouve ou não se importa, pois continua andando. Corro o mais rápido que consigo, me afastando bastante do caminho do meu dia. Mas não posso me autossabotar agora.

— Por favor, espera aí! — grito de novo depois de chegar mais perto. — Quero falar com você!

Ele vira num corredor, sai pelas portas da escola para o estacionamento de professores, antes de parar e se virar para me ver.

— Opa — diz ele, casualmente. — E aí?

— O que você tá fazendo? — emendo, completamente sem ar.

— Do que você tá falando?

Arqueio as sobrancelhas e aponto para a escola atrás de mim.

— Por que fez tudo aquilo?

— Aquilo o quê?

Aponto de novo.

— *Aquilo.*

Ele ri, mas ignora minha pergunta e me olha de cima a baixo. Seguem-se alguns minutos de tensão silenciosa: Beau está avaliando se vale a pena conversar comigo, imagino eu, enquanto tento recuperar o fôlego.

— Quer ir resolver algumas pendências comigo? — pergunta ele.

Pendências?

Pendências?

Quem é esse cara?

— Você quer que eu vá resolver *pendências* com você — ecoo, endireitando a postura de novo, voltando a respirar normalmente. — Tipo… Buscar a roupa limpa na lavanderia? Esse tipo de pendência?

— Não exatamente. Não envolve detergente.

— Tipo, eu…

— É melhor decidir logo… Qual seu nome?

— Clark.

— É melhor decidir logo, Clark. Porque acho que estão vindo atrás de mim.

Minha cabeça está girando.

— A gente iria a pé? De carro?

Beau, seu sorriso lentamente ficando perverso de novo, levanta a mão para mostrar um molho de chaves.

— Eu não tenho carro, mas o sr. Zebb tem.

Ele pegou as chaves do sr. Zebb da mesa dele?

Beau se vira para o estacionamento e aperta um botão. Em algum lugar ao longe, o carro do sr. Zebb anuncia sua localização. Beau se volta para mim, satisfeito consigo mesmo.

— E aí, Clark? O que me diz?

Paro, sentindo o suor começar a escorrer pelo meu rosto. Meus joelhos estão prestes a ceder, meu coração está à beira de explodir no meu peito. A voz da consciência na minha cabeça está gritando que é uma ideia terrível, horrível, absolutamente insana — mesmo no meu mundo sem consequências. E ainda assim, por algum motivo, a primeira dica da sra. Hazel grita mais alto.

Tentar fazer uma nova amizade.

Como ele previu, as portas da frente se abrem, e um grupo de seguranças da escola, liderados por um sr. Zebb furioso, se espalha pela calçada, acredito que em busca do novo aluno transferido que endoideceu.

Então, antes que eu possa mudar de ideia, assinto para Beau e engulo em seco.

— Está bem, vou com você resolver suas pendências.

CAPÍTULO QUATRO

BEAU DÁ PARTIDA.
— É melhor botar o cinto — alerta ele, sorrindo, enquanto eu me ajeito no banco do passageiro.

Como me sinto roubando o carro de um professor? É uma pergunta que nunca achei que precisaria fazer a mim mesmo, mas aqui estamos nós. Eu teria imaginado que ficaria desesperado, já que cometer um crime está a anos-luz da minha zona de conforto. E, só para deixar claro, eu estou mesmo. Mas também estou igualmente eufórico, como naquele milésimo de segundo de pavor que você sente no alto de uma montanha-russa, multiplicado por cem.

O motor responde, fazendo o carro do sr. Zebb avançar. Atravessamos o estacionamento, e os pneus cantam no asfalto enquanto os seguranças da escola acenam para pararmos. Por motivos óbvios, o sr. Zebb parece o mais determinado entre todos. Apesar de ser um matemático, que, por isso, devia saber da inconveniência que um veículo em aceleração pode causar a um corpo de noventa quilos, o professor de trigonometria de Rosedore fica parado no meio do caminho do carro.

— Hum, ei... — alerto, quando o medo do que está prestes a acontecer se instala. Num piscar de olhos, a distância entre o sr. Zebb e o seu carro diminui de uns quinze metros para pouco mais de um. Começo a gritar, mas Beau desata a rir.

Um minuto antes do que poderia acabar sendo o primeiro homicídio do *loop* temporal, o sr. Zebb se joga para a direita, evitando a morte (ou, no mínimo, um dia bem longo no hospital).

— Você tá louco? — grito, agarrando o cinto, sem conseguir respirar.

Beau pondera:

— Depende da sua definição de loucura.

Saímos do estacionamento da escola, passamos em um sinal vermelho e seguimos para a via expressa com o triplo da velocidade permitida. Outros carros buzinam para nós à medida que ziguezagueamos pelo trânsito e, como vejo no retrovisor, a habilidade de Beau no volante é a causa de pelo menos uma leve colisão.

— Pergunta — anuncia ele calmamente, tateando algo na lateral de seu banco e afastando-se do volante para abrir mais espaço para suas pernas esguias. — A gente se conhece?

Minha garganta está tão inchada com o espanto que não encontro palavras para responder.

— Você me parece familiar — continua ele, com o cenho franzido. — *Sinto* que você é familiar...

— Cuidado! — Meu cérebro encontra minhas cordas vocais de novo imediatamente antes de batermos com tudo num motoqueiro.

Beau muda de faixa com a maior facilidade do mundo, evitando um segundo desastre fatal.

— Relaxa, Clark. Eu sou piloto da NASCAR.

— Sério?

— Não.

Olho nos retrovisores, esperando ver carros de polícia no nosso encalço.

— Se você não nos matar antes, seremos parados pela polícia.

— Sou um jovem negro. — Sem olhar para baixo, suas mãos encontram um copo de refrigerante no console entre nós. — As chances de isso acontecer são bem grandes, independentemente da nossa velocidade.

Observo-o levar a bebida do sr. Zebb aos lábios.

— Sério mesmo? — pergunto, enojado.

Ele dá um golinho e faz careta.

— *Eca*. Esse refrigerante tá sem gás. Qual é, sr. Zed, o senhor é melhor que isso.

— É Zebb... *olha!* — Nós quase arrancamos o retrovisor lateral de uma minivan estacionada.

— Clark, vou pedir mais uma vez. — Nossos olhares se encontram como ímãs; eu não conseguiria desviar o olhar mesmo se quisesse. — Dá pra relaxar?

Tento acalmar minha respiração.

— Você confia em mim? — pergunta ele.

— Se eu *confio* em você?

— Isso.

— Acabei de te conhecer.

— Mas confia?

— Hum... — Fico em silêncio por um instante. — Não? Não exatamente?

Ele dá um sorriso e assente, aparentemente surpreso com a minha honestidade enquanto cruzamos três pistas.

— Justo.

Beau abre a janela. O ar úmido e quente invade o carro enquanto ele aumenta o volume do rádio do sr. Zebb. Uma música alta antiga, disco, começa a tocar, martelando nos meus ouvidos. Não sei a letra, mas Beau sabe cada verso de cor.

Quem é esse cara?

— Mas e aí, sim ou não?

— Sim ou não o quê?

— A gente se conhece?

— Não — declaro, fazendo careta quando nos aproximamos perigosamente de um Jeep. — Acho que não.

Sei que não. Mesmo com o *loop* temporal bagunçando minha memória, sei que eu me lembraria de Beau; de sua tranquilidade, sua energia, sua voz: calorosa, grossa e um pouco rouca, como o crepitar da última lenha de uma fogueira. Nada nele é sutil, muito menos imemorável.

— Olha, acho que você está enganado. — Ele olha para mim e para a estrada. Seus lábios, cor-de-rosa e grossos, formam um sorriso. — Vai ver a gente se conheceu numa vida passada.

Pegamos uma rampa da via expressa em direção a Chicago e meu coração dispara mais rápido que o velocímetro do carro do sr. Zebb. Não saio tanto assim da rotina de sempre há muito tempo. Nem me lembro do último hoje em que fui para a capital.

— Por que estamos indo para Chicago? — pergunto, tentando fazer minha voz demonstrar menos nervosismo do que estou sentindo.

— Brownies — responde Beau.

— Brownies — repito. Eu… não esperava brownies. — Tipo aquele doce de comer?

Ele me fita.

— Tem algum outro tipo? — Beau aumenta ainda mais o volume do rádio e começa a cantar junto com a música de novo.

Por Rosedore ser bem próxima de Chicago, não levamos mais que alguns minutos até que a vista das nossas janelas mudem de quadras comerciais e restaurantes de fast-food para edifícios empresariais enormes e condomínios espelhados. (Beau estar dirigindo a trinta quilômetros por hora acima do limite de velocidade também abrevia o nosso tempo de viagem.) Pegamos uma saída em algum lugar no centro, onde Beau começa a dirigir de maneira um pouquinho mais cuidadosa, provavelmente por causa da quantidade de pedestres e de carros compartilhando as ruas. Por fim, ele estaciona o carro e desliga o motor.

Não sei se já tinha sentido tamanho alívio ao chegar ao meu destino. Nunca morri no *loop* temporal — nem por acidente, nem por escolha, e não quero começar no Dia 310.

— Aqui — comunica ele, indo com rapidez para a calçada.

— O que é aqui?

— A Confeitaria Tudo Azul do Ben — anuncia Beau, como se isso devesse significar algo para mim. Ele se inclina para me olhar no banco do passageiro e percebe que, por mais incrível que pareça, continuo sem entender. — Tá falando sério que você nunca veio na Confeitaria Tudo Azul do Ben?

Balanço a cabeça.

— Tem certeza de que você é mesmo um cidadão de Chicago?

Paro e penso.

— Bom, tecnicamente eu nunca morei aqui na capital, então…

Ele revira os olhos com um sorrisinho.

— Estou prestes a explodir sua mente suburbana.

Saio do carro do sr. Zebb e fecho a porta.

Não tenho dúvidas do motivo por trás do nome do estabelecimento. Em meio a uma quadra em tons de bege, marrom e cinza, a fachada da Confeitaria Tudo Azul do Ben brilha como safira, com seu exterior de tijolos pintado num azul metálico e vívido.

— Você, hum… — Aponto para o carro do sr. Zebb.

— Eu o quê? — pergunta Beau.

— Você não tá preocupado em ser pego com um veículo roubado?

Ele dá de ombros e aperta o controle. Após o *bip* que tranca o carro, ele vai para a entrada, indiferente à minha hesitação.

Dou outra olhada ao redor, ainda esperando avistar as viaturas em nosso encalço ou minha mãe furiosa chegando a pé pela calçada. No entanto, nós nos misturamos sem problemas com a multidão atarefada da cidade, ao menos por enquanto.

Qual é a pior coisa que podia acontecer, de todo modo? Eu passar o resto do Dia 310 na cadeia? Seria a primeira vez no *loop* temporal, mas com certeza não seria o fim do mundo.

Corro para alcançar Beau — sinto que, se eu não for atrás, vou perdê-lo de vista — e entro na confeitaria.

Não é surpresa nenhuma para mim que a temática monocromática continue do lado de dentro. O piso do chão? Azul-marinho. Os ventiladores de teto? Turquesa. As mesas para os clientes espalhadas pelo estabelecimento? Azul-royal. Até mesmo alguns clientes (nitidamente turistas) estão usando a cor, para combinar com o passeio, ao que parece.

Sigo Beau até o outro lado da confeitaria, onde uma vitrine longa se estende por todo o espaço. Dentro dela, há diversos doces em bandejas decoradas e plataformas em camadas, e cada um é... Parabéns, você adivinhou: azul! Cookies azuis, bolos azuis, glacês azuis, macarons azuis. Devem manter uma banheira de corante alimentício na cozinha, porque não há nada que seja da cor que deveria ser. E eu aqui pensando que tinha sido perspicaz ao pôr glacê amarelo nos biscoitos amanteigados da Blair.

— O Ben não brincou em serviço com a temática azul, hein? — murmuro na direção de Beau.

— Ele leva o azul a sério — responde. — E o nome do dono é Otto, não Ben. Lá vem ele.

As portas basculantes da cozinha se abrem e o maior homem que já vi sai carregando uma cesta de rosquinhas azuis e um sorriso que ocupa metade do seu rosto.

— Já volto para atender vocês — ele diz para o casal que está à nossa frente na fila.

Otto é corpulento, careca e tem a altura de duas sras. Hazel, uma em cima da outra. Seu maxilar compensa o que lhe falta na cabeça, com uma barba hirsuta loiro-avermelhada de uns trinta centímetros (mas é difícil dizer com certeza, porque ela está coberta com uma touca). O avental de Otto está salpicado em tons de azul que combinam com o azul-bebê de seus olhos; seus braços, grossos e cheios de sardas, estão cobertos de tatuagens e uma ou outra estria.

O casal à nossa frente pede dois cafés e uma fatia de bolo de cenoura (azul) para dois. Otto perambula para lá e para cá atrás da vitrine com a mesma agilidade de um ginasta olímpico e os chama ao caixa antes de voltar para nós com gotículas de suor brilhando em sua testa.

Quando ele vê com quem estou, seu rosto se ilumina com animação.

— Beau!

Beau sorri e dá um tchauzinho envergonhado.

— Oi, Otto.

— Há quanto tempo! — brada o confeiteiro. — Tempo *demais*, se quer saber.

— Eu sei — anui Beau, um tanto envergonhado.

— Como você tem passado?

— Bem, na medida do possível. E você?

— Tô indo.

Os dois se encaram em silêncio.

Há alguma coisa rolando entre eles que nenhum dos dois menciona; dá para ver, um peso que não foi discutido. Seja a minha presença, seja a agitação da confeitaria, algo os está impedindo de tocar no assunto — talvez as duas coisas.

Beau se vira para mim.

— Esse é o Clark.

Sinto o calor subindo para as minhas bochechas, o que acontece toda vez que minha existência é reconhecida publicamente.

— Oi — cumprimento, limpando a garganta.

— Clark! — exclama Otto. — Que nome legal. De onde ele veio?

Faço careta tentando lembrar, e o rubor se expande para o meu pescoço. Quando meu desconforto começa a beirar o insuportável, decido que admitir que não sei é melhor do que inventar uma história no improviso para evitar me envergonhar ainda mais.

Dou de ombros, encolhido.

— Não sei ao certo…

Otto balança a cabeça, e seu sorriso se alarga.

— Ah, mas que baita oportunidade perdida! — Ele se inclina para a frente, apoiando os ombros na vitrine. — Podia ter me contado que sua mãe é viciada naquelas barrinhas de chocolate Clark, ou que seu pai era obcecado pelo Super-homem. Eu teria acreditado em qualquer resposta que você me desse.

— O Super-homem? — reage Beau, confuso, mas entretido.

— Clark Kent? — indica Otto, olhando de mim para Beau. — Não?

Solto uma risadinha e balanço a cabeça afirmativamente.

Otto suspira, ajeitando a postura detrás do balcão.

— O mesmo de sempre hoje, Beau?

— Isso, um brownie de…

— Acha mesmo que precisa me dizer o que o seu "de sempre" é? — pergunta Otto, numa ofensa fingida. — Sei que já faz um tempinho, mas quando você vira um cliente frequente da Tudo Azul, nunca mais deixa de ser. — Otto olha para mim. — E para você, Super-homem?

Titubeio e passo o olho pela vitrine, indeciso entre tantas opções.

— Pode ser igual ao meu — responde Beau, virando-se para mim. — Vai por mim, você vai querer o mesmo.

— Dois brownies de blue velvet saindo pra já — anuncia Otto para a confeitaria toda. Ele se abaixa, futuca as sobremesas e ressurge com uma caixa de plástico com dois brownies azuis enormes, ambos com uma camada fina do que acredito ser glacê de cream cheese.

— Valeu, Otto. — Beau entrega o dinheiro para ele e pega a caixa.

Fico esperando a gente se virar para ir embora, mas Beau continua no lugar, ponderando se deve dizer o que está na ponta da língua. Ele pigarreia e se inclina sobre o balcão. Demora para encontrar as palavras certas, mas finalmente fala numa voz baixa:

— O dia de hoje deve estar sendo difícil.

O sorriso de Otto continua animado, mas o brilho de seus olhos some um pouco.

— Mesmo não aparecendo muito, sempre penso em você — acrescenta Beau. — Hoje estou pensando no Ben também.

Otto abaixa a cabeça em agradecimento antes de passar a mão por cima do balcão e dar um tapinha no ombro de Beau.

— Da próxima vez, não demore tanto, viu? Gosto de vê-lo por aqui. E *você* — ele se vira para mim —, muito prazer, Super-homem.

Sorrio e aceno em despedida.

Cruzamos a confeitaria de novo, e nosso caminho é dificultado por um grupo de crianças num passeio escolar. Enfim, saímos pela porta azul de madeira.

— O Otto é o cara mais legal que você vai conhecer na vida — afirma Beau —, e isso não é exagero nenhum.

— Ele parece ser muito gente boa mesmo — concordo, enquanto me acomodo no banco do passageiro do carro do sr. Zebb. Decido que qualquer hora vou tentar fazer brownies de blue velvet para o aniversário da Blair.

Queria fazer algumas perguntas. Por que Beau parou de vir à confeitaria? E por que hoje seria um dia difícil para Otto? Porém, só mordo a língua e decido não bancar o xereta.

Só estou aqui pelo rolê absurdamente rápido, de qualquer forma.

Vejo Beau me olhando da calçada, com cara de quem está se divertindo.

Sinto minhas bochechas ficarem vermelhas, se é que voltaram ao normal depois de Otto ter me perguntado sobre o meu nome.

— O que foi? — Olho para a minha roupa, esperando encontrar uma mancha na camisa ou descobrir que meu zíper está aberto.

— É que você é engraçado, só isso — responde ele, sorrindo. — Não vamos de carro agora. Vamos a pé.

— Para onde?

— É surpresa. — Beau se vira e começa a andar. — Não se preocupe, Super-homem — acrescenta ele, sua voz sumindo pela rua. — É logo ali na esquina.

Corro para alcançá-lo, o que não é fácil, pois Beau tem pernas bem longas. Agora sinto uma nova empatia por todas as vezes que Sadie sofreu para acompanhar meu ritmo no shopping de Rosedore.

Só que eu não posso me distrair com as pernas dele, com os brownies nas mãos dele ou com o lugar para onde ele está me levando, porque devo me concentrar em descobrir por que Beau surgiu para alterar o roteiro da minha rotina bem na última aula do dia — e por que isso me parece um sinal de que ele é a nova amizade que eu deveria fazer.

— Você nunca respondeu à minha pergunta no estacionamento da escola — menciono sutilmente, tentando fazer nossa conversa voltar para o tópico inicial.

Ele continua olhando para a frente.

— Que pergunta foi mesmo?

— Por que surtou na última aula?

— Eu não diria que eu *surtei*. Só estava me divertindo um pouco.

— Se divertindo um pouco? Você chegou atrasado, no seu primeiro dia numa escola nova, pulou pelas carteiras como se estivesse possuído e depois saiu correndo para roubar o carro do nosso professor. — Arregalo os olhos para ele, embora ele continue não olhando para mim. — Ou esse é o tipo de coisa que costuma fazer às segundas-feiras?

— O Colégio de Rosedore precisa de um *tchan*, não acha? — pergunta ele, virando à esquerda e acelerando o passo. — Além do mais, eu já sei que não vou me formar. Por que me importar em ir bem em algo tão irrelevante quanto trigonometria?

Continuo me esforçando para acompanhá-lo.

— Por que acha que não vai se formar?

— É complicado. E você? Você também não deve ligar muito para a escola, a julgar pela sua determinação em dar no pé comigo.

A escola não tem importância porque estou preso em 19 de setembro para sempre é a resposta mais honesta, mas em vez disso respondo simplesmente:

— Preciso de uma folga da rotina. Uma trégua do tédio.

— Tédio não é uma coisa com a qual você precisa se preocupar enquanto estiver comigo — graceja Beau, me olhando de soslaio.

Viramos de novo e avisto as ondas do Lago Michigan quebrando na beira logo à frente. No horizonte, a superfície irregular se expande em direção ao céu. Somos recebidos por uma brisa fresca — um alívio delicioso do calor que irradia de todo o concreto que nos cerca. Beau me leva pela passagem abaixo da via expressa Lake Shore Drive e saímos com a areia macia sob nossos pés, à medida que o alvoroço da cidade diminui e se torna um zunido agradável.

Fecho os olhos por um momento, sendo tomado pela noção de que este dia é absolutamente surreal.

— Você precisa de uma folga, sim, mas é mais do que só do tédio — fala Beau, sentando-se. — Dá pra ver.

Eu me junto a ele, tirando os sapatos e as meias.

— É mesmo?

— Aham.

Não sei se já tinha conhecido alguém tão presunçoso quanto Beau. Parte de mim se ofende — como é que ele pode fingir me conhecer depois de só termos passado uma hora juntos? —, mas a outra parte fica impressionada com sua confiança.

— E do que é que eu preciso de uma folga, então?

Ele pensa, sua atenção voltada para o horizonte à frente, antes de se virar para mim. Seu olhar está focado, e ainda assim me sinto preso num tipo de desafio para ver quem pisca primeiro — do tipo que nenhum de nós pode ganhar ou perder.

— Da sua solidão.

A resposta dele me atinge no peito como um trem desgovernado.

— Minha solidão? — repito, embora nós dois saibamos que eu o ouvi perfeitamente. — Por que diria isso?

— Acertei?

Perco a fala.

— Vou tomar isso como um sim — conclui. — Você não parece o tipo de pessoa que mataria aula com um desconhecido só pela emoção. Na verdade, você me parece alguém que — ele dá de ombros, tentando encontrar as palavras certas — precisa de um amigo.

Fico de pé e solto uma risada assustada. Como foi que ele sentiu isso em mim?

Como ele poderia *saber*?

— Espera aí, não se ofenda — diz, notando meu choque. Ele gesticula para eu me sentar novamente, mas não obedeço. — Não falei pra insultar, não, pô. Escuta, eu tô solitário também. Todo mundo tá, né?

Ele abre a caixa de plástico com os nossos brownies.

— Pega o da direita, é maior — oferece, estendendo os doces para mim.

Ainda estou a alguns metros de distância, abalado com sua análise certeira. Será que Beau Dupont é algum tipo de feiticeiro? Será que ele tem falado com a sra. Hazel?

Ou talvez eu só seja *muito* mais óbvio do que imaginava.

Beau estende um pouco mais a mão para mim e sorri.

— Você sabe que quer.

Espero mais um momento antes de ceder. Pego o brownie e enfio metade da metade na boca, esperando que mastigá-lo me ajude a engolir o espanto por Beau ter me lido como um livro. Porém, sou imediatamente acometido pela delícia que é o doce.

— Puta merda — exclamo com a boca cheia.

— Tô te falando! — defende Beau, dando uma mordida no dele. — Otto é o melhor confeiteiro de Chicago.

— Eu acredito mesmo.

Olho para a sobremesa colorida, coberta por um cream cheese leve e doce na medida certa. Brownies são relativamente fáceis de fazer, mas sempre erro em algum ponto. Se não esqueço que os ovos precisam estar em temperatura ambiente antes de misturá-los, estrago a medida de chocolate com manteiga — como o sr. Zebb pode confirmar, números não são meu forte.

Mas *isto aqui*? Perfeição.

— Se eu pudesse, comeria um desses todos os dias — comento.

— É exatamente o que eu costumava fazer, na verdade — declara ele. — Mas não vou deixar esses brownies mudarem o assunto. Você está ou não?

— O quê?

— Solitário.

Olho para ele e me forço a rir, porque essa linha de indagação é intensa demais para que eu não tente disfarçar com humor.

Ele, no entanto, não está vendo graça.

— Que foi?

— É só que... *se eu estou solitário*? — Procuro as palavras certas. — Acabamos de nos conhecer. Somos estranhos um para o outro. Me parece um pouco... exagerado.

Beau me ignora, termina o restante do brownie e se põe de pé. Eu pisco, e de repente ele tirou a regata, expondo o peito definido.

Sinto meu rosto ficar vermelho de novo.

— Tudo bem — diz, jogando a camiseta de lado. — Não precisamos falar sobre isso se não quiser.

Beau abre a bermuda e a deixa escorregar para o chão — junto com a cueca.

Desvio o olhar na mesma hora e cubro o rosto.

— O que você tá fazendo? — pergunto, perplexo, sentindo minha pele formigar.

— Vou dar um mergulho — responde ele, de maneira casual. Como fico em silêncio, acrescenta: — O quê?! Está calor demais pra perder a oportunidade.

Olho ao redor da praia, tomando cuidado para não denunciar a direção do meu olhar

— As pessoas vão ver.

— Que pessoas? — rebate ele. — É segunda-feira, todo mundo ainda está no trabalho ou na escola.

Ponho as mãos na frente do rosto para vê-lo apenas do umbigo para cima.

— Não acredito que você tá fazendo isso.

Ele sorri.

— Você deveria fazer também — propõe Beau.

— Nem pensar.

— Tem certeza?

— Absoluta.

— Não precisa ficar pelado. Pode entrar completamente vestido, eu não ligo.

Considero, depois nego com um meneio de cabeça.

— Então, tá — ele concede, virando-se para a água. — Volto daqui a pouco.

Continuo com as mãos erguidas, meus dedos se mexendo conforme ele se afasta para evitar que eu veja demais. No entanto, consigo ver suas pernas esguias flutuando pela areia, e isso me faz sentir... coisas.

Espero ele virar e acenar, me encorajando a me juntar a ele, mas não me olha de novo. Segue direto, determinado, como se nadar numa praia pública da cidade completamente nu fosse sua forma de começar a semana.

Um minuto se passa. Depois cinco. E ele ainda está lá, surgindo e desaparecendo na superfície, deixando a maré trazê-lo para mais perto e levá-lo mais para longe de mim.

Estou ficando ansioso. E com calor.

Será que eu deveria entrar também?

Nunca nadei usando menos do que uma bermuda de natação, quanto mais na praia de Chicago totalmente pelado. Talvez o Dia 310 devesse ser minha primeira vez. Além do mais, nenhum possível espectador vai se lembrar de que isso aconteceu quando chegar o Dia 311.

Quer saber? Eu já roubei o carro de um professor hoje. Nadar pelado não pode ser mais ilegal que isso.

Dane-se.

Antes que eu possa me convencer a dar pra trás, engulo o restante do meu brownie, tiro a roupa e corro para a água, preocupado em sumir logo da vista de quem eventualmente esteja olhando. Vou até as ondas e enfio a cabeça na água o mais rápido possível. O frio causa um choque térmico severo no meu organismo quando eu mergulho.

— Bem-vindo — fala Beau, a alguns metros de distância. Joga água em mim.

Jogo de volta.

— Acho que *carpe diem*, né?

— Vê se *carpe* este *diem*, cacete!

Flutuamos por um tempo, deixando a água lavar a sensação grudenta do fim do verão. Tento plantar bananeira debaixo d'água, mas a maré forte e minhas muitas tentativas falhas logo me lembram de que não estamos na piscina calma do condomínio da minha mãe. Beau joga água em mim, eu jogo nele, depois flutuamos de costas por alguns minutos, discutindo quantos brownies de blue velvet poderíamos comer antes de os nossos estômagos se rebelarem e decidirem botá-los para fora (decido que seriam cinco; Beau chuta mais alto: sete).

Alguma coisa belisca meu calcanhar e eu solto um grito de pânico ao cogitar alguma criatura aquática do Lago Michigan querendo jantar minhas pernas, antes de perceber que é só Beau. Ele emerge da água e solta uma gargalhada. Seus olhos brilham de maneira espetacular na luz do sol e, de repente, percebo que não me sinto despreocupado e leve assim desde que saía com…

— A Sadie — vomito a palavra, surpreendendo até a mim mesmo.

Beau me olha, confuso.

— É por causa dela que você descobriu que estou solitário — explico, tirando o cabelo molhado da testa. — *Um* dos motivos, quer dizer.

— Quem é ela?

— Minha melhor amiga. — Não digo que ela é minha *única* amiga. — Ela acabou de se mudar para o Texas.

Ele sacode a cabeça.

— Sinto muito.

— Tudo bem. — Dou de ombros. — Então… é. Acho que você tinha razão aquela hora. Um amigo cairia bem mesmo.

Beau estende o braço para mim acima da superfície.

— Meu nome é Beau. — Sorri.

Sorrio de volta, pegando a mão dele e cumprimentando-o. Nossas palmas permanecem unidas por alguns segundos a mais do que o necessário para um aperto de mão.

— Oi, Beau — respondo. — Clark.

Tentar fazer uma nova amizade.

Consegui. Completei a primeira dica da sra. Hazel para combater a solidão. Pena que nossa amizade vai ser de poucas horas, e logo não passarei de um estranho aos olhos de Beau. Ainda assim, é bom saber que posso conhecer pessoas novas — principalmente alguém como Beau.

— Vamos — chama, começando a sair da água. — Hora de ir embora.

— Pra onde agora? — indago, porque, pela primeira vez em muitos dias iguais, não tenho ideia do que vai acontecer em seguida. E, por mais incrível que pareça, estou em paz com isso.

O sorrisinho de Beau fica mais largo.

— Para a pendência número dois.

CAPÍTULO CINCO

UMA VANTAGEM DO CALOR SUFOCANTE É QUE NÓS DOIS FICAMOS completamente secos depois de só alguns minutos na brisa (desviando o olhar um do outro, com as mãos convenientemente dispostas à nossa frente, se isso serve de alguma coisa). Ainda estou calçando os sapatos quando Beau começa a se afastar sem mim.

— Pode esperar um pouquinho, por favor? — peço, tropeçando nos cadarços enquanto tento acompanhá-lo.

Fico chocado ao descobrir que o carro do sr. Zebb ainda está lá, sem um contingente de policiais em volta. Por outro lado, após afivelar o cinto no banco do passageiro, não fico nada surpreso ao ver uma explosão de ligações e mensagens perdidas no meu celular: da minha mãe, do meu pai, de Blair e de Sadie. Deslizar o dedo pela tela bloqueada, lotada de mensagens desesperadas que não param de chegar, me lembra da minha fase de lua de mel no *loop* temporal, quando eu saía da rotina com tanta frequência que ver as mensagens histéricas da minha família era uma ocorrência diária.

A primeira mensagem, da minha mãe, diz:

> Cadê vc? Me ligaram da escola e disseram que você ROUBOU O CARRO DO SEU PROFESSOR DE MATEMÁTICA????
> Me diz que houve um engano

A segunda mensagem é de Blair:

> ??!!??!! cara..... o que tá rolando

A terceira é do meu pai:

> A sra. Hazel disse que não sabe de você.
> Filho, pode ligar para um de nós? Por favor??

A quarta é de Sadie:

> amigo começaram a espalhar um boato de
> que vc roubou o carro do zebb e essa foi a
> coisa mais hilária que eu ouvi o ano inteiro

A quinta mensagem também é de Sadie — enviada dez minutos depois da primeira:

> PERAÍ SUA MÃE ME CONTOU QUE É
> VERDADE? CLARK???

Há uma sexta mensagem, uma sétima, uma oitava e por aí vai. Crio um novo grupo e escrevo uma mensagem dizendo para todo mundo que as coisas não são tão ruins quanto parecem e que logo voltarei para casa para fazer as coisas da festa de aniversário, mas paro antes de clicar para enviar. Por que impor a mim mesmo um toque de recolher no melhor dia que tive em tanto tempo?

Fecho o aplicativo de mensagens e guardo o celular no porta-copo ao lado do refrigerante choco do sr. Zebb. Percebo que Beau também está distraído digitando algo no celular. Vejo que suas mensagens frenéticas são seguidas por respostas imediatas do interlocutor, que — a julgar pela velocidade da conversa — também parece preocupado com nossos novos papéis como ladrões de carros.

— Tá tudo bem? — pergunto. — Seus pais estão arrancando os cabelos, como os meus?

Ele manda uma última mensagem antes de guardar o celular, dando um suspiro estressado.

— Tudo bem.

— Tem certeza?

— São só problemas com um garoto. — Usando a ponta dos dedos, Beau puxa os cantos da boca para cima. — Mas não vou deixar que isso estrague o nosso dia.

Problemas com um garoto.

Ai.

Isso pode significar muitas coisas diferentes, mas confirma dois traços que eu suspeitava que compartilhávamos — que Beau gosta de meninos e também passa por problemas — e um terceiro, que dói mais do que eu esperava: Beau gosta de outra pessoa.

Isso não deveria importar. Somos novos *amigos*, afinal de contas — amigos cuja amizade não vai passar das 23h16 de hoje, de todo modo.

Mesmo assim...

Seguimos no carro e pegamos a Lake Shore Drive na direção norte, ao longo da costa. Enquanto observo a crista das ondas ficarem brancas e brilhantes sob os raios do sol que se põe no céu, sinto um sabor agridoce pela primeira vez em muito tempo: a alegria de aproveitar meu hoje e o pesar porque ele terminará em breve. Afinal, por mais estranho e confuso que o Dia 310 esteja sendo, o fato de que ele vai acabar com Beau se esquecendo de mim é a parte do desafio da sra. Hazel que parece não ter solução.

Beau sai da via expressa e dirige até chegarmos ao Aragon Ballroom, uma das casas de shows mais famosas de Chicago. Ao contrário da Confeitaria Tudo Azul do Ben, do Aragon eu já tinha ouvido falar. Ele estaciona perto da placa preta imensa que exibe o nome do estabelecimento em letras brancas garrafais para todo o norte da cidade ver. Beau então me lança um sorrisinho curioso antes de sair do carro do sr. Zebb, sem dizer nada. Ele está mesmo gostando de me provocar com essas pendências, dá para ver.

Desço também e, mais uma vez, corro atrás dele para acompanhá-lo.

— Já ouviu falar no Aragon? — Beau grita para mim.

— É claro que sim — respondo, como se isso me fizesse ser descolado e ganhar pontos como um legítimo habitante de Chicago.

— Sadie veio a um evento aqui ano passado... Ela não parou de falar dele por um segundo, mas eu mesmo nunca vim.

— Que bom — comenta Beau. — Isso aqui vai ser ainda mais legal se for sua primeira vez.

Vamos até a entrada principal do saguão. Para a minha surpresa, está escuro e vazio do lado de dentro. Há uma placa na frente da porta de entrada com os dizeres: ESTAMOS TEMPORARIAMENTE FECHADOS PARA MANUTENÇÃO INTERNA ATÉ 23/9.

— Você sabia disso? — pergunto para Beau, apontando para a placa.

— É por isso que estamos aqui.

Ele pega o celular de novo e manda uma mensagem, um sorriso agradável ressurgindo em seu rosto. A princípio, me pergunto se ele está falando com o garoto com quem tivera problemas, mas quando o celular vibra em resposta um momento depois, Beau anuncia:

— Ela está vindo.

— Quem?

— Minha amiga, Dee. Ela trabalha aqui.

A silhueta pequena de Dee aparece na escuridão do saguão, e suas feições se materializam quando ela se aproxima de nós. Destranca a porta para nos receber.

— Você veio mesmo! — exclama ela, aparentemente surpresa por ele ter decidido dar as caras.

Os braços dela, fininhos, mas fortes, envolvem Beau em um dos abraços fofos mais agressivos que já presenciei. Ela começa a murmurar alguma coisa, mas não consigo ouvir de onde estou, porque o rosto dela está comprimido no peito dele.

Eles se soltam.

— Está se sentindo melhor? — Beau sussurra para ela.

Desvio o olhar para não parecer bisbilhotar um momento particular que não me diz respeito.

— Aham — afirma ela, sorrindo.

Embora não pareça convencido, Beau responde:

— Tá certo. — Ele eleva a voz de volta a um tom normal. — Parece surpresa em me ver. Eu disse que viria.

— É, mas não seria a primeira vez que um garoto me daria um bolo. — Dee solta uma risada, vira o corpo e olha para mim. — Clark! — Antes que eu possa perguntar como ela sabe meu nome, Dee me puxa para um abraço forte demais para alguém da estatura dela. Minhas entranhas quase saem pela boca. — Beau falou por mensagem que você viria também.

Dee, que parece ser um pouco mais velha que nós dois, é a personificação de um pacote de balinhas Starburst. Seu rosto é ancorado por olhos redondos magnéticos, um de cada lado de um narizinho achatado. *Dreads* finos, partidos perfeitamente ao meio da cabeça, recaem sobre seus ombros, e as sardinhas escuras que decoram a pele marrom parecem ter sido colocadas ali com muito capricho por alguma maquiadora renomada.

— Você é linda — digo, com as palavras simplesmente saindo da minha boca. Meu estômago dá uma cambalhota para trás, e eu percebo com horror que fiz o elogio em voz alta.

Viu? É *por isso* que tem sido difícil fazer amizades.

Só que a expressão no rosto de Dee sugere que ela gosta da minha sinceridade acidental.

— Gostei desse cara — diz para Beau, apontando para mim.

— Desculpa se isso soou estranho — declaro, estalando os dentes. Olho para Beau e abaixo o tom de voz. — Foi algo estranho de dizer?

Beau coloca a mão na parte baixa das minhas costas e me guia para dentro atrás de Dee.

— Vamos entrar, Estranhão.

O saguão do Aragon é impressionante, mesmo coberto de sombras. O piso de mosaico no chão leva a um corredor cavernoso, onde arcos nos levam ainda mais para o interior do local. É silencioso, fresco e parado aqui — quase de um jeito bizarro —, e eu sinto que as paredes contariam milhões de histórias se pudessem.

— Falei para Beau ontem que ele devia aparecer aqui — explica Dee para mim, sua voz ecoando das paredes. Ela nos leva até o outro canto do estabelecimento com a tranquilidade e a confiança de uma guia de turismo. — Estamos fechados para reformas esta semana, então vocês dois estão com sorte.

Olho de um para o outro.

— Por que isso significa que estamos com sorte?

— Vocês vão ter o lugar todo só para vocês — diz ela. — Só há uns caras da construção que vocês podem encontrar por aí. Se eles falarem com vocês, finjam trabalhar aqui.

Beau e eu trocamos olhares, ambos sem saber o que seria exatamente fingir trabalhar aqui.

Chegamos ao fim do corredor, onde escadarias largas com corrimãos chiques nos levam para cima. Beau e eu seguimos Dee para onde quer que ela esteja nos conduzindo.

Quando chegamos, meu queixo vai ao chão.

— Nossa — murmuro.

Beau cutuca a lateral do meu corpo, brincando.

— Falei que seria ainda melhor se você nunca tivesse vindo aqui.

É como se tivéssemos entrado no pátio de uma vila na costa do Mediterrâneo — ou na versão disso em um set de filmagens. Logo à frente, do outro lado do salão, há o palco típico para os shows, mas nas paredes exteriores há pilares decorados, mezaninos de estilo espanhol e torres circulares extravagantes que circulam a pista de dança vazia e de chão de taco. Luzes amarelas conferem um brilho aconchegante ao espaço, mas elas nem se comparam aos tons calorosos que nos iluminam.

— Isso aqui não é surreal? — sussurra Beau, com a cabeça tombada para apreciar a vista.

O teto do Aragon bem lá no alto é pintado com as cores de um cosmos radiante. Feixes de roxo, rosa e azul cruzam o universo escurecido, e estrelas piscantes, espalhadas a alguns metros umas das outras, me convidam para uma galáxia distante anos-luz do estado de Illinois.

— Preciso resolver uma papelada antes do fim do meu turno, às seis — anuncia Dee. — Mas aproveitem! Deem uma volta, tirem fotos, façam o que quiser, mas por favor não quebrem nada que…

— Peraí — interrompe Beau. — Você vai deixar a gente aqui?

Dee faz que sim.

— Mas achei que você queria — ele abaixa a voz, como tinha feito lá fora — falar de ontem à noite?

Dee solta uma gargalhada. É como se ela quisesse rebater o tom sério de Beau.

— Eu estava fazendo drama! Agora já tô bem. Não esquenta a cabeça.

Olho novamente para o céu noturno pintado para parecer desinteressado no diálogo dos dois.

Beau espera um instante para falar.

— Tem certeza?

— Sim.

— Absoluta?

— *Sim.* — Dee dá um empurrãozinho nele em direção ao centro do salão. — Aproveitem o lugar enquanto ainda estão a sós.

— Beleza. Valeu, Dee.

Assinto e sorrio para ela antes de Dee desaparecer descendo as escadas.

— Tá tudo bem? — pergunto a ele.

— Espero que sim — manifesta Beau. — Ela teve uma noite difícil, mas nunca quer desabafar.

— É porque estou aqui? Não me importo de ficar no saguão um pouco para dar privacidade para vocês dois.

Beau silencia minha preocupação.

— Fica tranquilo — declara ele, embora não pareça estar levando seu próprio conselho ao pé da letra. — A Dee é casca-grossa. Ela vai se abrir quando quiser.

Ele segue para o meio do salão, me deixando faminto por respostas.

Da mesma forma como aconteceu quando Beau e Otto deixaram tópicos pesados no ar na confeitaria, fico com uma sensação parecida de que tem mais coisa nessa história com Dee. Parte de mim quer perguntar, sabendo que só tenho mais algumas horas com ele, e cada canto do desvio que eu não investigar pode guardar informações importantes em relação às dicas da sra. Hazel ou sobre como Beau apareceu aleatoriamente no Dia 310. Mas também percebo que a amizade de Beau com Dee e Otto não é da minha conta — pressioná-lo a respeito pode afugentar o único amigo que fiz em 310 dias iguais.

Eu o sigo para o centro do salão.

— Isso é incrível — destaco, olhando ao redor um pouco mais.

— Achei mesmo que você fosse gostar — observa Beau. — Era de se pensar que estar cercado pelo infinito seria solitário, mas aqui? — Ele balança a cabeça. — Tem o efeito oposto. Queria ter um refúgio assim onde a gente mora.

Paramos embaixo de um globo de ouro que gira baixo, próximo ao palco.

— Por que você se mudou para Rosedore? — indago.

— Tecnicamente, não me mudei. Moro na cidade vizinha, em West Edgemont, mas é que… — Ele parece ponderar o que compartilhar comigo. — Fazia mais sentido eu estar em Rosedore.

— Eita, West Edgemont. — Balanço a cabeça. — Sinto muito. É ainda pior que Rosedore.

Ele solta o ar.

— Desde o primeiro ano, ter me mudado de Chicago para morar com os meus avós brancos entediantes na cidadezinha branquela e retrógrada deles não tem sido exatamente uma receita para a felicidade. — Não sei o que minha expressão entrega, mas ele deve sentir a necessidade de explicar, porque emenda: — Meu pai era preto e minha mãe é branca. Moro com os meus avós maternos.

Era. Então acho que dá para deduzir que o pai de Beau morreu? Só que, se a mãe dele ainda está viva, fico me perguntando por que ele não poderia morar com ela.

— Você não quer saber da minha história de merda — diz, aparentemente lendo minha mente. — Vai por mim.

Na verdade, quero, mas talvez seja melhor mudar o tópico para algo mais leve, para evitar arruinar o momento com conversas sobre nossas famílias desestruturadas.

Olho ao redor, pensando em como foi doido a gente ter conseguido entrar no Aragon Ballroom vazio, só para nós dois. Nem quando eu saía da rotina na minha fase de lua de mel eu teria imaginado algo assim.

— Eu não acredito que você considere que estar *aqui* — gesticulo para o salão — seja uma mera pendência.

Ele se aproxima de mim, mas seus olhos se voltam para o céu.

— Por que não seria uma pendência?

Beau gosta mesmo de se fazer de sonso.

Suspiro, entrando na onda dele.

— Quando penso em *pendências*, imagino, por exemplo, dar um pulo no mercado para comprar ingredientes que estão faltando para uma receita de doce. Quando penso em *pendências*, imagino tarefas que precisam ser feitas.

Ele abaixa a cabeça para me olhar.

— Você é confeiteiro?

Sinto minhas bochechas ficarem quentes — não porque sinto vergonha de cozinhar, mas por ser um completo amador na coisa pela qual sou mais apaixonado.

— Sou. Bem, eu *meio* que sou confeiteiro.

Beau sorri.

— Meio?

— Não estudei formalmente — explico. — No geral, eu só pego receitas da internet e brinco na cozinha da minha mãe.

— Nossa! — emenda Beau, impressionado. — Você deve ter enlouquecido na Tudo Azul, né?

— Pode-se dizer que sim.

Mantemos o contato visual.

— Bom — continua ele. — Que bom que não seja necessário fazer um mestrado na arte da confecção de doces para se chamar de confeiteiro. — Ele volta o olhar para o teto. — Goste ou não, você é um confeiteiro, Clark.

Minhas bochechas ruborizadas ficam ainda mais quentes.

— Quanto à sua pergunta — acrescenta —, concordo com você a respeito da definição de uma pendência. Mas considero comer brownies na praia e invadir salões vazios com você tarefas que eu absolutamente precisava fazer hoje.

Beau se deita no chão e levanta os cotovelos para colocar as mãos embaixo da cabeça. Faço o mesmo, esperando que a luz fraca esconda o quanto meu rosto está corado agora. O espaço está tão calmo e o céu falso é tão cativante que é como se a gente pudesse flutuar em direção à Via Láctea e sumir para sempre.

— Obrigado por embarcar comigo na aventura de hoje — diz ele, baixinho. — A maioria das pessoas não gosta da minha impulsividade. Ou, como minha mãe chamou uma vez, minha impuls*idiotice*. — Ele balança a cabeça. — Meus avós gostaram tanto dessa palavra que a usam até hoje para descrever minhas loucuras.

Olho para ele de canto de olho.

— Por que a maioria das pessoas não gosta disso em você?

— Já me causou problemas antes.

— Em que sentido?

Ele limpa a garganta.

— Vamos lá: teve a vez em que eu gastei dois meses do meu salário de atendente de uma loja de frozen yogurt em uma cadeira reclinável irada para jogar videogame no meu quarto, sem nem pensar duas vezes. Só que o entregador não conseguiu fazer o trambolho passar pela porta da casa dos meus avós. Era grande demais. Vejamos… Ah, no sétimo ano, dei um peteleco tão forte entre os olhos de um menino chamado Mark, por ele ter roubado meu último nugget, que fui parar na detenção.

Dou uma risada.

— Parece que Mark mereceu — comento.

— Errado você não tá — confirma ele, rindo também. — Mas eu provavelmente deveria ter contado para a professora Winfords em vez de recorrer à violência sem pensar direito nas consequências. Quer mais exemplos? Tenho vários.

Dou um sorriso.

— Sua mãe pode até ver impuls*idiotice*, mas eu vejo espontaneidade. E não acho que seja algo ruim. Ir à praia aleatoriamente numa segunda-feira? Ter uma casa de shows foda só para nós? Quem me dera eu fosse mais como você. A espontaneidade compensa.

Olho para ele mais uma vez, rápido o bastante para ver que também está sorrindo, antes de eu virar o rosto de novo.

Estou indeciso. Parte de mim quer continuar deitado, relaxando e aproveitando o momento, mas a parte que se lembra de como acabei resolvendo pendências com ele está determinada a decifrar o desvio na lição de casa da sra. Hazel e o surgimento repentino de Beau. Meu tempo para fazer isso antes de o dia recomeçar e Beau se esquecer de quem sou está se esvaindo.

— Posso fazer uma pergunta pessoal? — indago, quebrando nosso silêncio.

Ele fica de lado, apoiando a cabeça na mão.

— Claro.

Faço o mesmo, ficando de frente para ele.

As luzes roxas e cor-de-rosa do salão dançam nas bochechas dele, e seus olhos — uma distração tão grande quanto o universo lá em cima — reluzem como as estrelas mais brilhantes lá do teto.

Foco, Clark.

— Por que você está solitário? — questiono, tentando ligar os pontos entre a primeira dica da sra. Hazel e nós dois. — Você por acaso também não tem uma melhor amiga que se mudou para o Texas, tem?

— Não exatamente. — Ele se senta e se vira para o palco, apoiando os cotovelos nos joelhos. — Lembra dos problemas com um garoto que mencionei antes?

Assinto.

— Ele tem a ver com isso.

— Ah, é?

— Sem entrar nos detalhes confusos, basta dizer que... — Ele para de novo. — É importante que eu o reconquiste.

Sei que os problemas de Beau com o garoto provavelmente significam uma de duas coisas: ou Beau namora, ou está torcendo para namorar. Estar preso num *loop* temporal significa que nunca poderei namorar ninguém, e, chegado o Dia 310, eu já deveria ter aprendido que não vai rolar me apaixonar por alguém. Ainda assim, ouvir Beau confirmando da própria boca que quer outro garoto não me traz uma sensação muito legal.

— Ele terminou com você? — deduzo.

— Aham.

— Então, por que você está tentando reconquistá-lo?

Ele sorri, como se eu não fosse entender.

— É complicado.

— Bom... — hesito, me perguntando se eu deveria mesmo falar. — Se é para ser sincero, acho que não vale a pena lutar por um garoto que lhe cause problemas.

Ele estuda meu rosto em silêncio. Eu nunca desejei poder ler mentes mais do que agora.

— Talvez você esteja certo — concede ele, enfim. — Mesmo assim, é complicado.

— Como?

— É uma história longa e triste, Clark, e ela não merece ser contada sob um céu noturno tão lindo. Mesmo que seja só uma pintura.

Uma voz grossa quebra a calma do salão.

— Ei! — Nós dois olhamos para o palco, onde um homem gigantesco e bigodudo de capacete de construção nos encara com suspeita. — O que vocês estão fazendo aqui dentro?

— Trabalhamos no Aragon — mente Beau.

— Não trabalham, não — rebate o homem, imediatamente.

— Trabalhamos, sim — reitero, dando apoio a Beau de maneira tão confiante que me surpreende.

— *Não* — reafirma o homem, mais devagar, se aproximando de nós. — Não trabalham.

Beau e eu trocamos um olhar, decidindo, sem pronunciarmos uma só palavra, que é hora de ir embora. Levantamos e vamos correndo para a saída enquanto o homem continua gritando do palco.

— Tem tempo pra resolver mais uma pendência comigo? — pergunta Beau, enquanto descemos as escadas rumo ao saguão.

— Aham — declaro, andando depressa pelo piso. — Onde?

Ele se vira para mim com um sorrisinho.

Eu deveria ter previsto que não receberia uma resposta.

CAPÍTULO SEIS

Entramos no carro do Sr. Zebb e seguimos em alta velocidade pela Lawrence Avenue.

— Acha que Dee vai se encrencar por ter deixado a gente entrar? — indago.

— Não se preocupa com ela, não — defende Beau, calmo. — Acho que um pedreiro irritado é a menor das preocupações dela hoje.

Apesar de não parecer que o cara está vindo atrás de nós, Beau vira rápido à direita, depois à esquerda, e dirige em ziguezagues apressados pela cidade, como se estivéssemos em fuga num videogame. Fileiras de restaurantes, lojas e apartamentos de tijolinhos se confundem em feixes de cor pela minha janela, me lembrando de que sou um garoto do subúrbio, completamente perdido numa cidade grande assim. Ao contrário do caminho de Rosedore para a Confeitaria do Ben, no entanto, confio em Beau para nos levar ao nosso próximo destino.

— Aguenta aí — ele me acalma, dando tapinhas na minha coxa esquerda com sua mão direita. Ela permanece ali por um momento, fazendo uma explosão de arrepios subir e descer pelos meus braços. — Estamos quase lá.

Descubro, um minuto depois, enquanto Beau manobra para estacionar, que existe um lugar chamado Cinema Esplêndido.

— Se você gosta de filmes antigos, principalmente comédias românticas dos anos noventa que envelheceram como leite coalhado, este lugar aqui é pra você — declara ele, abrindo uma porta para a entrada. — Parece preso no século passado e nunca fica cheio. Acho que posso ser a única pessoa que sabe que ainda está funcionando.

— Como se mantém aberto se não há público? — indago.

Beau dá de ombros.

— Eu é que não vou perguntar.

O tapete do saguão, com tema retrô e manchas de refrigerante, tem um cheirinho de mofo pungente o bastante para estragar o aroma da pipoca com manteiga. Uma bomboniere pequena nos recebe logo na entrada, com umas poucas opções de doces e refrigerante em exposição — não chega nem perto da variedade das grandes redes de cinema. Pôsteres de filmes de décadas passadas, emoldurados por plástico, preenchem as paredes; a maioria, tortos.

O lugar está vazio, exceto por um funcionário com cabelo loiro estilo surfista e olhos verdes vívidos, que parece ter nossa idade, se não for um pouco mais velho. Ele está tão absorto pela música tocando em seus fones de ouvido e pelos papéis em suas mãos que só nota a nossa presença quando chegamos a menos de meio metro de distância.

Ele arregala os olhos ao nos ver, como se estivesse em choque por ver clientes de carne e osso. Tira os fones de ouvido e deixa os papéis de lado.

— Bem-vindos ao Cinema Esplêndido.

— Oi, Emery — cumprimenta Beau. — O que tá passando hoje?

Emery fica confuso por Beau saber seu nome, até Beau menear a cabeça, apontando para o crachá no peito de Emery.

— Ah, tá — anui Emery com um sorrisinho tímido. — É mesmo. — Ele dá uma olhada no computador à sua frente, que acredito ter a resposta para a pergunta de Beau. — *Harry e Sally: feitos um para o outro* começa na sala um em alguns minutos e *A princesa prometida*, também na sala um, daqui a umas… — Ele semicerra os olhos. — Duas horas.

Espero ele continuar, mas Emery não diz mais nada.

— Não tem uma sala dois? — balbucio na direção de Beau.

— Não — respondem Emery e Beau, ao mesmo tempo.

Logo de cara, acho que estão brincando, mas o semblante de Emery confirma que não é o caso.

Beau considera nossa única opção.

— *Harry e Sally* — diz ele, olhando para mim. — Você já viu?

Balanço a cabeça.

— Quer ver?

Sorrio.

— Claro.

— Dois ingressos, por favor — pede Beau para Emery, que fica imediatamente assustado com a possibilidade de trocar dinheiro por ingressos. — Vamos querer também uma pipoca grande e dois refrigerantes.

Beau coloca dinheiro sobre o balcão.

Coloco a mão no bolso.

— Espera, eu pago a minha parte.

Beau balança a cabeça.

— Relaxa.

— Não, é sério — reafirmo, tirando a carteira. — Eu...

Mas Beau gentilmente afasta minha mão.

— Não é nada de mais.

Emery parece entretido.

— Perrengues do primeiro encontro?

Um silêncio constrangedor se instala no ar entre nós três.

— Não é um encontro — declaro.

Beau vira a cabeça para mim, surpreso.

— Ah, não?

Fico paralisado. E o garoto que ele quer reconquistar? A gente não acabou de concordar em ser amigos?

Mas então ele sorri.

— Tô zoando com você — ele responde, empurrando o dinheiro no balcão para pagar por nós dois.

Depois de cinco minutos e de Emery derrubar um saco de pipoca, Beau e eu estamos na última fileira de uma sala escura enquanto a grande tela na nossa frente passa trailers de filmes com o dobro da minha idade.

As poltronas do cinema podem ser pequenas e frágeis, rangendo a cada respiro que a gente dá, mas o ar-condicionado milagrosamente ainda funciona superbem, o que por si só faz a pendência número três valer a pena.

— Posso dizer uma coisa? — pergunto a Beau.

Ele faz que sim.

— Este tem sido um dos hojes mais interessantes que já tive — declaro, jogando um piruá de pipoca na boca.

— Hojes?

— O que quero dizer é que nosso tempo juntos tem sido interessante, só isso.

Beau pondera sobre o que falei.

— Interessante é bom? — sussurra ele para mim enquanto o filme começa (embora ele não precise exatamente falar baixo, já que somos os únicos na sala).

— Aham. Interessante é muito bom.

Depois dos créditos de abertura, o filme começa com um casal idoso dando uma entrevista, explicando como se apaixonaram. Sei que *Harry e Sally: feitos um para o outro* é uma comédia romântica clássica — lembro da minha mãe citando as falas mais engraçadas para o meu pai na cozinha da nossa antiga casa, o que a essa altura me parece um sonho de uma vida passada — e é justamente a isso que eu e Beau estamos assistindo. Mas é tudo tão... cafona, eu acho? Sei lá. Vai ver é só o divórcio dos meus pais falando mais alto, ou a impossibilidade de ter um namorado nas circunstâncias em que me encontro — talvez as duas coisas —, mas é difícil engolir uma premissa tão previsível que com certeza acaba num final digno de contos de fadas.

Eu chego mais perto de Beau.

— Você já viu esse antes?

— Aham.

— E gostou?

— Aham.

Paro.

— Sério?

Ele olha para mim de canto de olho.

— Peraí, você não tá gostando?

Dou de ombros.

— *Acabou* de começar — rebate ele, sorrindo. — Dá uma chance.

— Dou, tá bom.

E é o que faço. Só que, depois de meia hora, continuo na mesma.

— E aí? — pergunta Beau, chegando mais perto de mim. — Está gostando mais agora?

Mordo o lábio inferior, hesitando.

Ele sacode a cabeça, decepcionado comigo.

— Acho que nem todo mundo tem bom gosto.

Arregalo os olhos, um pouco ofendido (mas de brincadeira).

— Olha aqui, sei que é uma opinião controversa, e não é um filme ruim — esclareço. — É divertido. E fofo, eu acho. É só que...

— É tonto?

— Não.

— Um saco?

— Eu não diria isso.

— Então o quê?

Tento descobrir a melhor forma de colocar o que sinto em palavras.

— Esse filme vai ter um final de contos de fadas.

— E... isso é ruim?

— Não, não necessariamente. Mas finais felizes são muito mais satisfatórios quando são verossímeis — retruco. — E essa história de amor não é muito crível.

— Então você não acha que você e outra pessoa possam viver isso um dia? — pergunta Beau, balançando a cabeça para os personagens de Billy Crystal e Meg Ryan na tela.

Solto uma risada.

— Não, não acho.

— E por que não?

Olho para a tela, pensando.

— Não querendo ser cínico, mas já sendo: não acho que as pessoas tenham um alguém destinado a elas.

— Tipo uma alma gêmea?

— É, acho que sim. — Encho a mão de pipoca. — Acho muita ingenuidade pensar que duas pessoas possam se completar num passe de mágica, como se fossem peças perfeitas do mesmo quebra-cabeça.

— Não acho que almas gêmeas precisam se completar perfeitamente — diz, roubando pipoca da minha mão, embora ainda haja pipoca na dele. — Por exemplo, o menino com quem estou tendo problemas. Definitivamente, não éramos perfeitos. Nem de longe.

Faço uma careta, confuso com a linha de raciocínio dele.

— Deixa eu ver se entendi, então. Foi ele quem terminou com você, você acha que vocês dois, abre aspas, estavam longe de combinar, fecha aspas, e agora está tentando reconquistá-lo?

— Longe de sermos *perfeitos* — corrige Beau. — Tem uma grande diferença. E sim.

Balanço a cabeça para ele.

— Não entendo.

— Não precisa entender. Relacionamentos envolvem concessões — pontua ele. — Talvez eu precise ceder um pouco pra gente não romper, e tudo bem.

— Mas achei que vocês já tinham rompido. O namoro, no caso.

— Sim. E eu aprendi a lição. Posso tentar ser mais como a pessoa que ele queria que eu fosse, e torço para que isso também sirva para ele.

Limpo alguns piruás perdidos que caíram na minha perna, nada convencido pela visão que Beau tem do amor.

— Esse garoto misterioso tem nome?

Beau abre a boca, ri e depois a fecha de novo.

— Tem, sim.

— E aí… qual é?

— Não importa.

Semicerro os olhos para encará-lo.

— Por que não quer me contar?

— Porque não quero estragar a nossa noite.

Dou risada.

— Ei, foi *você* que concordou comigo e disse ao Emery que isto não era um encontro.

— Porque não é — rebate ele.

— Somos apenas *amigos*.

— Eu sei.

Fecho os olhos ainda mais.

— Então, por que me dizer o nome do seu ex estragaria a nossa noite?

Ele suspira.

— Porque daí *eu* ficaria pensando nele mais do que já estou, e para *você* ele viraria uma pessoa real.

— Porque até agora ele… não é uma pessoa real?

— Posso tentar reconquistá-lo amanhã — continua ele. — Mas, hoje, eu prefiro só ter uma noite divertida *e amigável* com você.

Continuo olhando para ele por mais um momento.

— Mas acho que é bom repetir: não sei se vale a pena lutar por um garoto que lhe cause problemas.

Beau aperta os lábios, ao mesmo tempo encantado e frustrado comigo, é evidente.

— E *também* vale eu repetir uma coisa: é complicado — rebate ele.

Sorrio.

— *Touché.*

— *Enfim.* — Ele balança o saco de pipoca para espalhar a manteiga. — Quero ouvir mais a respeito da sua opinião ridícula sobre almas gêmeas. Porque parece que você tem certeza de que nunca vai encontrar a sua. Ou não?

Dou de ombros, realmente incerto.

— O que te faz pensar isso? — pergunta ele.

Solto o ar.

Por onde eu começo?

Pelo fato de que não só nunca namorei, mas também nunca tive um encontro de verdade? Pelo fato de que sou um produto dos meus pais — duas pessoas que passaram décadas apaixonadas, até o casamento explodir pelos ares feito uma caçamba de lixo em chamas? Ah, ou pelo fato de que vai ser um milagre se eu passar das 23h16 hoje?

Encontro a maneira mais simples de dizer a verdade:

— Uma alma gêmea pode não estar nas minhas cartas, mas estou em paz com isso.

Beau sorri antes de se virar para o filme novamente.

— Hum.

Cutuco o ombro dele com o meu.

— O que esse "hum" significa?

Ele limpa a garganta.

— Vou só dizer isso: para um cético de almas gêmeas como você, entendo por que esse tipo de filme não tem graça. Afinal, você acha que eles devam ser críveis.

— Certo, acho que estou entendendo…

— Mas, para mim, a genialidade de uma comédia romântica atemporal não tem nada a ver com verossimilhança. É mais importante que ela funcione como fuga para o público.

— E do que exatamente o público está tentando fugir?

Beau dá um gole no refrigerante.

— Da realidade.

— Por que você quer escapar da sua realidade?

— Uma realidade com uma mãe inútil e um pai morto? — Os olhos de Beau vagam para mim antes de se voltarem para Meg Ryan. — Eu vinha muito pra cá sozinho depois da aula. A sala um, acredite ou não, estava sempre vazia — sorri — e eu vinha aqui e só… ficava bem. É um luxo conseguir perder-se em outro mundo. — Ele se afunda na poltrona e chega mais perto de mim. — E é um luxo poder fugir do mundo real.

Nossos braços roçam um no outro sobre o descanso compartilhado entre as nossas poltronas... e eu sinto o calor subindo pelo meu pescoço e pelo meu peito e... para todos os lugares, basicamente.

— Sinto muito que você tenha de fugir da sua realidade. Eu entendo.

E entendo mesmo. Porque é justamente o que estou tentando fazer *neste exato momento*.

Nós dois voltamos a atenção para a tela; mas, em vez de acompanhar a história de Harry e Sally, começo a ligar os pontos na de Beau. A mãe dele que parece ser horrível e o pai que está morto, o fato de ele morar com os avós numa cidade branca retrógrada, a necessidade de fugir para um mundo fictício para escapar de tudo. É tudo que eu sei a respeito de Beau Dupont.

O que *não* sei é o que não foi dito durante nossos encontros com Otto e Dee. Ou o que aconteceu com o pai dele, e por que a mãe dele é ausente. E, mais sério ainda, por que ele apareceu como um desvio de rumo no Dia 310?

Não faço a menor ideia do que Beau possa representar de relevante para mim — se é que representa alguma coisa —, de por que o universo pode ter desejado empurrá-lo para ser meu novo amigo, ou se a resposta para alguma dessas perguntas poderia me levar ao amanhã. Porém, ao menos por enquanto, estou feliz por ter escapado do meu hoje com Beau.

— A propósito — sussurra ele —, acho que você está errado.

Olho para ele.

— Em relação a quê?

— Você tem, sim, uma alma gêmea — diz ele. — Só precisa encontrá-la.

CAPÍTULO SETE

A CÂMERA SE AFASTA DE HARRY E SALLY ENQUANTO O CASAL SE agarra num beijo coberto por confetes na noite de Ano-Novo.

Logo depois, os créditos começam a subir.

— Viu só? — diz Beau, batendo a lateral do joelho no meu. — Um clássico, não é?

Viro a cabeça de um lado para o outro.

— Não é ruim, não.

— Credo, você é um crítico difícil demais de agradar, Clark.

Verdade seja dita, gostei muito mais do filme do que pensei que gostaria quando começou. Mas acho que o motivo tem mais a ver com as risadas de Beau com as frases icônicas de Sally e os sorrisos sonhadores que ele dava nas cenas mais emocionantes.

As luzes fracas da sala começam a ficar mais intensas.

Beau se inclina para trás na cadeira para se espreguiçar, esticando os braços longos para a frente.

— Já deve estar na hora de você voltar para casa, né?

Pego o celular, que agora tem o triplo de mensagens e ligações perdidas do que quando olhei depois da praia. Com uma olhada rápida, noto que são basicamente as mesmas notificações de pânico que eu espero receber quando saio da rotina.

Mas uma delas chama a minha atenção.

É de Sadie, enviada cerca de uma hora atrás.

> Preciso de você.

Que... atípico.

Ela *precisa* de mim?

Todas as outras mensagens são da minha mãe, do meu pai e de Blair implorando para eu voltar para casa ou, no mínimo, querendo saber se estou bem. Vasculho meu cérebro atrás de algo nos meus dias anteriores que possam indicar algum contexto à mensagem de Sadie, mas ela sempre tem um ótimo 19 de setembro com seus amigos na escola nova e encerra a noite com sua comida favorita (o espaguete do sr. Green). Por que ela estaria precisando de mim agora?

— Sua família deve estar enlouquecendo — comenta Beau, vendo que não paro de olhar para o celular. — Você precisa ligar para alguém?

Cogito chamá-la no FaceTime, mas sei que meu tempo com Beau no Dia 310 é limitado, e a ideia de passá-lo com alguém que sei que verei no Dia 311 me parece uma furada. Claro, a mensagem que recebi de Sadie foi estranha, mas coisas ainda mais estranhas já aconteceram nas ocasiões em que saí do roteiro.

— Posso ficar na rua até mais tarde — afirmo, guardando o celular e dando um sorriso para confortá-lo. — E você?

Beau parece favoravelmente surpreendido pela minha resposta.

— Emery disse que logo vai começar *A princesa prometida*. Vamos de sessão dupla?

Assinto, e ficamos no lugar.

Alguns minutos depois, as luzes diminuem de novo.

— Ninguém entra para dar uma olhada e limpar a sala entre uma sessão e outra? — pergunto a Beau, olhando ao redor enquanto os mesmos trailers de antes começam a passar.

— Se por "ninguém" você quer dizer o Emery, não. Ninguém vem, não — ele responde, acabando com as últimas pipocas.

Eu me ajeito na poltrona. Estou um pouco distraído por causa da mensagem de Sadie, mas o cinema aconchegante e escuro, junto ao conforto de ter Beau ao meu lado, me embalam de volta à maravilha do Dia 310.

Desperto, piscando repetidamente para afastar o sono, e vejo os créditos finais de *A princesa prometida* subindo na telona.

Droga. Dormi lá pela metade do filme.

Olho ao redor, ansioso, porque Beau não está aqui.

Levanto e corro da sala de cinema, encontrando Emery sozinho no saguão. Mais uma vez, ele está consumido pelas folhas de papel na sua mão e pelo que quer que esteja ouvindo no celular.

— Oi — digo, assustando-o. Ele tira os fones e eu reconheço a música da DOBRA a que ele está escutando. — Você viu o cara que veio comigo?

— Aham. — Emery aponta para o teto. — Ele foi lá pra cima.

Fico aliviado por Beau não ter me abandonado no cinema, mas não entendo o que exatamente *lá pra cima* é. Faço uma careta de confusão.

— O terraço — esclarece Emery, agora apontando para uma escadaria. — Ele me disse para te mandar lá pra cima também quando você acordasse.

— Tá… — digo, ainda um pouco confuso. — Os clientes podem ir ao terraço?

Ele dá de ombros.

— Sou novo aqui, mas às vezes as pessoas fazem isso, sim. E quem sou eu para dizer que elas não podem?

Pego a escadaria de concreto e subo alguns lances. No topo, abro a porta para a saída do terraço. O calor não é nada convidativo, mas a vista, sim.

O sol já se pôs totalmente e Chicago se transformou numa floresta urbana brilhante, estendendo-se à distância até o fim do horizonte. O lago não fica muito longe ao leste daqui. Dá para ver sua moldura escura contra as fileiras desiguais de luzes acesas, enquanto os arranha-céus do centro sobem até as nuvens, interrompendo a planície ao sul.

Ali, próximo da placa ofuscante do Cinema Esplêndido, está Beau.

— Bem na hora — anuncia ele, se virando para mim. — Eu estava prestes a descer para acordá-lo, Belo Adormecido.

Vou até ele, envergonhado por ter cochilado lá dentro.

— Foi mal — digo, coçando os olhos.

— Você devia estar exausto — responde ele.

— Eu estava mesmo.

E é verdade. Nas minhas condições, dormir é praticamente irrelevante. Eu fiquei acordado até tarde em 18 de setembro, depois do show da DOBRA, o que significa que sempre vou estar cansado em 19 de setembro, independentemente de ter ido dormir mais cedo ou não — *espera aí um minuto.*

Pego o celular. São 23h10. *Merda.*

Temos menos de seis minutos antes do fim do Dia 310.

Sinto meu estômago embrulhando e começo a entrar em pânico. Parte de mim quer contar tudo a Beau — sobre o *loop* temporal, sobre as dicas da sra. Hazel, sobre ele ter aparecido na aula do sr. Zebb e ter sido realmente extraordinário. São muitas perguntas não respondidas sobre o nosso dia juntos. Talvez, se eu contar a verdade — a verdade *toda* —, ele possa me ajudar a achar algum sentido nisso tudo. Só que, se eu fizer isso, corro o risco de estragar os nossos últimos momentos juntos com uma conversa confusa sobre uma bobagem de *loop* temporal.

Vou encontrá-lo no Dia 311, prometo a mim mesmo.

Respiro fundo, acalmo meus pensamentos ansiosos e me apoio na grade ao lado dele.

— Como foi o fim de *A princesa prometida*?

Ele pondera sua resposta.

— Basicamente perfeito. Dez de dez.

Penso no que quero lhe dizer antes que nosso dia juntos desapareça no mais absoluto nada. Como posso articular o que aquela tarde significou para mim sem parecer patético? Sem passar dos limites?

— Então — Beau preenche o silêncio antes de mim —, posso contar uma coisa?

— Claro.

— Não me senti solitário hoje.

Meu coração palpita.

— Não?

Ele balança a cabeça, as luzes da placa piscando atrás dele.

— Eu também não — declaro. — Não depois de termos nos conhecido.

Ouvimos a polícia se aproximando ao longe. Beau fecha os olhos e abaixa a cabeça, suspirando.

— Coisa boa não é.

Olho para os arredores, em direção aos bairros vizinhos, para ver de onde as sirenes estão vindo e encontro luzes vermelhas e azuis reluzindo em prédios de tijolo a algumas quadras de distância. Elas dobram uma esquina, e um camburão surge no meu campo de visão — vindo direto para o Cinema Esplêndido. Meu peito pesa quando me lembro de que Beau e eu não só desaparecemos — nós desobedecemos a lei, *bem feio*.

— É melhor a gente correr? — indago.

— Não — afirma Beau, com uma indiferença surpreendente em relação ao problemão em que estamos prestes a nos meter. — Prefiro esperar com você.

O carro da polícia canta pneu até parar na frente do cinema e as sirenes se calam. Um policial sai de detrás do volante e corre até o carro roubado. Nós assistimos a tudo do terraço. O sr. Zebb, transtornado, com a camisa polo para fora da calça e o cabelo alvoroçado, sai do banco de trás — seguido pela minha mae.

— Ai, meu Deus — suspiro.

— O que foi? — questiona Beau. — Quem é ela?

Coço a testa, pra lá de envergonhado.

— Minha mãe.

Beau ri.

— Você está mesmo ferrado, hein?

Só pelos próximos minutos, sinto vontade de dizer.

— Desculpa por hoje, sr. Zebb! — grita Beau para baixo, alegremente, balançando os braços para o nosso professor de matemática, que está fora de si. Os três olham para nós no terraço. — Juro — Beau continua a gritar — que não odeio trigonometria como dei a entender, e aposto que *é mesmo* algo importante de se aprender, para muitas carreiras relacionadas a...

— O que foi que deu em vocês dois? — O sr. Zebb não grita, exatamente. Está mais para deixar a raiva acumulada durante um dia inteiro sair rasgando pelas cordas vocais. Ele corre até o carro e passa os dedos pela porta, procurando danos.

— Clark! — vocifera minha mãe em seguida, mais irritada do que já a vi na vida. — O que está fazendo aí em cima?

— Tá tudo bem — grito lá para baixo. — Não se preocupe.

O policial entra no saguão do cinema — aposto que para nos arrastar lá para baixo (espero que não algemados).

— Pobre Emery — balbucio, imaginando o pavor que ele deve estar sentindo atrás do balcão da bomboniere. Se *nossa* entrada o surpreendeu mais cedo, dá para imaginar como ele está reagindo a uma batida policial.

Beau olha para o celular e vê que são 23h15.

O rosto dele então se cobre de remorso — como se ele soubesse que o dia, *o nosso dia*, está prestes a acabar.

Suas mãos vão parar na minha cintura, e ele me puxa para perto.

— Posso? — pergunta ele.

Faço que sim enquanto sinto fogos de artifício explodindo dentro de mim.

— Acho que... meio que gosto de você — confessa ele.

Tento manter a pose.

— É?

— É.

— Mas eu achei que você queria seu ex-namorado de volta — protesto.

Beau não tira os olhos de mim.

— Depois de hoje, não tenho mais tanta certeza.

Meus joelhos quase cedem.

— Que bom — concluo. — Porque eu também acho que, com certeza, meio que gosto de você também.

O sorriso brincalhão dele se transforma em algo mais sério.

— Pode me prometer uma coisa?

Respiro fundo.

— Posso tentar.

— Promete que não vai se esquecer de mim? Independentemente de qualquer coisa?

A porta do terraço se abre de repente, e o policial vem correndo na nossa direção.

— Esquecer você? — ecoo, surpreso. — Claro que não, mas…

Beau se aproxima e coloca os lábios calorosos nos meus. Fecho os olhos e tento aproveitar cada milissegundo antes que o momento seja tirado de mim. Sinto como se estivesse flutuando, como se um monte de balões tivessem sido soltos dentro do meu peito, levantando meus pés do terraço. Os lábios de Beau se movem contra os meus, lentamente e autoconfiantes. A adrenalina corre pelas minhas veias. Eu daria qualquer coisa — *qualquer* coisa — para passar das 23h16 hoje.

Assim que sinto o policial me algemando, abro os olhos. E lá está a cômoda branca me encarando de volta.

CAPÍTULO OITO

Nunca, em trezentos e onze dias preso neste pesadelo, eu quis menos ver minha cômoda do que agora.

Beau Dupont. Preciso encontrá-lo. *Agora*.

Levanto da cama de cueca, mas fico paralisado na luz da manhã, sem saber por onde começar. Será que é melhor eu ir direto para a Confeitaria Tudo Azul do Ben? Voltar para o Cinema Esplêndido e esperar por Beau no terraço? Se eu ao menos tivesse pegado o número dele, isso tudo seria mais fácil. Quer dizer, na verdade, meu celular não teria deixado salvo um contato criado no Dia 310, mas eu o teria decorado. Por que não pensei nisso?

Não, seria burrice da minha parte tentar procurar por ele em um dos locais das pendências anteriores. Enfim, Beau disse que era aluno novo na Rosedore. Então, ir para a escola é minha melhor aposta.

Por outro lado, por que eu não o vi nos trezentos e nove dias anteriores? Por que ele surgiu de repente, como um desvio de rumo? Se o primeiro dia dele como aluno novo foi 19 de setembro, era para Beau ter aparecido na última aula do sr. Zebb 309 vezes antes do hoje em que ele decidiu saltitar pelas mesas, causando o mais puro caos. Isso aqui é… diferente. *Ele* me parece ser diferente.

Por que tive tanta vontade de dar ouvidos à primeira dica da sra. Hazel e fazer amizade com ele? E por que ele me pediu para não esquecê-lo nos nossos últimos momentos juntos?

Espera aí um minuto.

Respiro fundo, lembrando dos nossos últimos instantes.

O olhar sombrio em seu rosto ao perceber que já eram quase 23h16 não foi uma reação normal de alguém que verificasse as horas. E a forma como ele perguntou com toda a sinceridade do mundo se eu prometia não me esquecer dele? O jeito como ele me beijou com calma, bem quando o policial estava prestes a nos esmagar? Só uma pessoa que sabe que lhe restam meros segundos podia ter inventado um beijo como aquele de última hora.

Beau Dupont está preso no meu hoje. Ou eu estou preso no dele.

Só pode ser isso.

Eu deveria ter suspeitado mais cedo. Alguém que rouba carros sem medo, corre pela estrada a cento e sessenta quilômetros por hora e nada pelado em praias públicas em plena luz do dia é exatamente o tipo de pessoa que sabe que não haverá repercussões para suas ações quando chegar o amanhã. Eu, de todas as pessoas, devia ter sacado isso assim que vi as chaves do sr. Zebb na mão de Beau.

Só que, se ele também está preso no hoje... por que nunca o vi antes? E se estamos nessa juntos, será que também não podemos dar um jeito de sair disso juntos?

Eu *preciso* encontrá-lo agora.

Ando de um lado para o outro, feito um elétron endoidecido com a onda de opções quebrando no meu cérebro. Sempre que entro num surto de ansiedade desse tipo, sem fazer ideia de por onde começar, tento me lembrar do conselho da sra. Hazel em uma das nossas primeiras sessões.

Faça uma lista de afazeres, lembro dela dizendo. *No papel, no celular, na cabeça, seja onde for. E comece pela coisa mais fácil.*

— Roupas — decido em voz alta. — Vestir roupas.

Isso eu consigo fazer.

Quando me visto, corro para a escola — literalmente corro. Eu nunca corri rápido assim nem cheguei tão cedo.

Abro a porta da secretaria de supetão.

— Epa, epa, *epa* — exclama a secretária, afastando a cadeira de rodinhas como se estivesse sob ataque.

— Oi, srta. Knotts — cumprimento, meu rosto suado de cansaço. — Preciso fazer uma pergunta. Por acaso você sabe se...

— Eu preciso que você sossegue um pouco — aconselha ela, com as mãos levantadas, exigindo que eu me acalme. — É segunda-feira de manhã antes da primeira aula, Clark, e eu *não tenho* cafeína suficiente no organismo para lidar com o que quer que você esteja prestes a jogar para cima de mim.

— Desculpa — digo, ofegando. — Tô calmo.

Ela espera mais alguns minutos até que minha agitação diminua, me encarando ao mesmo tempo com suspeita e preocupação.

— Está tudo bem com você, Clark?

Limpo a garganta.

— Não. Bem, sim. Mais ou menos.

Ela pisca, sem saber o que decifrar em mim.

— Só queria saber — prossigo — qual a primeira aula do Beau Dupont.

— De quem?

— Beau Dupont.

— Por que precisa saber?

— Eu só... preciso entregar uma coisa para ele — conto uma mentir(inh)a. — É importante.

Ela balança a cabeça como se eu estivesse sendo ridículo.

— Não posso dar esse tipo de informação para outro aluno, mas, mesmo se pudesse, nunca ouvi esse nome antes. É Beau Do-o-quê?

— Pont. Beau Dupont.

Ela dá um gole no café e aperta os lábios finos.

— Não me vem nada à cabeça.

— Talvez porque ele seja um aluno transferido de outra escola que vai começar hoje.

Novamente, ela balança a cabeça.

— Não.

— Não?

— Não tem nenhum aluno programado pra começar hoje.

— Tem certeza?

Ela parece ofendida à sugestão de que possa estar errada.

— Sim, tenho certeza.

— Ele é do último ano, eu acho. E tem aula de trigonometria com o sr. Zebb no último período comigo…

— Clark — corta ela. — Não há nenhum aluno chamado Beau Dupont aqui. O que foi que deu em você?

— Mas eu…

— Olha. — Ela tamborila os dedos no teclado por um momento antes de virar a tela do computador para me mostrar. A pesquisa com o nome e o sobrenome de Beau no que parece ser algum portal do diretório discente indica zero resultado. — Viu só? — reafirma ela. — Beau Dupont não existe. Pelo menos não aqui no Colégio de Rosedore.

Minha mente vai a mil. Isso *não pode* estar acontecendo.

— Agora — continua ela —, posso ajudá-lo com mais alguma coisa ou…

Antes que eu possa ouvir o fim da pergunta, saio correndo da sala e pego o telefone, iniciando o plano B. Um segundo depois, Sadie atende a chamada pelo FaceTime.

— Por que está me ligando tão cedo? — pergunta ela, grogue de sono e com a escova de dentes na boca. A cortina do chuveiro está atrás dela. Minha amiga se inclina em direção à tela, semicerrando os olhos para mim e o meu próprio plano de fundo. — Espera, você já tá na escola? Era para a gente se ligar só às…

— Beau Dupont — interrompo-a. — Você conhece?

— Beau Dupont? — repete ela, parando a escova. — Não. Acho que não. Por quê?

— Tem certeza?

Ela começa a escovar de novo.

— Talvez o nome me soe um tanto familiar, não sei direito. Era pra eu conhecer essa pessoa?

Descrevo a aparência física dele; os olhos ardentes, a estatura esguia, os ombros largos.

Ela cospe a espuma branca da pasta de dente na pia do banheiro.

— Ele parece ser, hum… gostoso? Mas foi mal, não sei de quem você tá falando. O que tá rolando, hein? Quem é esse cara?

— Uma pessoa que preciso encontrar.

— Encontrar tipo *rastrear*? — Ela apoia o celular ao lado da torneira, então eu a vejo se arrumando. — Tá tudo bem?

— Tá… mas também não. Mas deixa isso pra lá, depois eu te conto os detalhes… — Congelo de repente, me lembrando da mensagem que recebi dela no Cinema Esplêndido.

Preciso de você.

— Espera — protesto.

Ela joga água no rosto antes de voltar a olhar para mim na tela.

— O quê?

Será que vale a pena perguntar o que pode ter sido aquilo? Claro, a mensagem não teve nada a ver com Sadie, e é ainda mais estranho saber que ela nunca expressou um sentimento parecido nos meus dias anteriores. Mas não me serve de nada tentar prever as ações das outras pessoas depois de eu ter saído tanto da rota quanto saí no Dia 310. Vai saber, ela poderia estar só tentando chamar minha atenção depois de eu ter ignorado suas mensagens e ligações durante a tarde toda.

— Deixa pra lá, não é nada — digo, balançando a cabeça. — Te ligo depois.

— Promete pra mim que está bem mesmo? — pergunta ela, como se não tivesse certeza.

— Prometo.

— Clark…

Desligo e começo a entrar em cada aplicativo de rede social no meu celular, um após o outro. Em cada plataforma, procuro o nome dele e deslizo a tela por centenas de Beaus e fotos de perfil nada familiares. Não o encontro em nenhuma delas. Jogo o nome no Google, mas não dá em nada também. Tento encontrar Dee no Instagram e torcer para Beau estar marcado em suas fotos, mas — sem saber o sobrenome dela ou se "Dee" é um apelido encurtado de um primeiro nome maior —, minha busca não leva a nada.

Por fim, fico parado no meio do espaço amplo da entrada principal da escola, esperando ver Beau chegar. Só que, conforme as primeiras ondas de alunos começam a entrar apressadamente, começo a sentir como se fosse uma pedra submersa tentando conversar com um salmão em plena época de reprodução, subindo o rio. Fica evidente o quanto seria fácil para alguém passar por mim sem que eu reparasse, e vice-versa, então decido começar a perguntar sobre ele para as pessoas.

Normalmente, não puxo conversa com gente que não conheço na escola, mas, se eu consigo roubar um carro e nadar pelado, sei que posso me forçar a falar com alunos que não vão se lembrar do nosso papo no meu próximo amanhã.

Começo a perguntar a cada pessoa disposta a ouvir se conhece Beau.

Ninguém nunca ouviu falar dele.

— Ei. — Thom me chama do outro lado da entrada. Ele vem até mim, tirando um fone de ouvido. — Você fez a lição de trigonometria? Sou péssimo com cossenos... — Ele nota a expressão ansiosa no meu rosto. — Está tudo bem?

— O nome Beau Dupont por acaso significa algo pra você? — indago, atropelando a sua fala.

Thom semicerra os olhos e morde o lábio inferior.

— Deveria?

— Não necessariamente.

O resto do dia na escola é agonizante. Giro o pescoço entre uma aula e outra, torcendo para ver a cabeça de Beau acima da multidão no corredor durante a troca de salas (não vejo). Encho o saco dos alunos do conselho estudantil, que sabem de todas as fofocas, perguntando se eles ouviram falar de algum transferido de West Edgemont (não ouviram). Até procuro de novo a srta. Knotts durante o almoço, para o caso de ter surgido alguma atualização desde hoje de manhã ("Você precisa esquecer isso, Clark" é a bronca que ela me dá com a boca cheia de sanduíche de atum).

Meu corpo treme dos pés à cabeça quando chega a última aula do dia. Corro para a sala do sr. Zebb, me acomodo na minha carteira atipicamente cedo e fico olhando para a porta, por onde os alunos passam um a um. Meu estômago embrulha de ansiedade cada vez que chega alguém, contorcendo-se um segundo depois quando percebo que são só Sara Marino, Greg Shumaker ou Thom aparecendo atrasados.

Bem lá no fundo do meu coração — que está tão disparado que aposto que apareceria na escala Ritcher —, sei que essa é a melhor chance que tenho de me reconectar com Beau no Dia 311. Se ele estiver preso no hoje e quiser me ver de novo, ele voltaria ao lugar em que nos encontramos da primeira vez, certo?

— Quem odiou a lição de casa? — pergunta o sr. Zebb, animado, na frente da sala, alheio a todo o tormento pelo qual eu e Beau o fizemos passar no Dia 310. — Não tenham vergonha de falar. Sei que cossenos não são para todo mundo.

Um minuto se passa. Depois dois. E três. Percebo então, como um soco lento no estômago, que não vai rolar. Beau não vem à aula.

Será que a srta. Knotts poderia estar certa? Será que Beau Dupont realmente não existe? Será que estou tão devastadoramente solitário — e tão fora da realidade — que inventei uma pessoa com quem fazer amizade?

Não, ele deve existir.

Beau Dupont precisa existir.

Depois de o sr. Zebb nos passar uma lição, vou à sua mesa.

— Fala, Clark. — Ele olha para mim. — Qual exercício está lhe dando problema?

— Não é isso — digo, nervoso. — O senhor por acaso não estava esperando um novo aluno transferido para a aula de hoje, certo?

Ele franze o cenho, pensativo.

— Acredito que não.

— Beau Dupont?

Ele pensa um pouco mais.

— Não. Por quê?

As chaves do carro.

Elas estão logo ali.

— Clark? — emenda ele, vendo que estou completamente paralisado ao seu lado. — Está tudo bem?

— Aham.

— Você parece nervoso.

— Estou bem. É uma tarde difícil, só isso.

— Bem, se tiver uma pergunta de matemática, fique à vontade para...

— Quem é? — pergunto, apontando para a foto ao lado do computador dele.

Quando o professor se vira, pego as chaves da mesa numa velocidade que achei que minha mão não fosse capaz de aplicar. Olho para a turma; ninguém parece ter notado.

— Minha esposa, Mary. — O sr. Zebb assente. — E nosso cachorro, Russell.

— Posso ir ao banheiro?

Ele se vira para mim, ainda mais desconfiado.

— Tem certeza de que está tudo bem, Clark?

Engulo em seco.

— Tenho.

Nós dois trocamos um olhar desconfortável. Um desconforto doloroso e excruciante.

— Está bem — concede ele, apontando para a saída. — Pode ir.

Saio da sala e vou direto para o estacionamento, antes que o sr. Zebb perceba o que aconteceu. Encontro o carro dele — o copo de refrigerante sem gás no meio do console confirma que estou no lugar certo — e saio dirigindo do estacionamento. Ao contrário do Dia 310, consegui evitar uma multidão de professores irados acenando, me mandando parar. Mesmo assim, o surto de adrenalina toma conta de todo o meu sistema nervoso.

— Ai, meu Deus — balbucio para mim mesmo, acelerando pela rua em direção à via expressa. Sou um motorista muito menos habilidoso e confiante do que Beau foi no hoje anterior.

Para onde ir primeiro?

Dee provavelmente é minha melhor chance de encontrá-lo, considerando que Emery nunca tinha visto Beau antes de hoje, e o relacionamento de Otto e Beau, embora sincero, me pareceu um tanto conflituoso na confeitaria. Só que Dee estará trancada e inacessível no Aragon até a noite, e o mapa no meu celular indica que o Cinema Esplêndido é o lugar mais próximo de Rosedore. Respiro fundo, aperto as mãos no volante e torço para que um funcionário de um cinema aleatório possa me mostrar o caminho certo a seguir. (Ou *qualquer* caminho.)

Sem surpresa alguma, Emery está sozinho no saguão quando chego — com os mesmos papéis nas mãos e os fones enfiados nos ouvidos. Entro apressado pela porta da frente. Ele arqueja, dando um pulo para trás no balcão da bomboniere, e ergue as mãos para o alto.

— Só tem uns oito dólares no caixa, cara — arfa ele, a cor fugindo de seu rosto. — Por favor, leve tudo, mas não...

— O quê?! Não, eu não sou... Você acha que eu vim te assaltar, Emery?

Ele fica ainda mais assustado.

— Como você sabe o meu nome?

— Não importa. Você conhece um cara da minha idade chamado Beau Dupont?

— *Bowl?*

— Isso.

— *Bowl* tipo aquelas tigelas pra comer cereal no café da manhã?

— Isso.

Emery para e pensa.

— Não.

— Tem certeza? Ele vem aqui com frequência… eu acho.

— Fui contratado semana passada. Acho que não o conheci ainda.

Resisto à tentação de continuar fazendo perguntas. Aposto que Emery não está mentindo — por que ele faria isso? —, o que significa que não vai ser de grande ajuda.

— Valeu — digo, indo embora rápido.

Antes de fechar a porta, ouço Emery falando:

— Então você não quer ingresso pra *Os fantasmas se divertem*?

Em seguida, dirijo até a Confeitaria Tudo Azul do Ben, pois já está perto da hora em que a gente passou por lá no último hoje.

Há uma van estacionada na vaga onde Beau parou no Dia 310, então entro num beco e ligo o pisca-alerta.

— Você tá brincando, né? — Um pedestre indignado se depara com o péssimo trabalho que fiz ao estacionar (e com ótimos motivos).

— Foi mal! Eu já volto!

A loja está abarrotada de clientes famintos se digladiando por um lugar na fila. Quando finalmente chega minha hora de pedir, Otto repara que estou atrás de mais do que apenas seus brownies azuis.

— Olá — ele me cumprimenta, ao mesmo tempo curioso e preocupado comigo. — Você parece estar precisando de uma mãozinha.

— Estou procurando Beau Dupont — explico. — Por favor, diga que o conhece.

Porém, Otto se distrai com uma cliente que tenta pegar um guardanapo atrás do balcão e não parece ter me escutado.

— Prontinho — ele diz, empurrando os guardanapos para mais perto dela. — Desculpe — ele se vira para mim de novo. — O que foi?

Falo um pouco mais alto.

— Você conhece o B…

Um funcionário da confeitaria aparece atrás de Otto e sussurra algo no ouvido dele.

— Eu faria *pelo menos* mais duas dúzias — diz ele —, porque acaba rápido, principalmente de segunda.

A essa altura, a ansiedade pela resposta de Otto já fisgou meu coração e se recusa a me soltar.

Ele me olha de novo.

— Perdoe-me. Está nitidamente caótico aqui hoje. Pode repetir a pergunta mais uma vez?

Limpo a garganta, respiro fundo e digo pela terceira vez:

— Você conhece Beau Dupont?

Otto me olha com uma expressão vazia por um instante antes de seu rosto se alegrar como o de uma criança numa noite de Natal.

— Claro que sim!

Quase me derreto de alívio, deliciado ao me dar conta de que a srta. Knotts estava errada: Beau Dupont existe *sim*, ainda que não no diretório discente do Colégio de Rosedore.

Ele deve ter mentido sobre ser um aluno transferido. De toda a história de Beau, quais partes seriam verídicas e quantas seriam fictícias?

— Não o vejo há um bom tempo — comenta Otto. — Ele costumava vir todos os dias.

— Por que parou? — indago.

Otto para, de repente questionando meus motivos.

— Desculpa, mas quem é você mesmo?

— Sou amigo do Beau — revelo. — Meu nome é Clark. Estou tentando encontrá-lo.

Os olhos dele se enchem de preocupação.

— Ele está desaparecido?

— Não, não, desculpa. Ele não desapareceu, não. Só não consegui falar com ele hoje, e ele mencionou já ter vindo à sua confeitaria. Por acaso você sabe onde ele mora?

— Com os avós — conta Otto. — Em West Edgemont.

Sinto-me um pouco mais leve quando mais dois detalhes da vida de Beau são confirmados pelo confeiteiro. Pelo menos Beau não mentiu durante todo o nosso dia juntos.

— Você não teria o endereço dele, né?

— O endereço dele? — Otto ri. — Não posso dar informações de um cliente como se fossem amostras grátis.

Paro para pensar em outras coisas que Otto talvez saiba sobre Beau que possam me ajudar. Ele continua em silêncio, me analisando com seus olhos azuis. Dá pra ver que a suspeita dele cresce a cada segundo que passo aqui, planejando meus próximos passos enquanto a fila de clientes irritados cresce atrás de mim.

— Ele já veio com a família aqui? — pergunto.

Otto me olha sério.

— Ou outros amigos? — acrescento.

— Você diz que é amigo dele, Clark…

— Isso mesmo.

— Mas não sabe onde ele mora, que escola ele frequenta ou quem são os amigos e familiares dele?

Abro a boca e a fecho de novo.

— Tá. O resumo da ópera é que eu… gosto dele? — Sinto minhas bochechas corando. — Nós nos conhecemos recentemente, e eu não peguei o número dele, então agora estou tentando encontrá-lo e… — Perco o fio da meada, certo de que minha tentativa de explicar minhas perguntas está piorando a situação. — Entendo que tudo pareça bastante estranho, e não culpo você por duvidar de mim. Desculpa se…

— Peraí, *peraí*. — Otto me interrompe com um suspiro e um sorrisinho. — Não seja tão duro consigo mesmo, Clark. — Ele abaixa o tom de voz. — Sei o que uma paquera pode fazer com uma pessoa. Você não é estranho. Olha só. — Ele gesticula para eu me aproximar.

— Queria poder ajudar, mas Beau não vem aqui há… Caramba, faz um tempão. Quando encontrá-lo, porque sei que vai conseguir, pode mandar um recado para ele?

Faço que sim.

— Peça para ele aparecer por aqui, pois estou com saudades. — Otto faz uma pausa. — Espera, não diga essa última parte.

Sorrio.

— Pode deixar.

— Há brownies de blue velvet esperando por ele.

Minha barriga ronca com a menção do doce favorito de Beau, e percebo que não comi nada o dia inteiro.

— Um desses faria meu dia agora.

Otto ergue um dedo no ar. Ele desaparece atrás do balcão e levanta o corpo de novo um momento depois, com um saco de papel na mão.

Ele entrega o brownie de blue velvet para mim.

— Por conta da casa.

— Tem certeza?

— Claro — promete ele, secando a testa. — Agora vai encontrar nosso amigo.

Agradeço três vezes antes de ir embora e seguir para a praia. Por sorte, me lembro do caminho, chegando ao mesmo ponto onde Beau e eu paramos para nadar. Infelizmente, ele não está por perto.

Coloco o saquinho com o brownie no chão e fico observando as ondas.

— Por que foi que você desapareceu, hein, Beau Dupont? — murmuro para mim mesmo. Ele me pediu para não esquecer dele; mas, a julgar por como tem sido o dia, tudo bem para ele se esquecer de mim.

Vai saber, pode ser que eu esteja errado. Vai ver *não* estamos os dois presos em 19 de setembro. Ou talvez, no fim das contas, Beau tenha decidido que o garoto com quem está tendo problemas era mais digno de seu tempo.

CAPÍTULO NOVE

OLHO PARA A ÁGUA E IMAGINO COMO SERIA EU E BEAU BRINCANDO nela. Parece que foi só há algumas horas. Pondero que a minha última chance de encontrá-lo no Dia 311 ainda é a melhor que tenho, e essa chance vem na forma de uma garota baixinha com olhos brilhantes e braços feitos para abraços efusivos e surpreendentemente fortes.

Beau mandou mensagem para Dee quando estávamos do lado de fora do Aragon, então ela deve ter o número dele, no mínimo. Conseguir informações com ela pode ser complicado, mas se o Dia 310 me mostrou algo é que estou, *sim*, disposto a suspender minha moral temporariamente se os fins justificarem os meios. Então, se eu posso roubar o carro de um professor, posso com certeza roubar um celular também.

Encontro o endereço do salão, corro de volta para o carro do sr. Zebb e vou embora da praia. O único empecilho que me resta agora é a reforma do estabelecimento.

— Oiê? — Bato na porta ao lado da placa que indica que o Aragon está fechado. Cubro os olhos com as mãos contra o vidro para tentar enxergar lá dentro. — Dee? — O saguão está escuro e sem vida, assim como no Dia 310. Procuro o número da casa de shows e ligo, torcendo para ela atender.

— Olá — diz uma voz gravada que definitivamente não é a de Dee. — Obrigada por ligar para o Aragon Ballroom. No momento, estamos fechados para reformas até o dia 23 de setembro.

Sigo algumas instruções na esperança de ser remetido a um ser humano de verdade, mas a sucessão de números que aperto me faz andar em círculos automatizados. Acho que vou esperar pelo fim do turno de Dee às seis, o que, percebo ao examinar o relógio, ainda vai levar mais duas horas.

Eu me apoio na parede de tijolos do prédio e deslizo até me sentar na calçada. Minha pele está grudenta de suor dos pés à cabeça — minha camiseta está quase totalmente ensopada — e tem areia da praia nos meus braços, pernas e vários outros lugares do meu corpo. Um longo suspiro escapa dos meus lábios, e eu seco a testa com as costas da mão, desejando que 19 de setembro pudesse ser uns dez graus mais fresco. Minha aparência não está *nada* boa.

Eu tinha me sentido muito mais fofo aninhado em Beau no Cinema Esplêndido. Assistiria alegremente a mais duas comédias românticas nada verossímeis se isso significasse estar com ele aqui de novo agora, com o ar gelado do ar-condicionado descendo sobre nós.

Espero que Beau queira ser encontrado, mas, mesmo se eu nunca mais o vir — mesmo se a sua oferta de amizade tiver sido da boca pra fora —, eu não acho que ele deva continuar lutando para reconquistar aquele garoto que vem lhe causando problemas. Eu não sou nenhum especialista em relacionamentos, mas até *eu* sei que Beau não devia ter que se moldar para virar a pessoa que esse outro cara quer que ele seja. Por que alguém tão autoconfiante e certo de si quanto Beau sente tamanha necessidade de mudar quem é para agradar um ex?

Um homem de terno passa por mim e joga uma moeda, provavelmente porque pareço um jovem necessitado.

— Ah — articulo, assustado. — Obrigado, mas eu não...

Ajudar alguém que esteja precisando.

A segunda dica da sra. Hazel.

Mantive-me tão absorto com a aparição de Beau e o caos que essa fuga de rotina provocou que tinha me esquecido dos demais itens do desafio em quatro partes.

Tento me lembrar dos últimos dois.

— Tinha algo a ver com… estar aberto a outras pessoas? — balbucio. Ah, lembrei. *Ser vulnerável para que as outras pessoas também sejam.* É isso. E aí fica faltando o item número quatro…

O que era mesmo?

Medo.

Fazer aquilo que mais me dá medo.

Ainda tenho um tempinho de sobra. Talvez eu devesse tentar completar a lista de dicas da sra. Hazel… Não sei por que ou como isso poderia me ajudar a encontrar Beau, a tirar algum sentido do meu interminável hoje ou me levar ao amanhã, mas ter tentado fazer uma nova amizade acabou me fazendo conhecer Beau. Não custa nada tentar seguir as outras três dicas também para ver onde isso me leva.

Começo a andar pela vizinhança em busca de alguém que possa precisar da minha ajuda. Duvido que eu vá me deparar com uma oportunidade de compartilhar minhas vulnerabilidades — e ficaria *ainda mais* surpreso se me visse numa situação que exija fazer algo que me assusta. Se bem que, parando para pensar, já aconteceram coisas mais estranhas.

Vejo uma senhora com dificuldades para carregar sacolas, mas ela desaparece ao entrar numa loja de artesanato antes que eu consiga lhe oferecer auxílio. Passo um tempinho parado ao lado da entrada de um restaurante de comida tailandesa, abrindo a porta para clientes antes de perceber a gerente me olhando desconfiada atrás da janela. Por mais nobres que minhas intenções sejam, ela provavelmente não quer um adolescente aleatório fazendo gracinhas na frente de seu estabelecimento.

Não surge mais nenhuma oportunidade de zerar as dicas dois, três e quatro. Nenhuma vozinha na minha cabeça me diz para me jogar de cabeça na ação, como quando corri atrás de Beau. Porém, começo a perceber as coisas ao meu redor: crianças rindo e brincando aos pulos nos esguichos de um irrigador; dois velhos amigos de olhos lacrimejantes ao se reencontrarem perto da estação de trem; o salsichinha mais feliz que já vi na vida se acabando com um copinho de chantili do lado de fora de uma cafeteria. Passei tanto tempo preso na minha trilha de sempre, com medo de descobrir mais tristeza no meu hoje, que me esqueci de que poderia encontrar coisas boas se repetindo constantemente também.

Vendo que já são seis horas, volto para o Aragon, ainda mais ensopado de suor e exausto pelo calor do que antes. Ao dobrar a esquina, vejo Dee indo embora do salão, balançando a cabeça a cada passo.

— Oi! Dee? — chamo, depois de correr atrás dela. — Meu nome é Clark, e eu...

Ela para e se vira.

— Eita! — exclamo, surpreso, antes que possa me deter. — Tá tudo bem?

A Dee do Dia 311 não está tão feliz quando a Dee Balinhas Starburst que conheci no Dia 310. Lágrimas de seus olhos vermelhos e inchados escorrem por seu rosto.

— Quem é você? — questiona ela, desconfiada.

— Clark — respondo, triste por não ter um lencinho para lhe oferecer. — Sou amigo do Beau e...

— Beau?

— Aham.

Não sei se ela quer me bater, me beijar, mandar eu sair da frente ou nenhuma das alternativas anteriores, mas a ambiguidade rapidamente se dissolve quando ela me envolve num abraço choroso.

— Por que ele não me mandou mensagem hoje?

— Não mandou?

— Não, mas tinha ficado de mandar.

— É por isso que você está triste?

Ela solta uma risada aguda.

— Bem que eu queria que essa fosse a razão, Mark. — Dee me solta e dá um passo para trás, percebendo de repente que está abraçando um estranho. — É esse o seu nome, né?

— É Clark.

— E você é amigo do Beau?

— Isso.

Ela limpa o rosto e olha para os dois lados da calçada antes de se virar para mim.

— Você gosta de misto, Mark?

— O sanduíche?

Ela assente.

— Acho que gosto... — respondo.

— Vamos lá.

Dee me dá as costas e volta a andar.

— Tá... bem? — murmuro, acompanhando-a. — Sinto muito pelo Beau não ter mandado mensagem, mas você por acaso o viu hoj...

— Eu já disse que não é por isso que estou chorando — rebate Dee, ignorando a parte principal e se virando para me olhar, já a um metro e meio à minha frente. — Estou chorando porque acho que vou morrer.

A Dee Animadinha do Dia 310 não mencionou sua morte iminente.

— Como é? — pergunto, presumindo ter ouvido errado.

— Estou chorando porque acho que vou morrer — repete ela, antes de ver minha expressão aterrorizada. — Ah, *de vergonha*. Não se preocupe. E milkshake?

— Milkshake?

— É, Mark. Você gosta de misto-quente, mas gosta de milkshake também?

— Acho que gosto...

— Ótimo.

De repente, Dee entra num restaurante de esquina.

Hesito em segui-la, me perguntando que tipo de vergonha pode ter acontecido para ela ter mudado tanto em relação à pessoa que conheci no Dia 310.

Só que está evidente que ela quer desabafar com alguém agora. Sem falar que ela é a minha melhor chance de entrar em contato com a única pessoa que pode estar presa no hoje comigo. Por isso, não posso abandonar meu plano agora. Além do mais, fui burro e esqueci meu brownie da Tudo Azul na praia, e agora já faz horas que meu estômago está roncando.

Entro.

O restaurante, decorado com bandeiras vermelhas e brancas, tem cheiro de alvejante e carne vermelha grelhada. Apesar de já ser hora da janta, só há duas mesas ocupadas além da que Dee pegou, próxima à janela — uma com um casal de idosos comendo uma pilha enorme de panquecas e a outra com uma família de sete membros espremidos feito sardinhas ao redor de uma mesa para quatro.

Deslizo no banco para me sentar de frente para Dee, que abriu um espelhinho de bolso e está retocando a maquiagem dos olhos.

— Olá, sejam muito… — A garçonete arqueja quando vê o rosto de Dee. — O que aconteceu, meu bem?

Dee ri, fecha o espelho e o deixa de lado.

— Oi, Sandy. Basta dizer que já estive melhor.

Sandy — que me lembra minha tia Brenda, se a tia Brenda tivesse cabelo roxo espetado — coloca os cardápios plastificados na nossa frente. Eles também estão cobertos de bandeirinhas vermelhas e brancas.

— Tem certeza de que não quer conversar? — pergunta ela.

Dee balança a cabeça com veemência.

— Não quero te atazanar com meu draminha bobo.

— Para com isso — protesta Sandy. — Você sabe que não é incômodo algum, Dee.

Dee devolve os cardápios para Sandy com um sorriso forçado.

— Vou ficar bem, prometo. Nós dois vamos querer o de sempre.

— Dois milkshakes de chocolate e dois mistos, né? É pra já!

Sandy volta para a cozinha.

— Enfim, Mark. — Dee olha para mim. — Como tá o seu dia?

Como tá *o meu* dia?

— Tá legalzinho, eu acho?

— Que bom, que bom.

Ela fica quieta por um momento, olhando pela janela com o rosto vazio.

— Então... — quebro o silêncio.

Dee me olha de volta.

— Quer... conversar? — questiono, titubeando.

— Sobre...?

— A vergonha que talvez te mate?

— Ah, de jeito nenhum — responde ela de imediato, como se eu estivesse sendo ridículo.

Espero um instante.

— Tem certeza?

— Tenho. — Ela meneia a cabeça, apontando para o saleiro e o pimenteiro, também vermelhos e brancos. — Ah, a propósito: são as cores da bandeira turca.

— O quê?

— Por isso tem tanto vermelho e branco aqui. Os donos são da Turquia. Eu amo os sanduíches, mas o peixe com fritas também é uma delícia. Agora, a baclava... é de comer de joelhos.

— Entendi.

Posso ter começado a sair da minha zona de conforto, mas não o bastante para que essa situação não seja dolorosamente incômoda. Não conheço Dee tão bem assim. Não sei por que ela me trouxe a este restaurante, em um ato de aparente desespero, só para acabar se recusando a falar comigo sobre o motivo de estar chateada. E eu não faço a menor ideia de como conduzir esta conversa.

Ela precisa de uma sra. Hazel para ela. Ou, melhor ainda, de algum amigo que a conheça melhor do que eu. Ela precisa de alguém como Beau.

Espera aí.

Beau queria falar com ela a respeito de algo particular quando chegamos ao Aragon, depois me contou que Dee tivera uma noite complicada no dia anterior — um assunto que ela claramente não queria discutir com ele.

Será que o segredo vergonhoso de Dee pode ter algo a ver com isso?

Sandy volta com dois milkshakes de chocolate, cada um com um redemoinho de chantili por cima, e se afasta para receber um novo cliente que espera na porta.

Dee dá um longo gole. Ela geme de olhos fechados quando o sorvete sobe pelo canudo e desaparece dentro de sua boca.

— Já estou melhor.

Quero perguntar se ela contou o segredo para Beau e então encontrar uma brecha para descobrir como ela pode me ajudar a achá-lo, mas preciso ter cuidado. Otto logo suspeitou de algo quando comecei a fazer perguntas na confeitaria, e imagino que Dee seria ainda mais rápida em cortar alguém que ela ache que está querendo saber demais sobre seu amigo.

Enquanto tento pensar numa maneira não forçada de falar de Beau, Dee começa a rir.

— Foi mal — desculpa-se, limpando a boca com um guarda-napo. — Só agora me caiu a ficha de como tudo isso deve estar sendo absurdo pra você. Uma desconhecida te raptando com milkshakes e sanduíches? Você deve achar que sou louca. Fique à vontade para ir embora se quiser, Mark.

Balanço a cabeça.

— Não, tudo bem.

— Já te aconteceu antes?

— O quê?

— Uma menina transtornada te pegando no meio da calçada num momento de esperança?

— Não exatamente.

Ela suspira.

— Não é do meu feitio. Geralmente sou divertida e espontânea, noventa e nove por cento do tempo, juro.

— Eu sei.

Ela semicerra os olhos para mim.

— Sabe?

— Quer dizer... — emendo, ficando vermelho. — Não *sei*, porque acabei de te conhecer, mas com base no que Beau me contou...

— *Ah é!* — Ela bate as mãos. — Por isso você estava me esperando do lado de fora do Aragon, né? Pra me mandar um recado do Beau?

— Bem...

— Me fala — pede ela, sorrindo —, ou quer que eu acredite que ele desaprendeu a mandar mensagem?

Antes que eu possa aproveitar a oportunidade, Sandy volta com uma bandeja de comida.

— Eita, mas *já?!* — fala Dee, quando a garçonete coloca os dois mistos-quentes à nossa frente. — Sempre fico impressionada com a rapidez de vocês.

Sandy leva a mão à cintura.

— Você tá melhor?

Dee assente com um sorrisinho.

— Os milkshakes daqui saram todas as feridas.

Sandy esfrega o ombro de Dee, dá uma piscadinha para ela e vai embora.

— Voltando — retoma Dee, botando uma batata-frita na boca. — Você tem segredos, Mark?

Droga. Quero continuar no tópico do Beau — a menos, é claro, que ele seja o motivo da vergonha dela.

Não acho que eu tenha segredos. Pelo menos, nenhum tão importante assim. Quer dizer, além de existir num dia que já vivi centenas de vezes antes.

— Não, acho que não.

— Eu guardei um. Durante *anos* — confessa Dee. — Eu ia contar ontem à noite, mas... — Ela para de falar, balançando a cabeça, absorta em pensamentos. — O tiro saiu pela culatra. Foi feio.

Espero que ela continue, mas ela não diz mais nada.

— O que aconteceu?

Ela fecha os olhos, contorcendo-se com a lembrança antes de cobrir o rosto com as mãos. Sua vergonha parece ser dolorosa.

— É horrível. Não posso falar.

— Já contou pra alguém?

— Não, é recente demais. — Ela volta à comida. — Desculpa tocar no assunto de novo e ficar te provocando sem chegar nos finalmentes. Não é minha intenção. Vamos mudar de assunto. Fala de *qualquer* coisa. Como foi que você conheceu o Beau?

O celular de Dee começa a vibrar. Ela levanta um dedo no ar para fazer uma pausa na nossa conversa.

— Oiê — ela cumprimenta alguém no telefone, colocando um sorriso falso no rosto. Seu tom está mais animado, como no Dia 310. Um segundo depois, ela faz cara de surpresa. — Ai, meu Deus, é mesmo! Eu tinha esquecido. Chego em um minuto, tá bem? Tá bom, tá certo, tchau! — Ela desliga e se levanta do banco.

— Você vai embora? — questiono, começando a entrar em pânico.

Ela faz que sim.

— Mas a comida acabou de chegar — destaco, olhando para o meu misto.

Não posso perder esta oportunidade.

— Sinto muito, Mark — lamenta ela, pegando a carteira e deixando dinheiro sobre a mesa. — Fiquei tão coisada que esqueci que tinha combinado de uma amiga me buscar no trabalho hoje. Fala tchau pra Sandy por mim?

Fico de pé.

— Espera.

Ela para, vendo minha urgência.

— Preciso falar sobre o Beau.

Mas o que vou dizer? Por onde *começo*?

Ela parece preocupada.

— Tá tudo bem com ele?

— Tá.

O rosto dela se acalma e ela dá um sorriso de quem já sacou tudo.

— Ele te mandou para se desculpar por ter furado comigo hoje, né? Foi isso? — Ela balança a cabeça. — Eu achei mesmo que ele não ia aparecer. Não tem problema ele ter desistido. Fala pra ele que tudo bem. Eu *claramente* não tenho estado no melhor dos humores esses últimos tempos mesmo, e…

— Não é bem isso — corto. — Você tem o número dele?

Ela ri. Espero ela contar por que isso é engraçado, mas ela não explica.

— Isso é um não? — pergunto.

— Ah, você tá falando sério? — ela devolve. — Mas vocês não são amigos? Por que não teria o número dele? Além do mais, não, eu não tenho.

— Sério?

Ela balança a cabeça.

— Por que eu teria?

Por que ela *não* teria?

— Vocês não são amigos?

— Ah, acho que sim, mas é recente. Eu conheci o Beau ontem à noite.

Meu estômago embrulha.

Coço a cabeça, tentando achar sentido nisso.

— Mas… ele te mandou mensagem no Dia 310.

Dee inclina a cabeça para me olhar.

— O que é o Dia 310?

— Quer dizer, eu achei que você tinha dito que ele tinha ficado de te mandar mensagem hoje.

— E ficou.

— Então você deve ter o número dele…

Ela ri.

— Você é engraçado, Mark. Olha. — Ela suspira, se apoiando no banco. — Não sei o que você está procurando ou o que isso tem a ver comigo, mas eu só sei que a gente se conheceu durante um show péssimo e ele parecia legal, então dei meu número pra ele. Era para ele me mandar mensagem hoje e passar no Aragon à tarde para ver como eu estava, mas, como você já sabe a essa altura, ele não apareceu. — Ela dá de ombros. — É tudo que tenho pra dizer.

— Estou confuso — confesso, minha mente a mil. — Como você viu um show com o Beau ontem à noite se o Aragon está fechado para reforma?

— Não foi no Aragon. Foi no Lakeview Live.

Congelo.

— O show da banda DOBRA? E Beau estava lá também?

— Eu preciso *mesmo* ir embora, mas sim.

A possibilidade de o segredo de Dee ter a ver com Beau — e talvez até ser o motivo pelo qual estamos presos no hoje — acabou de subir mil por cento.

Ela dá um passo em direção à porta.

— Sou amiga da Mae. Eu tinha que ver o show.

— Da Mae Monroe? — Meu queixo cai. — A vocalista da DOBRA?

— É, a gente se conheceu nos bastidores do show da banda no Aragon, ano passado, e nos demos bem. — Ela olha pela janela e chega mais perto da saída antes de ver meu semblante. — Ei, você tá bem?

Eu me sento de novo no banco.

— Aham.

— Tem certeza? Porque você tá com cara de quem acabou de ver um fantasma.

— Vou ficar bem.

Dee procura a carona do lado de fora de novo e depois olha de volta para mim, sem saber o que fazer.

— Tudo bem — garanto. — Pode ir.

— Você é um cara legal, Mark. Obrigado pelo jantar de última hora. Não foi minha intenção te provocar com o meu segredo, é só que... — Ela sorri. — Tem muita coisa na minha cabeça hoje. Ei, talvez você, eu e Beau possamos sair juntos qualquer hora.

Antes que eu possa responder, ela sai *às pressas* pela porta, me deixando sozinho com meus pensamentos conturbados.

Talvez eu não o tenha encontrado ainda, mas Beau estava no show da DOBRA ontem também.

E isso tem que significar alguma coisa.

CAPÍTULO DEZ

De acordo com a internet, Chicago tem quase três milhões de habitantes. Com os subúrbios, o número sobe para cerca de nove milhões. Quais as chances de Beau estar no mesmo lugar, no mesmo horário, assistindo ao mesmo show que eu na noite antes de eu ficar preso no hoje? Na noite antes de *nós dois* talvez termos ficado presos no hoje?

O show da DOBRA só pode ter tido algo a ver com o meu *loop* temporal.

O *loop* temporal dele.

O *nosso loop* temporal.

Depois de decidir não passar o resto da minha noite no terraço do Cinema Esplêndido, enfim me dou por vencido e volto para Rosedore. Porque, se Beau ficou sumido o dia todo, o que me faz pensar que ele apareceria no cinema agora?

Pego a via expressa com o carro do sr. Zebb e sigo para o oeste, em direção ao pôr do sol, os arranha-céus diminuindo atrás de mim no retrovisor. O céu à frente está colorido em tons pastéis de rosa e azul que me lembram algodão-doce, e não consigo me lembrar de já tê-lo visto tão espetacular assim, embora tenha presenciado a mesma estrela se pondo exatamente do mesmo jeito 311 vezes. Queria que Beau estivesse no banco do passageiro apreciando a vista comigo.

Meu celular vibra no porta-copos. Eu o pego e vejo que é meu pai me ligando.

Meu primeiro instinto é ignorar, como sempre faço quando meus desvios causam pânico generalizado na minha família. No entanto, vendo a tela se acender com o nome dele, percebo como sinto sua falta.

Meu pai administra uma loja de instalação e reparo de aparelhos de ar-condicionado, o que significa que, num dia quente como hoje, ele certamente trabalhou do nascer até o pôr do sol. Sair da rotina para vê-lo à noite quase nunca vale a pena, porque ele já está cansado, exausto e não faz a mínima ideia de que esse é o único estado em que posso encontrá-lo agora. Por isso, só o visito quando realmente quero vê-lo.

Além do mais, quanto mais tempo passo no *loop* temporal, mais surreal é visitar o que costumava ser a casa da nossa família. Para minha mãe e Blair, a gente só se mudou. Só que, para mim, entrar lá é pedir para ver toda a minha vida passando diante dos meus olhos — um gostinho do que minha vida era e do que poderia ter sido se as coisas tivessem sido diferentes.

Nem consigo me lembrar do último dia em que conversei com meu pai. Ouvir a voz dele agora não seria má ideia. Ainda mais porque estou me sentindo totalmente acabado por não ter conseguido encontrar Beau a tarde toda. Portanto, decido atender.

— Oi, pai.

— Filho! — exclama ele, suspirando de alívio. — Graças a Deus.

— Ele atendeu? — Blair arfa no fundo. — Ele tá vivo mesmo? Espera aí.

— Você tá com a Blair? — pergunto.

— E com a sua mãe. Nós três estamos na linha.

Estico o braço para afastar o celular do rosto e solto um palavrão baixinho, tamanha a minha frustração. Às vezes, quando saio da rota, minha mãe e meu pai unem esforços para me encontrar. Às vezes, como agora, esqueço que isso pode acontecer.

— Você tá no viva-voz, Clark — diz minha mãe. — Seu pai abriu um trisal no Zoom…

Blair faz um barulho de vômito.

— É uma ligação a três, mãe, e *não* é isso que trisal significa. Que nojo.

— Sim. — Suspiro. — Estou bem. Já tô voltando para Rosedore.

— Com que carro? — indaga minha mãe, seu tom indo de alívio para acusação num piscar de olhos.

— Por que isso importa? — rebato.

— A srta. Knotts ligou mais cedo e o acusou de roubar o carro do seu professor de matemática — explica. — Falei que isso era impossível, porque não é do feitio do meu filho *roubar o carro de um professor.* — Ela faz uma pausa para respirar. — Por favor me diga que a secretária da escola se enganou.

Paro e planejo meu passo seguinte, arrependido de ter atendido o telefone.

— Ok, se acalmem, tá bem? — articulo lentamente. — Não estou machucado. Não fui raptado. E estou a uns dez minutos de casa. Podemos conversar sobre tudo isso quando eu ch…

— Então é verdade? — vocifera minha mãe. — Você tá falando com a gente do carro do sr. Zebb? Você tem noção do problema que arrumou, rapazinho? Você consegue entender que pode ter acabado com a sua vida?

— *Melody* — apazigua meu pai, baixinho. — Não é pra tanto.

— Não é pra tanto? — brada minha mãe. Afasto de novo o celular da orelha para não causar danos irreparáveis ao meu tímpano. — Seu filho roubou um carro e desapareceu, Gary, e você diz que não é pra tanto?

Blair começa a rir.

A situação não é engraçada, é claro. Nada disso é engraçado. Só que, em vez de ficar triste quando nossos pais discutem, Blair sempre tenta rir. É mais fácil do que encarar a triste realidade da relação dos dois.

— O que estou dizendo é que, neste particular, acho que Clark tem razão. Deveríamos focar no fato de que ele está seguro — rebate meu pai. — Isso é o mais importante.

— É óbvio que é o mais importante — retruca minha mãe. — Mas agora que sei que ele está seguro, eu quero saber se meu filho entende que, tecnicamente, ele é um criminoso.

Reviro os olhos.

— Sim, mãe, eu entendo que...

— Você entende que a polícia tá envolvida, né? — continua ela.

— *Melody* — meu pai sibila para ela. — Deixa o menino falar, pelo amor de Deus.

— Tá bom — concede ela. — Pode começar a falar, Ferris Bueller. Conta pra gente por que acordou hoje de manhã, decidiu roubar um carro e saiu curtindo a vida adoidado. Eu quero muito saber o que se passou nessa sua cabecinha brilhante.

Respiro fundo.

Na maioria dos hojes, a ideia de ter que explicar minhas condições é uma tarefa exaustiva e irrelevante que eu tento evitar a qualquer custo. Porém, de vez em quando, quando estou esgotado demais e minha mãe está me estressando, eu cedo e conto a ela exatamente o que está acontecendo comigo, sabendo que não vai fazer a menor diferença — além de deixá-la fula da vida, porque ela acha que estou tirando uma com a cara dela. O Dia 311 está para a segunda opção.

— Ok, certo... — começo, soltando o ar. — Mãe, pai... eu estou preso num *loop* temporal.

Eles não dizem nada, então aproveito o silêncio para prosseguir.

— Já revivi 19 de setembro mais de trezentas vezes. Trezentas e onze, para ser mais exato. Cada um dos meus dias é exatamente o mesmo — explico, me lembrando do quanto é catártico dizer a verdade (mesmo que seja inútil). — Tipo, mãe, sei que você queria pedir pizza pra gente hoje à noite e que planejou só comer os vegetais porque quer parar de comer carne vermelha. E, Blair, sei que você conferiu as presenças para a sua festa de aniversário e quinze amigos confirmaram.

— Peraí, como ele saberia disso? — sussurra Blair. — Parece aquele vídeo do Derek Dopamina em que ele...

— Pai — continuo. — Desculpa, mas é raro você aparecer no meu *loop* temporal porque nós dois não tínhamos planos no 19 de setembro original, e hoje é um dos seus dias mais cheios no trabalho, de qualquer jeito.

— O 19 de setembro original? — murmura meu pai, confuso.

— A questão é que não posso falar tanto do seu dia quanto do da minha mãe e da Blair, mas, se eu me lembro bem, você está usando... — fecho os olhos por um instante para pensar — ... uma gravata amarela com patinhos. É isso, né? Pelo menos é o que você estava usando da última vez que nos vimos, no Dia... — Paro de novo, tentando lembrar. — Não sei, acho que deve ter sido lá pelo Dia 270.

Blair dá um gritinho.

— Mas que...? Pai, ele acertou?

Meu pai espera um instante antes de confirmar:

— Surpreendentemente, sim.

— Mas aí é que tá — continuo. — Conheci um menino chamado Beau na escola no Dia 310. A sra. Hazel mudou minha lição de casa no Dia 309, o que me inspirou a conversar com ele, porque ela disse que eu devia tentar fazer novas amizades para combater a solidão.

— Estão vendo? — pontua Blair. — Eu não falei que ele estava deprimido e precisava de mais amigos?

— Eu gosto muito do Beau — prossigo. — Muito, *muito* mesmo. Sabem o que é mais estranho? Ele nunca tinha aparecido na minha escola durante o *loop* temporal. O Dia 310 foi a primeira vez. Passamos o dia todo juntos. Na verdade, roubamos o carro do sr. Zebb no Dia 310 também, e (você não vai se lembrar disso, mãe, mas paciência) o dia acabou com você gritando comigo enquanto eu estava no terraço de um cinema em Chicago, e o policial...

— Pode parar com essa bobagem — interrompe minha mãe. — Agora.

— Eu estava chegando na parte boa — comento, sabendo muito bem que tinha estressado minha mãe.

— Tudo não passa de uma brincadeirinha pra você, né, Clark? — questiona ela, chegando no ápice de sua ira. — Você passou o dia espionando a gente?

Solto uma risada.

— Espionando? *Vocês*? Por que eu faria isso?

— De que outra forma você saberia da gravata do seu pai ou da minha meta de cortar carne vermelha?

Respiro fundo novamente.

— Vou começar de novo. Desta vez, tentem acompanhar meu raciocínio. Ok? Vamos lá. — Suspiro. — Eu estou preso num daqueles *loops* temporais. Sabem aqueles dos filmes? Então…

— Para agora! — grita minha mãe.

— O que foi? — digo, inocentemente. — Você perguntou do meu dia, então eu estava tentando contar sobre o meu dia.

— Viu só o que o divórcio faz com a cabeça de um adolescente? — sussurra Blair, caindo na risada, alto o bastante para eu ouvir. — Ele está ficando doido, gente.

— Fica na sua, Blair — manda meu pai, finalmente. — Você não tá ajudando.

— Nem você — murmura minha mãe.

— O que isso quer dizer? — rebate meu pai.

Ela sussurra.

— O que você *acha* que quer dizer? Tô cansada de você bancar o bonzinho e eu ter que ser a megera.

Desta vez *eu* solto uma risada junto com Blair.

A linha fica muda.

— Tá achando graça em quê? — indaga minha mãe.

— É só que… — Paro.

Será que devo?

Quer saber, por que não? No Dia 312 ela não vai se lembrar do que eu disser agora mesmo.

— Odeio ter que dizer, mãe, mas ninguém está te forçando a ser a megera. Você é naturalmente assim.

A linha fica muda do outro lado.

— Sabe o que eu acho engraçado? — continuo. — Você acha que eu arruinei a minha vida, mas foi você quem fez isso com todo mundo.

— Filho — alerta meu pai. — Já chega.

— Você quis o divórcio, mãe. Você estragou nossas vidas e nos forçou a mudar para o seu *aparta*mento horrível. E pra quê? Por qual motivo? Porque você simplesmente *parou de amar* o papai ou alguma outra merda que você nunca quer explicar?

— *Clark.* — A voz do meu pai revela que ele está prestes a surtar. — Pode parar agora...

— Só estou dizendo que você não precisa que ninguém a faça parecer a megera. — Inspiro o ar. — Você destruiu a nossa família sozinha.

Pronto. Falei.

Não é a primeira vez que digo à minha mãe como me sinto, e pode não ser a última.

Mas ainda assim a sensação é ótima... por uns cinco segundos.

Depois, como sempre, a culpa me atinge com tudo.

Só sobra o silêncio. Uma quietude ensurdecedora e desconfortável. Os únicos sons são os motores dos carros que passam por mim rugindo. Nem Blair tenta fazer piada agora, o que, como aprendi nos meus muitos dias repetidos, é uma indicação clara de que passei dos limites.

Por fim, minha mãe fala:

— Você disse que está voltando pra casa? — pergunta ela, com a voz tão baixa que mal consigo ouvir.

— Disse.

— Está bem — diz ela, e desliga.

Só me dou conta de que estou chorando quando uma lágrima cai no meu queixo.

Mais uma razão que torna horrível estar preso num *loop* temporal? Todo mundo esquece o que aconteceu nos seus dias. As pessoas ganham um novo recomeço às 7h15. Suas memórias são deletadas e elas não se lembram mais da dor que lhes infligi ou da destruição que causei nos meus outros 19 de setembro. Mas eu não consigo esquecer da dor. Nunca.

Só que posso adiar o momento de ter que lidar com ela.

Quando saio da via expressa, viro à direita em vez de à esquerda.

Não posso voltar para casa agora. Preciso voltar ao Colégio de Rosedore.

CAPÍTULO ONZE

Quando estou evitando o apartamento da minha mãe e não posso usar sua cozinha para cozinhar, a melhor alternativa para me ajudar a escapar do tormento do *loop* temporal é a piscina do Colégio de Rosedore. É raro eu entrar na água. Na maior parte do tempo, fico só deitado na beirada, apreciando a calmaria do lugar onde ninguém nunca pensaria em me encontrar. Nunca vou durante o dia, quando a parte fica estranhamente lotada de alunos do primeiro ano, que preferem não se arriscar na parte funda. Também não posso ir no finzinho da tarde, quando o time masculino de natação está treinando (eu até gosto do visual, todos eles de sunga, mas eles não gostam que eu os fique secando). Por isso, quase sempre vou à noite, quando é seguro para os meus pensamentos perambularem em paz.

Após muitas tentativas, descobri em dias anteriores que trancam todas as portas do colégio quando o sol se põe, exceto uma. Não sei se algum zelador sempre a deixa aberta, ou se o treinador da equipe de natação esqueceu as chaves justo nesta segunda-feira repetitiva, mas alguém é culpado por deixar a entrada exterior do banheiro masculino destrancada a noite toda — e eu decidi agarrar a oportunidade.

Paro o carro do sr. Zebb no estacionamento vazio da escola e entro. Apesar de não haver alunos por perto, o vestiário ainda está com o cheiro da meia mais fedida já colocada num cesto de roupa suja.

E então entro na área da piscina.

O ar está quente e úmido, como sempre, e denso com o cheiro de cloro. A única luz acesa vem das lâmpadas abaixo da superfície da água, seus feixes criando reflexos bruxuleantes por todo o espaço. O piso sob meus pés ainda está escorregadio e molhado, depois de os alunos treinarem na piscina, e sei por experiência própria (uma queda feia no começo do *loop* temporal) que devo andar com cuidado por aqui.

Vou até as arquibancadas mais próximas da parte funda e me deito de costas na primeira fileira de assentos. Olho para o teto e desapareço nos meus pensamentos, finalmente conseguindo absorver meus últimos dois hojes.

Tenho me sentido indiferente há um bom tempo, esvaindo-me dentro da minha zona de conforto cada vez menor. Acho que é por isso que os Dias 310 e 311 me pegaram tanto: porque não estou mais acostumado a ter sentimentos. Então, quando eles batem, é *com força*.

Fazia pelo menos uns cem dias que eu não explodia daquele jeito com a minha mãe — não porque já superei o divórcio, mas porque aprendi que é melhor ser indiferente com ela do que um babaca repetidas vezes. Perdi a linha hoje. Feio. Provavelmente por causa de Beau — ou, melhor dizendo, por minha incapacidade de encontrá-lo.

Embora faça apenas algumas horas desde que ele me beijou no terraço do cinema, nunca senti tanta saudade de alguém como estou sentindo agora. Acho que eu não sentiria tanto a sua falta se soubesse que voltaria a vê-lo logo — ou um dia, pelo menos.

É o maior clichê de todos, eu sei, mas talvez os opostos se atraiam *mesmo*. Beau é espontâneo, autoconfiante, despreocupado quando necessário. Eu penso demais, sou indeciso demais, bom em resolver problemas quando mais importa.

Antes do Dia 310, nunca em um milhão de anos eu toparia nadar pelado numa praia da cidade ou assistir a duas comédias românticas em sequência. Só que, numa única tarde, Beau me fez ceder, entrar na água e questionar meu desdém por finais felizes inverossímeis. Por outro lado, acho que poucas pessoas já lhe disseram que sua autoconfiança e curiosidade podem ser como superpoderes — ainda mais quando se acrescenta a elas uma pitada de espontaneidade. Acho que ele gosta de eu entender esse lado dele. Acho que ele gosta do fato de que eu *o entendo*.

Mas e se eu estiver errado?

E se não tiver sido algum princípio temporal bizarro que nos separou hoje? E se ele não gostar de mim tanto quanto gosto dele? Afinal de contas, ele está passando por problemas com um garoto. Talvez Beau tenha passado o dia resolvendo pendências com o ex que quer que ele mude para que possam ficar juntos.

Isso seria irônico, né? O único cara que me fez acreditar em finais felizes me dando o fora meras horas depois.

A porta do vestiário se fecha com um baque. Fico de pé rapidamente, assustado — ninguém nunca vem à piscina a essa hora da noite — e me viro em direção ao som.

Beau.

Pisco várias vezes, só para ter certeza de que ele não é uma miragem.

Ele dá uma olhada na superfície da água antes de se virar para mim.

— Por que não está nadando pelado de novo?

Abro a boca para responder, mas o choque de vê-lo parado ali me deixa impotente feito um peixe fora d'água.

— Clark. — Ele sorri. — É brincadeira.

Beau se aproxima de mim, mas para perto da escada da parte funda, a uns bons três metros de distância. Ele fica na beira da piscina, quase tocando a ponta do tênis na superfície da água e, de alguma forma, parece ainda mais alto do que eu me lembrava.

Percebo que ele está segurando um saco de papel pequeno em uma das mãos — um saco da Confeitaria Tudo Azul do Ben.

— Você foi ver o Otto?

— Não. Isto é seu.

— Como assim?

— Seu brownie — explica. — Você esqueceu na praia mais cedo.

Arregalo os olhos.

— Então… você estava me seguindo?

Ele faz que sim.

— O dia todo?

— Uhum.

Não sei se quero rir, chorar, ou pegar a rede de piscina mais próxima e tacar na cara dele.

— Se estava me seguindo, sabe que fui a todas as nossas pendências só para tentar encontrá-lo…

Ele faz que sim de novo.

A confusão toma meu rosto.

Reparo que ele evita qualquer contato visual, o que me parece atípico. Ele está olhando para o meu reflexo na superfície calma da piscina.

— Por quê? — pergunto, já que ele não parece muito inclinado a explicar. — Por que estava me seguindo e, ao mesmo tempo, se escondendo de mim?

Ele passa a língua pelos lábios, pensativo, tentando encontrar as palavras certas.

— Eu queria ter certeza.

— Certeza do quê?

— De que era verdade. De que você também estava na minha segunda-feira eterna dos infernos.

O doce alívio se espalha até meus dedos. Porque eu sabia. Ainda que tivesse duvidado no começo da tarde, no fundo eu sabia que estava certo.

Beau também não consegue sair de 19 de setembro.

Não estou sozinho aqui.

Mas minha euforia desaparece depressa.

Percebo que ele está nervoso, o que me desconcerta. *Eu* era o ansioso no Dia 310, não ele. Beau nunca se abalou. Nunca esquentou a cabeça. Mas está abalado e de cabeça quente agora.

— Como sabe que também estou preso? — pergunto.

Ele balança o corpo para a frente e para trás, arriscando-se seriamente a cair na piscina.

— Vim pra escola hoje de manhã e… minha ficha caiu.

Ele ainda não está olhando de volta para mim. Tem alguma coisa errada.

— Ei. — Espero ele me olhar. — Tá tudo bem?

Ele suspira.

— Não vim aqui só para devolver o seu brownie. Vim… pra me despedir de você.

Meu estômago embrulha.

— Se despedir?

Ele não diz nada.

— Por quê? Aonde você vai? — Olho ao redor. — Para onde poderia ir em meio a um *loop* temporal?

Ele coloca o saco da confeitaria no chão.

— É melhor a gente não se ver mais. Pelo menos, não enquanto ainda estivermos presos no hoje.

Ele vai para a saída.

Eu o sigo.

— Diz que é brincadeira, Beau.

Ele abre a porta do vestiário. Vou atrás dele antes que se feche.

— Por favor, não faz isso — digo, sentindo o fedor de meia suja de novo. — Não me sinto solitário quando estou com você.

— E eu não me sinto solitário quando estou com você.

— Que bom! Não é melhor ficarmos juntos, então, já que nós dois estamos presos? Não deveríamos tentar escapar?

— *Estou* tentando escapar — emenda Beau. — Por isso precisamos ficar longe um do outro.

Como é?

Ele se vira para me olhar quando chegamos à saída do vestiário.

— Eu gosto demais de você, Clark. E não confio em mim mesmo quando estamos próximos.

— O que isso significa?

Ele sai para o estacionamento. Eu também.

— Você não está falando nada com nada — rebato, tentando acompanhá-lo como acompanhei quando fomos de uma pendência para a outra.

— Aquilo que eu falei no cinema era sério — retoma, caminhando em direção a um carro branco parado ao lado do veículo do professor Zebb.

— Pode ser mais específico? Você me disse *muitas* coisas no cinema.

— Você tem uma alma gêmea, Clark. Com certeza, tem. Ou não estaria preso aqui, como eu.

Minha mente quase explode. Tipo, quase explode *de verdade*. Como se os últimos dois hojes já não tivessem me deixado zureta, agora Beau está falando ainda mais bobagens, fingindo que tudo faz sentido.

— Você só precisa encontrá-la, seja quem for — continua ele, chegando ao carro. — É assim que a gente escapa deste inferno. Acredite em mim.

Fico olhando, boquiaberto, enquanto ele abre a porta do motorista.

— *Acreditar* em você? Assim como acreditei quando você disse para o sr. Zebb que era um novo aluno transferido de outra escola? Porque, de acordo com a srta. Knotts, não existe nenhum aluno com o nome Beau Dupont no Colégio de Rosedore.

Ele me olha como se eu tivesse dito algo absurdo.

— Isso lá é mentira pra ficar remoendo, Clark?

— Ah, é? E a Dee? — retruco. — A menina que não é lá tão amiga sua, e sim alguém que você conheceu ontem, no mesmo show *em que eu também estava*?

— A Dee é, *sim*, minha amiga, que, sim, por acaso eu conheci no domingo à noite. — Ele entra no carro e se acomoda atrás do volante. — E eu sei que você também viu a DOBRA.

Solto uma gargalhada aguda, exasperado.

— Então por que você não me contou? Me parece uma coincidência grande demais nós dois termos ido ao mesmo show na noite anterior e agora estarmos presos juntos neste *loop* temporal.

— Eu só lembrei que o tinha visto no show quando o vi de novo hoje de manhã. — Ele fecha a porta do carro, olha para mim pelo vão da janela abaixada e suspira. — Lembra que eu disse que achava que já te conhecia, mas não sabia de onde? Era verdade. Não estou tentando ser um cuzão, eu juro.

Rio com sarcasmo.

— Bom, você deveria fazer um esforcinho a mais, então.

Ele para.

— Queria poder vê-lo mais vezes.

— Não há nada impedindo a gente de fazer isso!

— Há, sim. — Ele bota o cinto. — Eu gosto de você, Clark. Um pouco demais. E eu me conheço. Quanto mais tempo eu passar com você, mais distraído vou ficar.

— Distraído do quê?

Ele suspira.

— Do menino com quem estou com problemas. — Ele vira a chave e o carro reage com um rugido. — Eu amo nosso dia juntos, mas ele tem que ser o último, está bem? Pelo menos por enquanto.

— Ainda não entendi por quê! — Meus olhos se enchem de lágrimas.

Não sei ao certo, mas acho que os de Beau também.

— Porque daí quem sabe a gente possa se ver amanhã.

O carro sai de ré do estacionamento, a toda velocidade. Sabendo como Beau dirige, nem tento correr para o meu carro e ir atrás dele.

CAPÍTULO DOZE

Não volto para casa no Dia 311. Não posso encarar minha mãe, muito menos depois de ficar transtornado com Beau aparecendo do nada e me abandonando de novo. Portanto, ignoro a nova enxurrada de notificações que começa a surgir no celular — minha família se deu conta de que eu já deveria estar de volta — e espero na piscina. Fico deitado de lado, próximo da parte funda, observando a superfície calma da água e torcendo para o próximo hoje trazer notícias melhores, até que dá 23h16.

Acordo no Dia 312 dando de cara com a minha cômoda branca e uma continuação dos meus pensamentos cada vez mais confusos. Acho que podem ser resumidos à mesma pergunta sucinta que fiz diante da mudança de lição de casa da sra. Hazel no Dia 309: *O que é que tá rolando aqui?*

Nunca me senti tão estupefato. Para alguém que está preso num *loop* temporal há mais de trezentos dias, isso não é pouca coisa.

Eu me sento na cama e tento achar algum sentido no que descobri na piscina. Beau disse que se deu conta de duas coisas quando me viu na escola no Dia 311: que eu estava preso no hoje com ele e que eu também tinha ido ao show da DOBRA. Não sei como foi que ele me viu sem eu perceber, considerando o quanto eu estava determinado a encontrá-lo, mas, sabendo que ele passou o resto do dia me seguindo enquanto eu visitava os lugares das nossas pendências, acho que é seguro afirmar que Beau é um mestre da espionagem.

E também tem a questão das almas gêmeas.

Pelo visto, tenho uma — ao menos de acordo com Beau.

— "Ou não estaria preso aqui, como eu" — balbucio as palavras dele para mim mesmo.

Beau deve achar que precisamos encontrar nossas almas gêmeas para escapar de hoje. Para ele, acredito que isso significa voltar com o ex.

Não sei de onde ele tirou essa teoria. Eu nunca li nada do tipo quando fiz as minhas pesquisas — o que, ok, não é lá grande coisa, levando em conta que existem inúmeras afirmações a respeito de *loops* temporais espalhadas por toda a internet.

Se bem que, por um lado, a teoria de Beau me parece racional (o máximo que dá para ser nessas circunstâncias atípicas), e é um conceito fofo até — ainda mais se você for alguém que ama finais felizes. Só tem um problema.

— Eu *sei* que não tenho uma alma gêmea, cacete — suspiro.

Eu não tinha uma antes de ficar preso. Ninguém chega nem *perto* disso. Já tive umas quedinhas, é claro; a maioria, por garotos da internet que nunca cheguei a conhecer na vida real. Dá pra chamar de *crush* se a pessoa nem te segue de volta?

A questão é que a teoria de Beau não pode se aplicar a mim. A menos que eu possa conhecer minha alma gêmea durante o *loop* temporal. Se for o caso, então, sim… talvez desse para levar a sério. Mas, então, por que, com a exceção de Beau, eu nunca cheguei perto de me conectar com outro cara em 19 de setembro?

Beau pode não precisar mais de mim, como amigo ou de qualquer outra forma, agora que ele está cem por cento voltado a reacender a chama com seu ex, mas eu ainda preciso dele. Se nós dois ficamos presos no mesmo dia, deve haver uma maneira de a gente se ajudar a sair dessa. Independentemente de a teoria das almas gêmeas de Beau estar certa ou não, eu preciso saber mais.

Cogito ir para a escola com a mínima chance de Beau dar as caras desta vez — e *não* me espionando de novo —, mas decido que é melhor não. Mando mensagem para a minha mãe com a mesma desculpinha que sempre uso quando mato aula (dor de barriga) e me ajeito embaixo dos lençóis até inventar outro plano.

Se Beau não estuda no Colégio de Rosedore, imagino que a escola dele fique em West Edgemont. Procuro o colégio de Ensino Médio da cidade no Google e ligo para a secretaria.

— Uma ótima segunda-feira, e vai Raiders! — Uma mulher injustificavelmente animada atende o telefone. — Como posso ajudar?

Altero meu tom de voz para soar como um homem mais velho e hétero.

— Eu gostaria de falar com o meu neto, Beau Dupont. É uma emergência.

— O senhor sabe a que aula Beau está assistindo agora?

— Não.

— Só um momento, senhor. — Me colocam em espera. Depois de um minuto de silêncio, a secretária volta. — Que estranho… Nossos registros de presença indicam que o Beau não veio à escola hoje.

Desligo, nada surpreso.

Acho que foi útil confirmar qual a escola dele, mas não devo esperar encontrar Beau lá. Ele me contou no Dia 310 que não tem planos de se formar, afinal de contas — o que faz ainda mais sentido agora que sei que ele também está preso no hoje. Ao contrário de mim, não consigo imaginar Beau desperdiçando a vida sentado numa carteira só para manter a rotina.

Decido que procurar Sadie de novo não pode fazer mal. Talvez eu tenha ligado cedo demais no Dia 311. Ela vai ser a primeira a dizer que o cérebro dela não funciona direito antes das nove. Além do mais, ainda não me esqueci da mensagem que ela me mandou no cinema dizendo que precisava de mim. Ainda que possa não ter sido nada além de uma última tentativa de chamar minha atenção porque eu estava desaparecido — ou uma consequência em efeito borboleta absurdamente bizarra de eu ter fugido da rota no Dia 310 —, não consigo tirar isso da cabeça. Deixando de lado tudo relacionado a Beau, eu deveria ver como ela está.

Pego o celular embaixo dos lençóis e mando a mensagem:

Oiii! Como você tá? 😊

Alguns segundos depois, ela responde:

Ah, não. Você nunca usa esse emoji.
É pra eu me preocupar?

Dou um sorriso.

kkkk não, é só que eu tava pensando
em você. Foi mal ter perdido a hora
do nosso FaceTime.

Foi bem babaca da sua parte. Quero saber
como foi o show ontem! Ouvi dizer que você
se divertiu bastante, seu fraco pra bebida.

Respondo com um emoji de vômito:

desculpa, nem fui pra aula hoje, tô doente
que só a porra.

Ressaca?

Pode ser, mas acho que é intoxicação
alimentar mesmo. Como você tá? Como tá o
Clube do Podcast?

Uma pausa longa. Vejo o balãozinho de mensagem aparecendo por alguns instantes, desaparecendo e depois voltando. Isso continua por mais um minuto, me convencendo de que um livro inteiro vai chegar em forma de mensagem, mas recebo apenas isto:

> Tudo certo! Mas sério, para de enrolar.
> Como foi o show da DOBRA?

Será que… ela está escondendo alguma coisa de mim?

Bom, ela está me mandando mensagem *no meio da aula*. Faz sentido que ela não possa responder tão rápido como responderia normalmente. Talvez eu esteja surtado demais com a mensagem do Dia 310.

Faço um breve resumo do show — as partes de que me lembro, pelo menos — antes de seguir para um tópico mais importante. Digito:

> Beau Dupont. Esse nome por acaso significa alguma coisa pra você?

Ela responde:

> Nadica

> Sério? Nada mesmo? Ele tava no show ontem, se isso ajuda.

Ela indaga em seguida:

> Ele é famoso ou algo assim? Parece nome de jogador de tênis francês, e você sabe como me sinto sobre jogadores de tênis franceses.

Digito:

> ele é novo na escola. E uma menina chamada Dee? Você por acaso conhece alguém com esse nome?

> Não conheço nenhuma Dee. Você tá estranho. Qual é a dessas perguntas?

Suspiro e respondo:

> Depois te conto

Fico encarando a janela, tentando pensar num plano B. Ou seria plano C... D?

Já perdi a conta.

Talvez eu tenha mais sorte fuçando nos aplicativos de novo — ainda mais agora que sei que Beau esteve no show.

Deslizo a tela por uma lista de hashtags associadas ao show da DOBRA — #BandaDobraChicago, #BandaDobraNaCidadeDosVentos, #BandaDobraPertoDoEstádioWrigley — semicerrando os olhos para as fotos na minha tela. Procuro os traços de Beau num mar de rostos — suas pernas esguias, seu torso triangular, seus olhos cor de âmbar —, mas não o encontro em lugar nenhum.

Talvez o perfil de algum dos lugares das nossas pendências possa me levar a algo.

Não vejo motivo para que haja uma foto de Beau nos perfis do Aragon, e o Cinema Esplêndido nunca entrou no século XXI (e eu não ficaria surpreso se o cinema não tivesse nem sequer um site). Mas se Beau costumava passar para ver Otto com frequência, talvez haja alguma postagem antiga enterrada no feed da confeitaria que possa me dizer algo sobre ele.

Não parece muito promissor, mas vale a pena tentar.

— Nossa — murmuro, ao encontrar @ConfeitariaTudoAzulDoBen no Instagram.

O estabelecimento tem mais de cem mil seguidores, fotos de anos e anos com os doces azuis de dar água na boca, dezenas de fotos de turistas de diferentes partes do país abarrotando a loja e legendas em letras maiúsculas animadas com pontos de exclamação demais, o que combina com a personalidade de Otto. Agora entendo por que Beau ficou surpreso no Dia 310 quando eu disse que nunca tinha ouvido falar de lá.

Percebo então que a foto mais recente do perfil é diferente das demais.

É a foto de anuário de um menininho com uma camiseta polo azul, postada duas horas atrás. Primeiro, acho que é uma lembrança da infância de Otto — o menino ruivo de olhos claros me faz pensar numa versão em miniatura do confeiteiro —, mas a legenda corrige meu palpite.

Hoje, você teria feito 17 anos, ela diz, seguida por um emoji de coração (que obviamente é azul). *Na maior parte dos dias, não sinto vontade de sorrir, mas é o que eu faço, para te dar orgulho. Espero que em algum lugar você esteja sorrindo de volta para mim, Ben. Te amo pra sempre.*

Sinto um aperto no coração ao ligar os pontos.

Por isso Beau e Otto tiveram aquele momento emotivo no Dia 310. Otto perdeu o filho, e o aniversário dele era hoje. Ben seria só alguns meses mais novo que eu se ainda estivesse vivo.

Volto para ler a bio na página principal da confeitaria para confirmar uma teoria. Dito e feito:

Os doces azuis mais gostosos de Chicago! A Confeitaria Tudo Azul do Ben foi inaugurada em 2015 em homenagem ao meu filho, que faleceu, e à sua cor favorita.

Volto para a foto e vejo que centenas de pessoas comentaram com muitos e muitos corações azuis. Faço o mesmo e engulo em seco antes de voltar para o feed à procura de alguma evidência da presença de Beau na confeitaria.

Não vejo nada que me ajude.

Jogo as pernas para fora da cama, apoio os cotovelos nos joelhos e encaro o carpete do meu quarto.

O que eu faço agora?

Pego o celular e começo a ouvir uma playlist da banda DOBRA, torcendo para que isso me leve de volta a ontem — o que é mais difícil do que parece, considerando que ontem parece ter sido há trezentos e doze dias para mim. Dizem que a música é a melhor forma de você se conectar a memórias antigas; talvez uma música me dê um estalo de algo relacionado a Beau. Uma música pode ser a primeira peça de dominó que cai, me ajudando a tirar algum sentido disso tudo.

Passo algumas faixas que não curto muito e paro em uma chamada "Avery", uma viagem no tempo tirada do primeiro álbum da banda.

Por que estou com a sensação de ter ouvido essa canção recentemente?

Sei que não a ouço há um bom tempo, mas ela está fresca na minha memória, os versos saindo na ponta da língua sem esforço para eu me lembrar das palavras…

Emery! No Cinema Esplêndido.

Pulo da cama.

Ele estava ouvindo "Avery" no fone durante o turno do Dia 310. Se ele é fã da banda DOBRA, quem sabe ele não foi ao show de ontem também?

Rejuvenescido pela pontinha de esperança, vou para o chuveiro, visto roupas limpas e pago caro demais por uma corrida compartilhada até Chicago.

O Cinema Esplêndido acabou de abrir quando entro.

Emery, como esperado, tem um sobressalto ao ver um cliente, mas desta vez não acha que vou roubá-lo. Ele tira os fones do ouvido e coloca de lado os papéis que tinha em mãos.

— Seja bem-vindo ao Cinema Esplêndido.

— Valeu — respondo, chegando mais perto do balcão. — Tenho uma pergunta estranha pra fazer…

— Não permitimos aves aqui dentro do cinema, senhor — determina ele sem pestanejar e com uma firmeza surpreendente. — Sinto muito, mas regras são regras.

Dou uma olhada no meu ombro para me certificar de que um papagaio não surgiu magicamente ali sem eu me dar conta.

— O quê? Não, não tem nada a v... As pessoas tentam mesmo entrar com pássaros aqui?

Ele faz que sim.

— Comecei a trabalhar aqui há apenas alguns dias, e já precisei responder exatamente isso *várias* vezes.

Eu o encaro incrédulo.

— Ok, bem, minha pergunta não tem nada a ver com aves. Eu queria saber se você gosta da banda DOBRA.

A expressão dele basicamente se transforma num emoji de mente explodindo.

— É minha banda favorita!

Meu coração palpita.

— Você estava no show ontem à noite, não estava?

O sorriso dele cede, virando uma carranca.

— Eu tinha ingressos para ir com a minha melhor amiga, mas minha irmã mais nova ficou doente em cima da hora e tive que ficar em casa pra cuidar dela.

Enfio o rosto nos braços cruzados sobre o balcão, minha esperança estilhaçada.

— O que foi? — questiona ele.

Pondero o quanto compartilhar.

— É uma longa história — explico, com o rosto coberto pelo meu bíceps.

— Você me confundiu com outra pessoa, né? — indaga ele. O tom sugere que já aconteceu outras vezes, tanto quanto a pergunta a respeito da política do cinema em relação a pássaros.

Levanto a cabeça e olho para ele — o maxilar grande, as bochechas coradas e a pele macia. Ele tem mesmo um rosto bonito do estereótipo de Cara Branco Padrão que, acredito eu, é familiar a muitos clientes do cinema.

— É — respondo, endireitando a postura de novo —, deve ter sido isso.

— Meu nome é Emery — ele se apresenta, estendendo a mão para me cumprimentar.

Eu aperto a mão dele.

— Oi, Emery. O meu é Clark.

— Um ingresso para a versão de 1991 de *A Família Addams*, então? Começa em... — Ele olha para o computador. — Putz, já começou faz vinte minutos. Sinto muito.

— Tudo bem, é melhor eu ir mesmo. — Começo a me afastar. — Mas obrigado por...

— Espera aí. — Ele ri. — Então você não quer ver um filme? Balanço a cabeça.

— Você entrou porque me achou familiar? Dou de ombros.

— Eu falei que era uma pergunta estranha. Ele ri mais ainda.

— É a primeira vez que isso acontece.

Vejo os papéis que Emery estava lendo de novo e minha curiosidade fala mais alto.

— Posso te perguntar o que é isso? — Aceno a cabeça para eles. — Toda vez que vim aqui você estava lendo esses papéis.

— Impossível — ele sorri —, porque eu só os trouxe hoje de manhã, e nós acabamos de abrir. Talvez esteja me confundindo de novo?

Mesmo depois de trezentos e doze dias, às vezes eu *ainda* esqueço que este é o primeiro 19 de setembro de todo mundo.

— O que eu quis dizer — esclareço —, é que parece que você está gostando do que está lendo.

Emery se inclina para mais perto e fala num sussurro.

— Não conta pro meu chefe caso o veja por aí, mas — ele ergue os papéis, mostrando o texto de um roteiro — são as falas de um teste que vou fazer amanhã. E tá difícil fazer essas palavras entrarem na minha mente.

— Ah, você é ator?

— Não. Quer dizer, estou tentando melhorar, mas ainda tenho muito a aprender. — Emery suspira. A pergunta obviamente é uma fonte de frustração. — Digamos que eu *não sou* ator do tipo que é pago para atuar. Mas tecnicamente eu atuo, sim. Às vezes. Eu acho.

Uma risada escapa dos meus lábios.

— Eu sou igualzinho.

O rosto dele se alegra.

— Você é ator?

— Não, mas sou confeiteiro, e me sinto estranho me apresentando desta forma — conto. — Amo cozinhar, mas também estou no estágio de aprendizado. Tá difícil também.

— Ah, é?

— Com certeza. Meu maior problema é fazer mil coisas ao mesmo tempo. Se eu preciso tirar um bolo do forno em quinze minutos, mas minha mente está concentrada em acertar a consistência do glacê, há cem por cento de chance de o bolo passar do ponto.

— Aposto que você já fez coisas gostosas.

— Já, mas também já tive alguns desastres. — Lembro das palavras de incentivo que Beau me disse no Aragon. — Porém, por definição, ainda sou confeiteiro. Assim como você é ator.

Emery fica mais vermelho que o normal.

— Valeu. Eu precisava ouvir isso. — Ele olha ao redor do saguão, como se mais alguém estivesse por perto, e abaixa a voz. — Posso te contar uma coisa?

Faço que sim.

— Vai ser minha primeira audição — confessa ele.

— Da vida?

— *Da vida.* — Ele respira fundo. — Participei de alguns projetos e curtas de amigos sem precisar de teste. Mas esse filme? — Ele fecha os olhos e balança a cabeça, aterrorizado pela ideia. — Vai ter até um bufê para a equipe no set e tudo.

— Você parece nervoso.

— Estou demais.

Sei bem como é.

— Para ser sincero, acho que vou acabar nem indo amanhã — ele confessa, derrotado. — Vai ser um desastre.

Todas as pistas que me levavam até Beau não deram em nada, e com a minha mãe achando que estou doente em casa, não vai ter ninguém me pressionando se eu continuar na rua um pouco mais. Além disso, será mesmo que eu quero voltar àquele apartamento para passar o resto do dia olhando para a parede? Voltar à mesma rotina entediante e aceitar que nunca mais verei Beau?

Não. Não agora que sei o que 19 de setembro *poderia* ser.

— Quer uma ajuda para decorar as falas? — proponho.

Emery acha que estou brincando, até ver no meu rosto que estou falando sério.

— De verdade?

— Aham.

— Quer mesmo?

— Tô com tempo. — Se tem uma coisa que não me falta é tempo.

— Ah… então, tá! Seria *ótimo*. — Ele sorri como se fosse a melhor proposta de sua vida e me entrega as falas. — Acho que vou pegar o jeito da coisa mais rápido se estiver trabalhando com outra pessoa.

— Então, é para eu ler as falas da Lisa? — confirmo, passando os olhos pela página. — Que aparentemente está tentando aprender a fazer a pose do cachorro olhando para baixo?

— Isso. E eu sou o instrutor de ioga. — Ele para e suspira. — Vamos lá, então.

Quando começamos, descubro a dimensão do despreparo de Emery para o teste. Ele balbucia, gagueja e pula um parágrafo inteiro durante nossa primeira leitura completa.

— Tá tudo bem? — pergunto.

Ele seca a testa, frustrado consigo mesmo.

— Tá.

— Tem certeza?

Ele suspira, encarando o balcão.

— Acho que sim.

— Ei — chamo a atenção dele. — Você, Emery, é ator. Um ator *de verdade* — destaco com um certo drama.

Ele sorri.

— Vamos do começo — proponho.

E é o que fazemos.

Vamos de novo. E mais uma vez. E mais outra.

E a cada vez... ele continua na mesma, constantemente terrível. Acho até que pode estar piorando. Dá para ver que ele fica ansioso, repensando cada sílaba que sai de seus lábios, e acaba se esquecendo das palavras que vêm em sequência, terminando por olhar para o nada até conseguir se lembrar.

Após uma hora de tortura e sudorese nervosa suficiente para encher um balde, Emery implode. Ele dá um suspiro pesado, coloca os cotovelos sobre o balcão entre nós dois e apoia o queixo nas mãos.

— Eu não vou dar conta disso amanhã.

Estremeço, hesitante.

— Sério? Não quer nem tentar?

— Jamais — afirma ele, balançando a cabeça com veemência. — Já ouvi falar desse diretor de elenco. Ele é cruel. E se eu me der mal como sei que vou, vao me arrancar daquela sala aos risos.

É difícil ver Emery, uma das pessoas mais felizes que já conheci, tão derrotado. Quero encorajá-lo a seguir com a audição a qualquer custo, mas parece que ele já se decidiu. E sinceramente? Ele não está errado.

Acho que iam mesmo rir dele até ele dar as costas e ir embora.

— Que tal fazermos assim — sugiro —: Você deixa esse teste passar — pego os papéis do balcão e os jogo num cesto de lixo próximo — e se concentra durante algum tempo em melhorar? Eu te ajudo.

Ele levanta o rosto.

— Estou livre mesmo — comento, o que não é exatamente uma mentira. — Posso passar por aqui e treinar as falas com você todo dia neste horário.

A expressão dele vai do desespero à esperança.

— Faria isso por mim?

— Claro que sim. — Dou um soquinho no ombro dele. — Dá pra ver que você tem muito potencial. Talvez só precise de alguém para ajudar a alcançá-lo.

Ele suspira de alívio.

— Eu *adoraria* isso. Tem certeza mesmo?

Faço que sim.

— Promete?

Dou uma risada.

— Prometo.

Os sinos da porta tocam quando alguns clientes entram no saguão.

— Deu minha hora — ressalto, me virando. — Volto amanhã e a gente pode…

— Clark?

Eu me viro para ele.

— Fique à vontade para dizer não, sei que é meio aleatório, mas… você gostaria de fazer aulas de teatro comigo? — Ele faz uma careta, se preparando para a minha resposta.

Quando deixo uma risada escapar diante da proposta.

— Eu? Numa aula de teatro?

— O preço é meio salgado — explica ele —, mas o curso sai pela metade do preço se você levar um amigo, e você parece ser bom em treinar falas. Já pensou em ser ator?

Talvez *essa*, penso, seja a coisa mais engraçada que já ouvi no *loop* temporal.

Eu poderia dizer que sim, é claro, sabendo que as chances de eu ter que honrar minha promessa a um funcionário de cinema é nula (mesmo se eu um dia conseguir chegar a 20 de setembro). Porém, antes que eu consiga decidir, Emery lê a expressão no meu rosto e responde por mim.

— Deixa pra lá — emenda ele, balançando a cabeça com uma risada. — Que coisa estranha de se perguntar para alguém que você conheceu cinco segundos atrás!

— Não, não f…

— Tudo bem — corta Emery. — Você já fez muito por mim. Sério, Clark, tá tudo bem. — Ele sorri. — Preciso ajudar esse pessoal — ele inclina a cabeça na direção dos clientes atrás de mim —, mas te vejo amanhã, na mesma hora, no mesmo lugar?

Assinto, me sentindo um tanto culpado por não dizer que sim, mas feliz por ainda ter conseguido melhorar o dia dele.

— Tá marcado.

Saio do cinema sorrindo, coloco os fones e escuto a banda DOBRA mais uma vez, caminhando pela calçada sem um destino em mente. Começo a suar de imediato, mas, por mais estranho que pareça, hoje o calor não me incomoda.

Conforme ando e aumento o volume, lembro de uma vontade adormecida por tanto tempo que eu achei que tivesse passado de vez. Estou ansioso de verdade pelas possibilidades que 20 de setembro pode trazer e para ver quanto eu posso ser importante para as pessoas nessa data.

Posso ser o amigo que ajuda Emery com suas falas. Poderia ser o confidente de Dee e descobrir seu segredo, se eu não tivesse estragado nossa conversa no restaurante. Posso prestar apoio a Blair em seu primeiro aniversário desde o divórcio dos nossos pais (ainda que ela pense que não precisa de mim), e até acompanharia Beau em suas pendências a tarde toda com um sorriso no rosto — isto é, se ele quisesse que eu fosse junto.

Eu preciso de amigos no meu amanhã.

E estou começando a perceber que talvez eles precisem de mim no deles também.

CAPÍTULO TREZE

Quero muito visitar Dee novamente e tentar descobrir o segredo dela. É claro que estou curioso para saber que tipo de vergonha colossal pode tê-la deixado tão abalada, mas acho que ela também se sentiria bem melhor contando a alguém, mesmo que para um desconhecido. Além do mais, acho que o segredo dela pode envolver o show da DOBRA, Beau e talvez até a suposta alma gêmea dele (se é que o ex também estava no show) e como ficamos presos nesta bagunça. Dar uma passada no Cinema Esplêndido para ajudar Emery a treinar as falas é igualmente tentador, pois imagino o pobre coitado obcecado com uma audição que com certeza vai ser péssima. Quero prestar apoio a ele também.

Só que meu foco ainda deveria ser encontrar Beau, lembro a mim mesmo, porque ele ainda parece ser a pessoa mais indicada a me ajudar a chegar no amanhã (além de ajudar a *si mesmo*), embora eu ainda não dê muito crédito a essa conversa toda de almas gêmeas. E se não posso fugir do hoje, de que vai adiantar ajudar o Emery com as falas, sem parar, ou tentar descobrir o segredo de Dee, que talvez não tenha nada a ver comigo?

Estou disposto a apostar que mais cedo ou mais tarde Beau vai querer outro brownie de blue velvet. E estou determinado a estar na Confeitaria do Ben quando a vontade bater.

Dou a desculpa da intoxicação alimentar mais uma vez para a minha mãe no Dia 313 e vou à confeitaria com o laptop dela em mãos, considerando que o meu, com a tela quebrada, é basicamente inútil. Não tenho nada que precise ser feito nele — as lições de casa da escola são irrelevantes, como você já deve ter percebido a essa altura —, mas eu deveria pelo menos parecer ocupado. (Ninguém gosta de pessoas que ficam monopolizando um dos poucos lugares num estabelecimento lotado e tomadas ainda mais limitadas).

A confeitaria está especialmente caótica esta manhã, descubro. Turistas entusiasmados entram aos montes pelas portas azuis, ansiosos para chegar à fila antes de suas visitas ao Cloud Gate ou ao Museu Field de História Natural. Acrescente à multidão as pessoas famintas desesperadas para consumirem cafeína e carboidratos antes de chegarem ao trabalho, e a Tudo Azul se transforma numa zona de guerra. Peço um brownie de blue velvet para o Otto — animado, mas transpirando e com as bochechas vermelhas — e pego uma mesa no canto para ficar de tocaia à espera de Beau.

É aí que os pensamentos ansiosos atacam.

O que eu diria a ele, exatamente, se ele aparecesse?

Ele parecia decidido quando se despediu de mim no Dia 311 e saiu com o carro às pressas do estacionamento da escola. Será que vou parecer um *stalker*, sentado aqui esperando por ele? Será que isso pode afastá-lo ainda mais?

Respiro fundo e endireito a postura, lembrando que não posso deixar a opinião de Beau a meu respeito diminuir meu desejo de escapar de hoje — embora falar seja mais fácil do que pôr em prática. Se ele sabe mais do que eu sobre como chegamos aqui e por que não podemos sair, eu mereço descobrir.

Penso em algumas das perguntas específicas para as quais eu gostaria de ter respostas.

Tipo, aconteceu alguma coisa atípica no show da banda DOBRA que pode nos ter aprisionado? Por que ele não me conta mais sobre o ex que precisa reconquistar e por que tem receio de que eu o distraia dessa tarefa?

E por que Beau teria aparecido na última aula do dia se não fosse aluno do Colégio de Rosedore? Mastigo um pedaço do brownie e penso em voz alta:

— Será que o ex dele estuda na minha escola?

Tenho perguntas para Beau e estou disposto a esperar na confeitaria até meu rosto ficar azul, e não só de comer glacê.

O que é basicamente o que acontece.

Essa missão não vai ser do tipo que se resolve rapidamente, preciso me lembrar, à medida que as horas passam sem Beau dar sinal de vida. O Dia 313 provavelmente é só o primeiro de muitos hojes que vou ter que passar aqui, virando o pescoço para conferir cada cliente que passa pela porta.

Quando finalmente vou embora, pois Otto começa a fechar a loja, digo a mim mesmo que terei mais sorte no Dia 314.

Descubro, então, com o fim do Dia 314, que continuo na mesma.

Na manhã do Dia 315, começo a ficar impaciente. Um cliente particularmente insuportável, que reclama todos os dias que o seu cookie de pasta de amendoim não é azul o suficiente, me tira do sério. Enquanto o vejo exigir de um funcionário que lhe conte o ingrediente secreto que deixa os cookies azuis — ele nunca ouviu falar em corante alimentício, não?! — lembro do segredo de Dee e de sua potencial relevância para o *loop* temporal.

Mesmo tendo dito a mim mesmo que ficaria na confeitaria até a hora de fechar, com receio de Beau aparecer querendo um brownie de blue velvet justamente no dia em que eu fosse embora mais cedo, decido que descobrir mais sobre Dee vale o risco e sigo para o Aragon.

O trem da Linha Vermelha se atrasa em meia hora, e eu acabo chegando muito mais tarde do que o esperado. Dee já saiu do trabalho, então vou para o restaurante, onde vejo o mesmo casal de idosos comendo panquecas e a família de sete membros que estavam aqui na vez anterior.

— Mesa para um hoje, querido? — pergunta Sandy, se aproximando de mim na entrada.

— Oi, eu não vou ficar — explico. — Você por acaso viu a Dee? A que trabalha no Aragon? Sei que às vezes ela passa por aqui no fim do turno.

A expressão receptiva de Sandy é substituída por preocupação.

— Ela acabou de ir embora, pegou comida pra viagem. Tá tudo bem com ela?

Viro e olho para as janelas, na esperança de encontrá-la na rua.

— Nem se dê ao trabalho, ela já deve estar longe. Uma amiga veio buscá-la.

— Ela parecia chateada? — indago, me virando para Sandy novamente.

— Dava pra ver que ela tinha chorado — responde a garçonete. — Perguntei qual era o problema, mas ela não deu um pio. O que foi?

— Acho que ela vai ficar bem — opino, esperando estar certo. — Foi só um dia difícil.

— Aquela menina, viu, vou te contar... — Sandy balança a cabeça e olha pensativa pela janela. — Ela não é de falar logo, mesmo quando deveria.

— Você acha?

— Pode apostar — afirma ela. — Dee sempre tenta ser um raio de luz, mas não acho que ela perceba que a gente, que a conhece bem, ainda consegue ver as nuvens escuras que ela esconde.

Balanço a cabeça, lembrando de quando ela forçou uma voz animada quando sua amiga ligou da última vez que viemos ao restaurante, uma clara tentativa de esconder a decepção ou o que quer que tenha provocado suas lágrimas.

Os olhos de Sandy encontram os meus de novo.

— De onde você a conhece?

Dirijo-me para a saída.

— A gente... era amigo de escola. Preciso ir agora. Valeu, Sandy.

Estou na calçada antes mesmo que ela possa emendar mais perguntas.

Ela não é de falar logo, mesmo quando deveria. As nuvens escuras que ela esconde.

Então, acho que faz sentido Dee ter um segredo. Eu só queria ter me saído melhor quando tentei convencê-la a compartilhá-lo comigo.

Já que perdi a chance de encontrar Dee, vou ao Cinema Esplêndido em seguida para fazer jus à minha promessa a Emery, ainda que alguns hojes depois. Ainda há bastante tempo para eu treinar as falas com ele, caso ele tope. Então, depois de me reapresentar na bomboniere, faço um comentário aparentemente improvisado de que ele tem cara de estrela de cinema.

— Nossa! — exclama ele, sorrindo de orelha a orelha enquanto o rosto fica vermelho feito um tomate maduro. — Você fez a minha semana agora.

A conversa flui naturalmente para os papéis diante dele e, em alguns minutos, ele volta a ser o instrutor de ioga me ensinando — quer dizer, ensinando *Lisa* — a fazer a pose do cachorro olhando para baixo. Felizmente, me tornei um parceiro de cena melhor, lembrando das falas da outra vez. Infelizmente, Emery ainda é um desastre.

Dou algumas palavras de incentivo e entro na sala um a tempo de assistir a *Harry e Sally*. Começo a gostar mais do filme desta vez. Ou vai ver é só o fato de ele me lembrar de Beau. Talvez as duas coisas, não sei.

Eu não tinha muita certeza da ideia de amor verdadeiro *antes* de 19 de setembro. Passar 309 dias preso num *loop* temporal botou um ponto final nessa história, basicamente esmagando qualquer esperança que me restava de que pudesse existir alguém no mundo para mim. Até Beau aparecer.

Quando se descobre em primeira mão por quantas direções um único dia pode seguir, a partir do menor e mais inconsequente dos desvios, percebemos como é absurdo pensar que só exista um *você* para cada *eu*. Só que conhecer Beau me fez reconsiderar essa lógica. Entre as milhares de decisões que tomei nessas centenas de hojes, eu tenho certeza de que escolher resolver as pendências com ele foi a que eu mais estava destinado a seguir.

Portanto, depois de passar um tempinho necessário longe da confeitaria, sei que tenho que voltar no Dia 316 para que eu esteja lá da próxima vez que ele ceder à vontade de comer um brownie de blue velvet. Pelo menos já me familiarizei com os mesmos rostos que aparecem à mesma hora toda vez, então ganho mais confiança na minha habilidade de fazer mais de uma coisa ao mesmo tempo sem deixar Beau entrar e sair passando despercebido por mim.

Pego o laptop da minha mãe.

— Certo, Clark — tento encorajar a mim mesmo, observando o cursor piscar na barrinha de pesquisa —, lá vamos nós de novo.

Começo a vasculhar a internet atrás da teoria do *loop* temporal em que Beau acredita. Torço para que seja uma pesquisa rápida, agora que estou procurando uma ideia em específico — envolvendo almas gêmeas e ao menos duas pessoas presas juntas.

Não demora até que minhas expectativas sejam frustradas, porque mesmo com uma busca tão afunilada, encontro dezenas de teorias nos primeiros dez minutos clicando para lá e para cá — todas soando vagamente semelhantes à de Beau. Qual dessas pode ser a que ele acredita ser real? E o que nela se destacou para ele como mais crível do que nas demais?

Exausto pela tarefa de explorar o contínuo espaço-tempo o dia todo, decido pegar mais leve comigo mesmo no Dia 317. Passo outra manhã e mais uma tarde na confeitaria, sem sinal de Beau, depois vou para o lago e mergulho no mesmo lugar daquele dia ao pôr do sol. Dessa vez, fico de bermuda. Quando estou na água, sinto Beau brincando de beliscar meus calcanhares, como no Dia 310. Queria que não fosse só minha imaginação.

Quando chega o Dia 318, posso não ter visto Beau de novo, mas aprendi muito sobre o cardápio da Tudo Azul, depois de ter experimentado um item diferente todos os hojes desde o Dia 311. Os brownies de blue velvet ainda são meus favoritos, mas os enroladinhos de canela que provei no Dia 316 — leves no açúcar e com a medida perfeita da especiaria — ficam em segundo lugar por pouco. Em terceiro, o bolinho de cheddar que eu engoli na velocidade da luz no Dia 315 (Otto acertou *em cheio* a densidade do salgado). Com sua genialidade na cozinha e seu carisma no balcão, não entendo como Otto ainda não tem o próprio programa de culinária. Ele viralizaria horrores.

Habilidades com comida à parte, enquanto fazia plantão em sua loja pela maior parte do dia, também descobri uma quantidade surpreendente de informações acerca de Otto como pessoa. Por exemplo, ele sabe de cor o nome de quase todos os clientes. E não falo apenas dos que dão as caras regularmente, pois também inclui Tori, uma enfermeira de Minneapolis que ressalta que sua última vez na Tudo Azul foi mais de um ano atrás; ou Reggie, um professor da região de Rogers Park, que fica realmente admirado por Otto se lembrar não apenas de para qual série ele dá aulas (quinta), mas também dos nomes de seu companheiro *e* de seu rato de estimação (Fred e Bob, respectivamente).

Começo a identificar as sutilezas nos maneirismos de Otto também. A forma como ele manca um pouco — o que é tão sutil que provavelmente a maioria dos clientes nem chega a perceber. Ainda assim, é doloroso o bastante para ele fazer careta quando se inclina demais ao limpar as mesas —, o modo como ele tende a reciclar os mesmos dez tópicos com os clientes que gostam de conversar (o clima abafado é o seu predileto no meu dia repetido), o jeito como ele dá uma piscadinha feliz para todos os cachorros que entram com seus tutores e como, quando recebe a permissão, dá a eles um pouquinho de chantili azul numa colher de plástico azul.

Tem mais uma coisa em que reparo, porque a cada manhã também releio a postagem no Instagram de Otto sobre Ben.

Na maior parte dos dias, não sinto vontade de sorrir, é o que ele escreve, *mas é o que eu faço, para deixá-lo orgulhoso*. E ele sorri mesmo — muito. Uma vez, quando comentei com a sra. Hazel que meus pais pareciam felizes, mas pelo visto estavam infelizes juntos, ela me disse que "às vezes as pessoas mais tristes têm os maiores sorrisos". Tenho a impressão de que Otto é assim.

No entanto, ainda que eu quisesse perguntar a Otto sobre isso, outra coisa que começa a ficar evidente para mim é o quanto a Confeitaria do Ben costuma ficar *cheia*. Não só no pico da manhã, mas durante o dia inteiro, há um desfile de clientes insaciáveis — cada um entrando para fazer a rapa nos itens da vitrine. De modo geral, Otto e sua equipe pequena mantêm um ritmo razoável para atender a fila interminável, mas há um período difícil de assistir entre o almoço e o fim do dia de trabalho em que eles ficam se debatendo para atender todo mundo com um funcionário a menos.

Esse momento catastrófico se tornou o pior para mim. Estremeço toda vez que vejo a fila aumentando e aumentando. Os clientes começam a ficar impacientes — alguns, nitidamente irritados — à medida que seus planos de um lanchinho vespertino se transformam numa empreitada frustrante. E o pior de tudo é que, sob pressão, o bom e velho Otto, feliz mas estressado, e seus três funcionários sobrecarregados começam a errar os pedidos.

Quando chega o Dia 325, não aguento mais.

Preciso intervir.

— Oi — digo, me aproximando da vitrine enquanto Otto termina de passar um cartão. — Tenho uma ideia.

— Oi, Clark — responde ele, tirando as luvas de plástico para colocar novas. De alguma forma, mesmo em meio ao caos, ele se lembra do meu nome, que aprendeu hoje de manhã, num piscar de olhos. — Eu vou adorar saber da sua ideia, mas pode ser daqui a pouquinho? Estamos meio atarefados aqui.

— Minha ideia ajudaria com isso.

— Ah, é?

— Quer que eu anote os pedidos dos clientes na fila e os repasse pra você? — sugiro. — Acho que pode dar uma acelerada no processo.

Otto ri.

— É bondade sua oferecer, Clark — ele entrega uma embalagem para viagem para um cliente —, aqui está o cookie certo, Dotty, e desculpa mais uma vez o engano! — Ele se vira para mim, secando a testa com o antebraço. — Mas é a sua primeira vez aqui e isso pode complicar as coisas, amigão.

— Prometo que não — digo, tendo certeza de que não tem como eu piorar a situação. — Se eu errar, paro e saio do seu caminho.

— Legalmente, eu não posso te pagar de nenhuma maneira que não seja em amostras grátis.

— Tudo bem!

Ele considera minha proposta com um suspiro pesado.

— É, acho que mal não vai fazer.

— Jura? — pergunto, surpreso por ele topar me dar uma chance (embora, com base no que aprendi sobre Otto vendo-o trabalhar direto desde o Dia 313, talvez eu não devesse ficar).

Otto apanha uma caneta e alguns post-its azuis no caixa.

— Quer usar isto para anotar os pedidos?

— Claro.

Quando começo, faço questão de pedir desculpas pelo tempo de espera, repito os pedidos para os clientes e escrevo em letras grandes e claras para que Otto entenda. Não demoro a perceber que faz mais sentido separar os pedidos por post-its, e então os coloco atrás da vitrine na sequência correspondente. A maior parte dos clientes se anima logo de cara por finalmente serem notados, e Otto consegue trabalhar de maneira mais rápida e eficaz atrás do balcão ao saber dos pedidos dos clientes de antemão.

— Que letra linda, Clark — elogia ele, passando por mim com uma bandeja do bolo de mirtilo mais azul que já vi na vida. — Continue assim.

Fica evidente que minha estratégia está funcionando. A fila diminui rapidamente, não houve um único erro desde que comecei, e os suspiros irritados que percebi de clientes impacientes nas vezes anteriores são substituídos por saudações amigáveis.

E, para ser sincero, é mais divertido do que pensei que seria.

Meia hora depois, a fila se dissipou — algo que não aconteceu desde que comecei a vir com frequência. Parabenizo a mim mesmo mentalmente, percebendo que eu não teria feito algo assim antes do Dia 310. A sra. Hazel disse que me restringir a uma zona de conforto minúscula pode levar a ainda mais desconforto, mas imagino que ela concordaria que o contrário também é verdade. Eu não *saí* exatamente da minha zona de conforto hoje — foi mais uma questão de aproveitar sua recente expansão.

— Uau! — exclama Otto, sentando-se em sua cadeira portátil atrás do caixa pela primeira vez o dia todo. — Ótimo trabalho, Clark.

— Mesmo?

— Aham. Quando a Cassandra vai embora à uma da tarde, geralmente a gente fica na correria até às cinco — explica ele, balançando a cabeça. — Esta é a primeira segunda-feira *em muitas* que isso não aconteceu.

— Eu gostei — declaro, dando a volta na vitrine para voltar para o lado dos clientes, agora que minha ajuda não é mais necessária. — Amo cozinhar, então acho que não deveria ficar tão surpreso ao descobrir que gosto de trabalhar numa confeitaria.

Otto, terminando de beber um copo d'água, se alegra.

— O que você faz?

— Um pouco de tudo — respondo. — Amanhã é o aniversário da minha irmã e ela odeia bolo, então eu tenho brincado com diferentes receitas para fazer para ela e os amigos. Por exemplo — vejo os brownies de blue velvet e aponto —, Blair amaria isso aqui.

Faz um tempinho que quero tentar fazer minha própria versão na cozinha da minha mãe, mas ainda não tive a oportunidade, já que encontrar Beau se tornou minha prioridade número um. Quando volto para casa depois de passar o dia todo em Chicago, tendo dito que estava com intoxicação alimentar, minha mãe não fica muito no clima de me deixar ir para a cozinha.

— Não me surpreende — conclui Otto, assentindo. — É o que mais sai aqui. Ei — ele olha ao redor para se certificar de que não tem nenhum cliente esperando —, venha conhecer a cozinha. — Otto se levanta e me convida a acompanhá-lo.

— Eu posso?

Ele sorri.

— A loja é minha, amigão.

A cozinha é pequena, cheia de aço inoxidável e com restos de dezenas de receitas diferentes espalhadas. Tubos de ingredientes, folhas de papel-manteiga e panelas ocupam a maior parte dos espaços das bancadas e, como esperado, corante azul alimentício é o que não falta.

Otto se curva para pegar algo embaixo de uma bancada e começa a vasculhar uma estante.

— A propósito, como você ficou sabendo da minha confeitaria? — indaga. — Sempre gosto de perguntar isso a clientes novos.

É engraçado ouvi-lo me chamando de novo quando eu mesmo estou começando a me ver como um cliente assíduo.

— Meu amigo Beau me apresentou — conto. — Acho que você o conhece.

Otto faz uma pausa e levanta a cabeça para me olhar, as sobrancelhas erguidas.

— Você é amigo do Beau?

— Sou.

— Saudades dele — comenta Otto. — Como vocês se conheceram?

Improviso.

— Fomos ao mesmo show — digo, o que tecnicamente é verdade. — Eu gosto dele.

Muito.

Otto hesita por um momento antes de me perguntar:

— Posso te pedir um favor?

Faço que sim.

— Pede desculpas a ele por mim?

Pedir desculpas?

— Claro — respondo, e então espero um instante. Não quero estragar o acesso especial que ganhei à cozinha, mas se for me ajudar a entender como entrar em contato com Beau... — Posso perguntar o motivo?

Otto volta sua atenção para o espaço embaixo da bancada, abarrotado de utensílios, aglutinantes e uma variedade de especiarias.

— Sabe, amigão, é uma longa história. Vou deixar para o Beau contar.

Sentindo a sua hesitação, deixo quieto.

— Claro. Sem problemas.

— Ah, aqui está.

Ele me entrega um cartãozinho amarelo, meio rasgado.

— Tá falando sério?! — exclamo ao ler BROWNIES DE BLUE VELVET DA TUDO AZUL no topo.

— Você salvou minha vida hoje — fala Otto, colocando a mão grande sobre o meu ombro. Meus joelhos cedem um pouco. — Eu não teria sobrevivido a esta tarde se não fosse por você.

Você já sobreviveu a ela muitas vezes, quero retrucar, *mas não foi bonito de se assistir.*

— Tem certeza mesmo? — pergunto.

— É claro! — Ele aponta para a têmpora. — A receita tá todinha aqui já.

Não sei como expressar minha gratidão, então solto apenas um singelo "obrigado".

— Não há de quê! — Ele tira a mão do meu ombro, que volta à posição normal. — Espero que a Blair goste.

Olho para a receita. Parece-me surpreendentemente simples para o quanto os brownies são deliciosos, mas, depois de mais de trezentos dias repetidos de testes na cozinha na minha mãe, percebi que as receitas mais gostosas são assim mesmo.

— Você já deve ter saído da escola, né? — Otto sugere, limpando as mãos no avental. Ao ver o meu rosto confuso, ele acrescenta: — A menos que hoje não tenha tido aula?

— Ah. — Balanço a cabeça afirmativamente. — É, algo do tipo.

— Olha, se você estiver procurando um trabalho de meio-período, seria ótimo tê-lo aqui para nos dar uma mão na parte da tarde.

Meu coração derrete.

— Sério?

— Uhum.

— Posso começar... amanhã?

Da mesma forma como não posso ver o progresso de Emery com as falas ou como sou forçado a começar do zero na minha busca para desvendar o segredo vergonhoso de Dee, sei que não vou acordar amanhã com um emprego garantido na Confeitaria do Ben. Ainda assim, só de pensar já me encho de esperança.

— Combinado, então — responde Otto. — Vem cá, preenche uma ficha pra mim e a gente já arruma um avental pra você. — Ele estende a mão. — Seja bem-vindo à Equipe Azul.

Por um momento, cogito tocar no assunto do aniversário do Ben. Aposto que Otto gostaria se eu mencionasse. Né? Ou faria o nosso dia juntos acabar em uma nota triste?

Fico nervoso e mudo de ideia.

— Valeu, Otto — agradeço sorrindo e apertando a mão dele. — Vejo você amanhã.

Apesar de não ter visto Beau de novo, saio da confeitaria feliz da vida, embora não tenha o menor cabimento ficar animado com um trabalho que provavelmente nunca vou chegar a fazer.

CAPÍTULO CATORZE

A COZINHA E A SALA DE JANTAR ESTÃO ARRUMADINHAS, SEM UMA rodela de pepperoni perdida, confirmando o quanto estou atrasado para o jantar.

— Onde é que você estava? — questiona minha mãe quando entro. Vejo em tempo real o rosto dela indo da preocupação para o alívio e depois para a raiva. — Eu estava a ponto de fazer um BO de menor desaparecido.

— A polícia não teria dado a mínima, mãe — explica Blair do sofá, deslizando o dedo pela tela do celular. — O Clark teria que ter sumido há mais horas para que o dessem como desaparecido. O Derek Dopamina fez um vídeo sobre como as nossas leis de pessoas desaparecidas são falhas e…

— Querida, por favor, não cite o Derek Dopamina como uma fonte confiável de informações. Sobre *nada* — retruca minha mãe, virando-se depois para mim. Com a voz mais doce, ela emenda: — Você precisa começar a atender quando eu te ligo, está bem? Onde você estava?

Jogo a mochila no sofá e sigo para a cozinha, ansioso para começar os brownies de blue velvet para Blair.

— Com um amigo — conto, colocando a receita na bancada e lendo a lista de ingredientes de novo. Fora o corante azul, acho que tenho tudo de que preciso. Mesmo assim, é melhor checar antes de pré-aquecer o forno. — Não se preocupa — tranquilizo a minha mãe, um passo à frente dela —, sei que você acabou de limpar. Eu ajeito tudo depois.

— Como assim você estava com um amigo? — pergunta Blair, curiosa, indo do sofá para a sala de jantar. — Você não tem amigos.

Ignoro o insulto, porque meu dia na confeitaria me deixou com um humor bom demais para Blair conseguir arruiná-lo.

— Filha. — Minha mãe a repreende, sentando-se ao lado dela. — Para.

— Para o quê?

— De implicar com o seu irmão.

— Eu falei *brincando*.

— Que bom que já passou a dor de barriga que o impediu de ir à aula e à terapia hoje — graceja minha mãe, indicando que ela sabe que eu estava aprontando. — O que será que você *comeu* no show que te deixou ruim do estômago?

— Nem sei — respondo, determinado a não transparecer culpa enquanto examino os armários.

— Bom, sobrou pizza, mas talvez não te caia muito bem. Acho que tem na despensa aquela sopinha de macarrão de que você gosta, caso prefira.

— Obrigado — digo, totalmente concentrado na receita. Não posso me esquecer de que inventar uma dor de barriga é um jeito fácil de escapar da pizza no jantar em todos os meus hojes.

Blair levanta a cabeça da tela do celular.

— O que é que você vai fazer, hein?

Decido que tem cream cheese suficiente para o glacê, depois pego a manteiga na geladeira.

— Brownies de blue velvet.

— Azul?! — questiona minha mãe. — De onde você tirou isso? O que vai neles? E ficam azuis mesmo?

Blair se anima.

— É tipo red velvet, só que azul em vez de vermelho?

— Basicamente, sim — respondo com um sorriso largo, enquanto pego um pacote de açúcar refinado na prateleira mais alta, andando feliz pela cozinha (mesmo com as perguntas incessantes da minha mãe) —, e há grandes chances de ser o melhor doce que já fiz.

— Meus amigos vão *morrer* — entusiasma-se Blair, sorrindo. — Ainda mais a Josie: ela ama brownie.

— Me conta desse seu amigo aí — retoma minha mãe. — É alguém que eu conheço? É da escola?

— O nome dele é Otto e ele me deu esta receita — explico, dispondo os ingredientes à minha frente. — Ele é dono da Confeitaria Tudo Azul do Ben.

— Jura? Já ouvi maravilhas de lá, mas nunca fui — responde minha mãe, virando-se depois para Blair. — O nome é literal. *Tudo* é azul.

Minha irmã arregala os olhos.

— Espera aí. — Minha mãe se vira para mim de novo. — Você foi para Chicago?

— Uhum.

— Clark. — O tom dela fica sério novamente. — Você não pode fazer isso sem me avisar. E eu não sei se fico muito tranquila com a ideia de você ser *amigo* de um adulto com idade suficiente para ser dono do próprio negócio.

— Não é nada de mais, mãe. O Otto é superlegal. Mas eu sei, você tem razão. Da próxima vez eu peço antes.

— O que te deu na telha, hein? — indaga ela, tirando alguns farelos remanescentes da mesa do jantar.

Mexo nas panelas e frigideiras.

— A gente pode conversar sobre isso depois? Desculpa, é só que eu preciso ver certinho os ingredientes que já temos antes de dar um pulo no mercado para comprar o corante alimentício. Ah — eu me viro para ela, sem conseguir conter o sorriso no meu rosto —, posso usar o seu carro?

Há uma longa pausa. Aposto que minha mãe não sabe como reagir a essa versão animada de seu filho saçaricando pela cozinha.

— Hum, pode… Não quer tomar a sopa antes?

— Pode ser mais tarde? Quero comprar os ingredientes logo para…

— Que bicho te mordeu, filho?

Minha mãe e Blair me encaram, a suspeita explícita em seus rostos.

— O que foi? — pergunto, ficando vermelho.

— Ela falou de um jeito positivo — responde Blair, rindo e largando o celular. — Você tá estranho e felizinho. É atípico.

Minha mãe lança um olhar feio para minha irmã, corrigindo-a:

— Não é *estranho*, é bom. — Depois, volta-se para mim: — Só pra deixar claro, você precisa mesmo pedir permissão da próxima vez que quiser ir a Chicago, e eu quero saber mais sobre esse tal de Otto. Mas é bom te ver rindo à toa assim.

Balanço a cabeça e dou de ombros, sentindo minhas bochechas voltarem à cor normal.

— Acho que eu só tive um bom dia hoje.

— Ei, que tal eu te ajudar na cozinha quando você voltar do mercado? — propõe minha mãe.

Até mesmo num dia cheio das minhas próprias fugas de rotina — fingir estar doente, faltar à aula e passar a tarde numa confeitaria em Chicago —, algumas coisas nunca *não* vão acontecer no *loop* temporal. Minha mãe pedindo para me ajudar na cozinha todas as noites é uma delas.

Com o bom humor que me bateu desde a Tudo Azul e o fato de que ainda me sinto um pouco culpado depois de ter surtado com ela no Dia 311, quase consigo me ver aceitando a ajuda dela no hoje de hoje.

Quase.

Vou para a frente e para trás na ponta dos pés.

— A gente pode deixar pra outro dia? — sugiro com delicadeza, pois dessa vez não quero ser grosseiro.

Ainda assim, ela fica triste — dá para ver. Porém, ela assente.

— Tá bem.

— É só que estou mesmo animado com essa receita, e vou precisar me concentrar pra acertar tudo para a Blair.

— Claro — diz ela, forçando um sorriso. — Você se vira bem aí. As chaves do carro estão na mesinha de centro.

Eu as pego a caminho da porta.

— Alguém quer alguma coisa do mercado?

— Não — responde Blair.

— *Me avisa* se você for passar em outro lugar — exige minha mãe. — Tá certo?

— Pode deixar.

Calço os sapatos e saio.

Antes que eu tenha avançado muito pela calçada, ouço a porta se abrir e me viro, esperando encontrar minha mãe, que se lembrou de um pedido de última hora do mercado.

Mas é Blair.

— Ei — chama ela, baixinho, esgueirando a cabeça pela abertura.

Ela quer sorvete para servir com os brownies, aposto.

— Pode deixar que eu vejo se tem sorvete de menta com choco…

— Não, eu só queria… — começa ela, estranhamente envergonhada. — Desculpa de novo por ter dito que você não tem amigos. Foi uma brincadeira sem graça.

Eu assinto, um pouco surpreso.

— Tô feliz por você fazer algo para a minha festa — emenda ela. — Você é um ótimo irmão mais velho, e eu te amo.

Momentos de sinceridade com Blair são raros, e ouvir um pedido de desculpas de coração, ainda mais. Não sei nem se isso já tinha acontecido antes. Será que meu bom humor na cozinha pode tê-la inspirado a vir falar comigo assim?

Não posso me esquecer de outra coisa também (que não tem nada a ver com estar enjoado de pizza): a maneira como eu ajo em casa afeta Blair.

Abro a boca para responder, mas ela fecha a porta antes que eu comece a falar.

CAPÍTULO QUINZE

ACORDO OLHANDO PARA A CÔMODA BRANCA COM UM SORRISO no rosto no Dia 326.

Que pena que Otto não sabe mais quem eu sou. Não vou poder contar a ele no que deu a receita dos brownies (eles ficaram um pouco mais secos e finos que os de Otto, mas ainda assim estão entre os doces mais gostosos que já tirei do forno). Vou ter de me reapresentar, apresentar novamente a minha ideia para acelerar a fila e torcer para hoje seguir com a mesma tranquilidade do Dia 325. De todo modo, a confeitaria se torna cada vez mais familiar para mim, por mais que eu seja um desconhecido aos olhos de Otto e dos clientes. É bom sentir que tenho um lugar aonde ir. Um dia que eu posso pelo menos fingir que compartilhei com outras pessoas.

Misteriosamente, sofro uma intoxicação alimentar de novo e parto para a Tudo Azul, pensando em maneiras de acelerar ainda mais o processo com os post-its. Porém, quando chego na confeitaria e saio do carro de aplicativo que peguei para ir a Chicago, os pedidos dos clientes automaticamente ficam em segundo plano.

Beau.

Minha garganta seca e minhas entranhas se contorcem feito uma mola prestes a se romper.

Ele está caminhando em direção à Tudo Azul, a uma quadra de distância, usando a mesma regata verde-limão do hoje em que nos conhecemos. Os passos largos de suas pernas esguias fazem parecer que ele tem Chicago na palma da mão, seus olhos deslumbrantes como os feixes de sol que iluminam a cidade.

Meu choque imediatamente vira euforia — e não tarda a se transformar em pânico.

Respira, Clark, digo a mim mesmo.

Já tive muitos dias repetidos para pensar neste momento. Eu consigo.

Beau para a uns seis metros de distância, fincando os olhos nos meus. Meus lábios se contorcem num sorrisinho fraco. Sinto o suor escorrer pelo meu rosto e levanto a mão para acenar, hesitante, torcendo para o gesto sair melhor do que na minha cabeça.

— Oi — grito mais alto do que a barulheira ao nosso redor. — Como você tem passado?

Por um momento, não consigo ler sua expressão. Será que ele está aliviado por me ver ou estou arruinando o hoje dele?

Ele então se vira e desaparece na esquina.

Aí está a minha resposta.

Titubeio, estalo os dentes e tento pensar rápido, sentindo meu estômago embrulhado subindo para a minha garganta.

Geralmente acredito em limites. Respeito os desejos dos outros — mesmo os que são uma inconveniência para mim. (E não poder reviver o melhor beijo da minha vida é uma inconveniência e tanto.) Mas nada na minha situação — na *nossa* situação — é normal. E se existe uma chance pequena de eu conseguir decifrar o que vai me fazer escapar deste *loop* temporal, parece que vou precisar da ajuda de Beau para isso.

Solto o ar, fecho os olhos e sacolejo o corpo por alguns segundos antes de sair correndo atrás dele.

Quando viro na mesma esquina, vejo que ele já está a mais de um quarteirão à minha frente. Acelero o passo.

— Beau! — grito.

Ele não se vira.

Por sorte, o sinal está fechado, o que deveria impedi-lo de atravessar o cruzamento congestionado. Porém, ele ignora a sinalização e segue mesmo assim, quase virando picadinho quando um carro passa acelerado. Solto um grunhido, mas, antes que eu consiga calcular as minhas chances de conseguir alcançá-lo sem acabar na sala de emergência, corro pelo asfalto atrás dele. Uma orquestra de buzinas entoa a desaprovação, mas chego ileso ao outro lado.

O ritmo de Beau é quebrado por um grupo de turistas guiados por uma mulher com um megafone, o que me permite chegar mais perto dele.

— Ei! — grito de novo, agora que ele está a poucos metros de mim. — A gente não pode conversar?

— Acho melhor não — ele responde, finalmente parando de fingir que não existo.

— Por causa do seu ex?

— É.

— Por que você não pode me dizer o nome dele?

Ele se recusa a me responder.

— Pode *por favor* parar só um minuto? — imploro.

Surpreendentemente, ele para. Beau se vira para me olhar e vejo que seu rosto está tomado pela tristeza.

— Não gosto de não nos vermos, Clark — confessa ele, numa voz mais mansa do que eu esperava. — Não é legal pra mim ter de evitá-lo todo dia.

— Então para!

— Não posso.

— Eu sei que você acha que sou uma distração em relação ao seu ex ou algo do tipo — afirmo —, mas, independentemente do que a gente seja, ainda estamos presos no mesmo *loop* temporal, e acho que é justo eu receber algumas respostas.

— Respostas de quê?

— Por exemplo: você se lembra de algo estranho que possa ter acontecido no show e fez a gente ficar preso?

Ele dá meia-volta e continua andando.

Corro atrás dele.

— Eu já te falei — ressalta Beau, costurando entre os pedestres. — Você está preso aqui porque o universo quer que você encontre sua alma gêmea, seja quem for. Acho bom você começar a procurá-la.

— Mas eu *não tenho* uma alma gêmea.

— Deve ter, sim.

Beau sobe um lance de escadas enferrujadas que leva a uma parada de trem. Continuo a segui-lo, mas as pessoas que descem a escada ficam no meu caminho.

Sentindo que posso perdê-lo de vista e querendo mais respostas, solto a próxima pergunta que me vem à mente:

— Por que Otto precisa pedir desculpas?

Beau para no alto da escada e se vira. Ele abre a boca para responder antes de mudar de ideia e saltar uma catraca na plataforma do trem.

Até que enfim consigo me desvencilhar da multidão e o sigo. Vejo Beau desaparecendo num vagão e corro para passar pelas mesmas portas, sabendo que elas podem se fechar a qualquer instante.

— Tá, escuta — retomo, chegando ao lado dele, ofegante. — Quero respeitar sua vontade e manter distância.

— Que bom.

— Mas não vou. — Eu o encaro. — Acho que deveríamos trabalhar em equipe.

Ele solta o ar.

— Eu prefiro não fazer isso.

— Só porque você gosta de mim. Porque eu o *distrairia* do seu ex? Pra mim isso não passa de uma desculpinha esfarrapada, pois acho que nós dois podíamos sair ganhando se…

— Para! — protesta ele. — O que a gente tem *não é real*, Clark. Você entendeu?

Outros passageiros nos observam curiosos.

Eu me afasto dele, consternado.

— Como assim?

— Entendo que você pense que vivemos algo especial naquele dia, mas com o que sabemos agora, não faz sentido *por que* a gente se sentiria assim?

Balanço a cabeça.

— Você é a única pessoa que conheço que está presa em 19 de setembro.

— Digo o mesmo.

— Exatamente! — Ele joga as mãos para o alto, exasperado. — Você não entendeu ainda? Você não gosta de mim como acha que gosta.

— Gosto, sim.

— Não, minha presença é só um conforto. Porque estamos no mesmo barco, porque eu sou a única pessoa que sabe como é viver nesse inferno.

— Não é verdade.

— Só passamos algumas horas juntos, Clark. Não sabemos nada um do outro.

— Sei que você gosta de aventuras de última hora, e dos brownies da Tudo Azul, e de comédias românticas não tão boas com as quais você pode escapar da realidade — listo. — Sei que você é um bom amigo, porque foi ver como Dee estava depois de ela ter tido a noite mais vergonhosa de sua vida ontem, e que você se perde olhando para as estrelas, como eu, mesmo se as estrelas forem apenas tinta e gesso. E sei que, mesmo sem seu pai e sua mãe por perto, você ainda acredita no seu próprio final feliz.

Ele espera um instante, engole em seco e abaixa o tom de voz.

— Você está aliviado por ter encontrado outra pessoa presa no seu dia e está confundindo esse sentimento com outra coisa. Só isso. Não é *real*. Nossas almas gêmeas, sim, são.

— Como é que você sabe? Por que é você quem decide o que é ou não verdade?

Uma voz robótica se anuncia nos alto-falantes:

— Portas se fechando.

Elas começam a se fechar, mas param e reabrem quando um retardatário entra.

Beau chega mais perto e me fita sem piscar.

— Por favor — sussurra ele. — Vai ser melhor para nós dois se você esquecer que eu existo.

— Você sabe que eu não posso fazer isso.

— Mas precisa.

Para minha surpresa, ele me puxa para um abraço. Sinto seu coração batendo contra o meu peito. Não quero soltar, mas sei que ele vai fazer isso a qualquer segundo, me deixando tão frustrado e faminto por respostas quanto antes.

— Encontre sua alma gêmea e saia disto comigo. É o único jeito.

— Mas...

— Desculpa.

— Portas se fechando — repete a voz robótica.

Beau salta para fora. Eu me viro para segui-lo, mas as portas se fecham na minha cara. Fitamos um ao outro pela janela enquanto o trem parte.

CAPÍTULO DEZESSEIS

TALVEZ ESSA TENHA SIDO MINHA ÚLTIMA OPORTUNIDADE DE descobrir mais coisas sobre Beau, e a situação não podia ter sido mais desastrosa. Ele definitivamente não estava disposto a ter uma conversa comigo, o que acho que não deveria ter me chocado, em vista de como fora incisivo ao se despedir no estacionamento da escola. Ainda assim, perco o chão.

Não sei mais nada a respeito da teoria de almas gêmeas que ele acredita ser verdade, se o show da DOBRA pode representar alguma coisa ou sobre como nós dois ficamos presos. Mas o pior de tudo nem é isso.

Beau supostamente acha que o Dia 310 foi uma farsa; que nossa conexão não é real; que estou confundindo o simples fato de me sentir *aliviado* por sua presença no *loop* temporal ao meu lado com sentimentos reais por ele. Para mim, não passa de conversa fiada.

Mas... será que ele pode ter razão?

Tipo, nós só passamos algumas horas juntos. E eu definitivamente fiquei mais tranquilo por saber que não sou o único preso no dia de hoje. De fato, mesmo se não fosse ele metido nesta comigo, eu provavelmente gostaria de ver a outra pessoa com frequência, considerando que ela seria a única cujo senso de tempo se alinha com o meu.

Mas... *não*. Ele está errado.

Eu me senti atraído por Beau feito um ímã *durante* o Dia 310 — antes de perceber que ele também estava preso no mesmo hoje.

Sei que nossa conexão é real, não uma farsa. E sei que gosto de Beau — e que não me sinto apenas aliviado por ele estar aqui comigo.

Porém, saber disso não vai fazê-lo mudar de ideia.

Eu me sabotei no Dia 326, aparentemente, ao me permitir sentir felicidade por reviver meu hoje. Porque o Dia 327 está sendo uma porcaria. Falto à aula de novo, mas fico aninhado no sofá, reassistindo às minhas séries de conforto (embora não esteja fazendo efeito hoje). No finzinho da tarde, só me resta ver a seção de "séries recentemente adicionadas", antes de me lembrar de que já assisti a todas também. Num *loop* temporal, é só questão de tempo até que lançamentos se tornem seus clássicos pessoais.

O Dia 328 não é lá muito melhor, mas eu consigo atenuar minhas emoções com um dia cheio na cozinha. Quando minha mãe e Blair chegam em casa, o apartamento parece um salão de bufê que fugiu do controle, com centenas de cookies amanteigados de açúcar e canela enfileirados em assadeiras que ocupam cada superfície do lugar.

— Hum... tá tudo bem? — pergunta Blair, me encarando. O fato de ela ignorar o celular para observar o caos ao redor só ressalta o quanto eu exagerei. — Obrigada, eu acho? Mas me parece coisa demais para uma única festa de aniversário, irmão. Só virão...

— Quinze amigos — balbucio, desaparecendo dentro do meu quarto. — É, eu sei.

Sinto meu mundo se contraindo de novo, assim como antes do Dia 310. E com Beau me abandonando — *de novo* —, minha solidão está piorando também. Porém, eu me recuso a continuar regredindo, agora que tive um gostinho de como pode ser o meu hoje, agora que, lá no fundo, tenho motivo para sentir um pouco de esperança. Portanto, refaço meus passos, pensando nas ações que me fizeram sentir mais conectado com o meu hoje. O que foi que deu início a esse efeito dominó?

Tentar fazer uma nova amizade.

Foi seguir a primeira dica da sra. Hazel, sem sombra de dúvidas. Será que devo começar a seguir a segunda, a terceira e a quarta também? É, eu bem que tentei enquanto esperava Dee sair do trabalho, mas não cheguei longe. Eu podia voltar e tentar outra vez. Além de tudo, não falei mais com ela desde o Dia 311, e não cheguei nem perto de descobrir seu segredo, então talvez dar um pulo no Aragon seja uma boa escolha. Eu posso ver Otto e Emery antes, enquanto ela ainda está trabalhando... *Espera aí.*

— Talvez *eles* sejam as chaves para eu completar minha lição de casa — murmuro para mim mesmo.

Eu me sento na cama, lembrando de cada uma das dicas da sra. Hazel para combater a solidão:

4 dicas p/ o Clark combater a solidão:
Tentar fazer uma nova amizade.
Ajudar alguém que esteja precisando.
Ser vulnerável para que as outras pessoas também sejam.
Fazer aquilo que mais lhe dá medo.

Já cumpri a dica número um (ainda que eu tenha caído do cavalo com a amizade que fiz), então isso já foi. Mas Otto se qualifica com certeza como uma pessoa que pode precisar de ajuda durante as tardes corridas na confeitaria. Posso tentar ser vulnerável com Dee para ela compartilhar seu segredo comigo. E as aulas de teatro com Emery? Não consigo pensar em nada mais assustador.

Então, no Dia 329, decido que não vou sucumbir e virar um robô deprimido que funciona no piloto automático de novo só por causa de Beau. Enquanto ele segue o seu plano para pôr um fim ao *loop* temporal, eu vou reviver nossas pendências diversas vezes, seguindo as dicas da sra. Hazel com meus novos amigos. Ainda que não se lembrem de mim.

Cinema Esplêndido. A Confeitaria Tudo Azul do Ben. O Aragon Ballroom. Minha nova rotina.

Não vai ser como no Dia 310, mas ainda assim é melhor do que a vida que eu levava antes.

Visto roupas limpas e saio para encontrar-me com Emery. Como esperado, ele está decorando suas falas na bomboniere e se assusta quando entro.

— Seja bem-vindo — cumprimenta ele quando me aproximo, tirando os fones.

— Oi, Emery — saúdo.

Ele fica confuso.

Aponto para o crachá com o nome dele.

— Ah, é.

Ele assente, abrindo um sorriso.

— Tenho uma pergunta aleatória que espero que você possa responder — digo. — E não se preocupe, não tem nada a ver com pássaros.

Seu semblante fica mais sério.

— A versão de *Titanic* que exibimos aqui tem, sim, a cena de nudez, então se isso é algo que te ofende, eu...

— Não é isso — digo, engolindo o riso. Preparo mentalmente a pergunta cuja resposta eu já conheço. — Sabe quem é aquele ator? — Aponto para o pôster de *Garotos e Garotas* atrás dele. — Eu passei aqui dia desses e não consegui me lembrar. Isso tem me incomodado desde então.

Emery olha para trás brevemente.

— É o Marlon Brando.

Fecho os olhos.

— Isso! Sabia.

— Existe um negócio chamado Google, sabia? — provoca Emery, seu sorriso ficando maior enquanto segura o celular para ilustrar. — Para a próxima vez que você não conseguir se lembrar do nome de algum ator famoso.

Aperto os lábios e assinto, fingindo estar envergonhado.

— Tô só enchendo o saco. — Ele dá uma piscadinha.

— Vou ver o que estiver passando na sala um — anuncio, tentando parecer mais normal.

— Um ingresso?

— É. Preciso fugir do mundo real ficando a sós em uma sala de cinema escura por um tempo.

Emery assente.

— Entendo perfeitamente. Há dias em que me sinto como você também.

Quem me dera isso fosse verdade.

Enquanto Emery providencia o meu ingresso, finjo examinar o pôster de *Garotos e Garotas* de novo.

— Todo o trabalho árduo necessário para virar ator, ainda mais um artista icônico como o Brando, é tão admirável — murmuro para mim mesmo, entregando a Emery o dinheiro do ingresso.

Ele o aceita, dando uma risadinha.

— Que engraçado você dizer isso, porque eu sou ator.

Eu levanto a cabeça, interessado.

— É mesmo?

— Aham. Quer dizer — ele se corrige —, talvez não *tecnicamente*. Não estou sendo pago para atuar em nada no momento, mas estou tentando.

— Isso são falas? — Inclino a cabeça para indicar os papéis.

Ele os levanta.

— Tenho um teste amanhã. Meu primeiro, na verdade.

— Tá nervoso?

Seu semblante desmorona.

— Muito. Acho que vou acabar não indo.

Mordo o lábio e encaro o balcão, fingindo planejar meu próximo passo (talvez eu pudesse, sim, me tornar um ator aceitável). Olho para ele.

— Quer ajuda para praticar?

Ele sorri, mas não responde, como se não soubesse ao certo se estou brincando ou não.

— Sério?

— Uhum. — Dou de ombros. — Por que não?

— Você não queria fugir do mundo real numa sala de cinema escura?

Olho para as portas da sala um, lembrando de ter ido lá com Beau. Meu coração palpita um pouco mais forte.

— Vou passar meu tempo melhor assim. — Estendo a mão. — Meu nome é Clark.

Emery me cumprimenta sorrindo, antes de me entregar o roteiro.

Ele ainda é um desastre ambulante, é claro. Mal consegue se lembrar das falas, alterna entre um sotaque sulista e o de Boston, por mais estranho que isso seja, e se estressa com a ideia de ir mal como da primeira vez que treinamos juntos.

— Não posso ir à audição amanhã — declara ele com um olhar de pavor estampado no rosto.

Fazer aquilo que mais me dá medo.

Decido tentar outra abordagem desta vez.

— Você precisa.

— Por quê? Para me tirarem da sala sob vaias?

— Não, para você se livrar disso logo.

Ele me olha, confuso.

— Escuta. Você vai conseguir o papel? Talvez n…

Ele ri.

— *Muito provavelmente,* não.

— Entretanto, mesmo se não conseguir, vai ser seu primeiro teste — continuo. — É óbvio que não vai ser a melhor coisa que você já fez na vida e as probabilidades não são boas. Mas você vai ter que sobreviver a isso. Arrancar o curativo de uma vez.

Ele reflete.

— Você acha mesmo?

— Acho. E aí sua próxima audição vai ser mais fácil. E a seguinte, ainda mais.

O sorriso dele volta, ainda que discretamente.

— É, acho que você tem razão.

— Você não pode deixar que o medo o impeça de conquistar o seu sonho — defendo.

Emery me agradece pelo apoio moral e pelo ensaio. Nós nos despedimos e, como eu esperava, ele me chama quando vou em direção à saída.

— Vai ser uma pergunta estranha, mas... você já pensou em atuar?

— Hum... Não, nunca — respondo. — Por quê?

— Quero me inscrever num curso, mas há um bom desconto se levar mais alguém. Você... — ele para de falar, nervoso para ouvir a minha resposta — ... estaria disposto a fazer as aulas comigo?

Finjo pensar a respeito por um momento.

— Deixa pra lá — Emery se adianta, balançando a cabeça e dando risada. — Você foi uma Lisa tão boa que achei que pudesse se interessar, mas foi uma pergunta bob...

— Eu adoraria. — Dou um sorriso largo.

Ele fica chocado.

— É sério?

— Aham, por que não? — Dou de ombros. — Parece assustador, mas não posso deixar de seguir meu próprio conselho, né?

Eu admito: a ideia de fazer aulas de teatro amanhã me assusta muito menos do que saber que o amanhã provavelmente nunca vai chegar. Mas é a intenção que vale, certo?

Vou até a porta.

— Passo por aqui amanhã pra gente falar a respeito disso.

— Por mim tá combinado, Clark — diz Emery. — Valeu, hein!

Outra dica já foi.

Faltam duas.

Agora, me sentindo mais leve do que em muitos outros dias repetidos, chego na Tudo Azul bem na hora em que o rush da tarde está começando a sair de controle.

— Oi — cumprimento Otto, todo suado atrás do caixa.

— Olá — ele ofega, mal disfarçando o seu estresse. — Qual é seu nome?

— Clark. Eu...

Otto imediatamente se distrai com uma mulher agitada que pediu três donuts de xarope de bordo (não dois). Tento puxar conversa de novo depois de ele pegar o item faltante, mas ele já começa a repor os guardanapos antes de eu abrir a boca. Um café derramado momentos depois rouba mais um minuto de Otto, então a fila chega à porta, e os demais funcionários da confeitaria estão ocupados demais para ajudar.

— Quer saber? Dane-se — murmuro baixinho para mim mesmo.

Vou para trás do balcão e começo a anotar os pedidos usando meu método de post-its. Alguns clientes se incomodam a princípio, desconfiados da minha repentina mudança de cliente para funcionário, mas não parecem ligar muito depois de perceberem que serão servidos mais rapidamente.

Trabalhando freneticamente para resolver os problemas que vão surgindo, Otto leva algum tempo para perceber o que estou fazendo.

— Com licença? — indaga ele, dando uma corridinha até mim atrás do balcão.

— Obrigado, Marge, até semana que vem! — Entrego um pedaço de bolo de creme para uma professora aposentada antes de me virar para Otto. — Pensei em fazer algo para ajudar.

Ele parece estupefato.

— Você não pode ficar aqui atrás, Clark.

— Eu sei, mas tenho experiência trabalhando no caixa e acho que posso ajudar. Viu só? — Aponto para a fila, já bem mais curta.

Otto se inclina para a frente e para trás, pensativo. Ele parece confuso, sem entender por que um adolescente aleatório decidiria ajudá-lo sem segundas intenções aparentes, mas reconhecendo o valor evidente da minha estratégia.

— Se vamos fazer isso — ele diz, pegando um avental e o vestindo ao redor do meu pescoço —, será do jeito certo. Vá lavar as mãos!

Sorrio e me apresso em direção à pia.

Trabalho ainda mais rápido do que no Dia 325, porque consigo relacionar os rostos com os pedidos de antemão. Otto fica impressionado com a velocidade com que a fila se dissipa.

— Por favor, me diga que está disponível para trabalhar no turno da tarde — pede ele, balançando a cabeça em gratidão. — Acho que nem preciso dizer, mas sua ajuda seria muito bem-vinda aqui.

— Eu adoraria! — exclamo, orgulhoso por ter impressionado um dos melhores confeiteiros de Chicago. Mais uma vez. — Se eu aceitar o emprego, será que no futuro você poderia me treinar para trabalhar na cozinha também?

Talvez o amanhã não chegue, mas eu posso me divertir um pouco fantasiando minha vida futura.

— Sou confeiteiro amador. Ênfase em "amador" — continuo — e adoraria aprender com o mestre.

Otto esfrega o punho gigantesco no meu peito.

— Com toda a certeza!

— Mesmo?

— Claro! Quer dar uma olhada lá?

— Agora?

— Aham — ele olha ao redor, abaixando o tom de voz —, antes que mais clientes irritados e famintos apareçam.

Sorrio.

Otto me leva para a cozinha e apanha um grosso livro de receitas. Parece ter uns cem anos, com páginas rasgadas e cobertas de manchas azuis de Deus sabe lá quantos ingredientes diferentes.

— Não vou entrar em detalhes agora, antes de você fazer oficialmente parte da equipe — ele entrega o livro para mim —, mas por que já não vai se familiarizando com as nossas receitas, se tiver um tempinho? No seu primeiro dia oficial, que por mim já pode ser amanhã, vou ensiná-lo a trabalhar no caixa.

— Amanhã? — Sinto uma explosão de alegria que me faz flutuar. Otto tem uma presença tão imponente que é como se ele fosse capaz de me salvar do *loop* temporal sozinho com sua espátula.

Ele para, intrigado com a minha reação.

— Amanhã não dá para você?

— Ah, sim, desculpa. Dá, sim! — assinto, colocando os pés no chão de novo. — Não vou te dar bolo.

Otto me encara com um brilho nos olhos.

— Isso foi um trocadilho culinário, Clark?

Fico vermelho.

Meia hora depois, chego ao Aragon, bem a tempo de pegar Dee com os olhos marejados andando pela calçada em direção ao restaurante. Em vez de mencionar Beau logo de cara, como da última vez, decido adotar uma estratégia mais simples:

— Tá tudo bem?

Ela para e me fita, ofendida com a minha pergunta.

— Eu por acaso *não pareço* estar bem?

Enrijeço o corpo, sem saber como manter a conversa depois dessa.

— Não, você está... ótima?

Ela ri.

— Conta outra.

— Você está *mesmo* ótima — reafirmo. — Amei sua calça jeans. E o seu sorriso.

Ela franze a testa.

— E você, é um estranho que simplesmente puxa assunto com as pessoas na rua?

— Não, *não*, eu...

— Porque, embora eu nunca esteja no clima pra lidar com gente estranha, hoje especialmente não é um bom dia para isso.

— Tem razão, desculpa, eu não quis te assustar.

— Que bom.

— É que você parecia estar triste, e eu queria ver se estava bem. Só isso.

Ela mantém contato visual por mais um momento antes de abaixar os olhos.

— Você é muito direto, mas não parece ameaçador — pondera ela com a voz mais mansa. — É que ontem eu tive uma noite desastrosa.

— É mesmo?

— E precisei engolir tudo no trabalho hoje, até agora.

— Por que ontem à noite foi tão ruim?

— Acho que vou morrer.

— *Morrer?* — Tento fingir surpresa.

— É. Quer dizer, de vergonha — esclarece ela.

— Ah.

Ela para e pensa.

— Você gosta de misto-quente? A propósito, quem é você?

Solto uma mentira deslavada atrás da outra, contando para Dee que estou esperando minha mãe e Blair fazerem compras em algum lugar ali por perto. Vamos ao restaurante e Sandy nos leva à mesma mesa, perguntando duas vezes se Dee está bem ao anotar o nosso pedido.

— E aí, sobre ontem à noite? — pergunto a Dee.

— O que tem?

— Você disse que vai morrer de vergonha.

Ela suspira.

— Aham.

— Quer conversar a respeito?

Ela encara a janela por um momento, com a expressão vazia.

— É muito vergonhoso mesmo.

Tá, já entendi, agora continua.

— Em que sentido?

— Você já passou anos guardando um segredo e acabou acontecendo a pior coisa do mundo quando você enfim decidiu contá-lo?

Isso, continue falando.

— Não, mas parece ter sido difícil.

Ela para e hesita, sem saber se deve falar mais antes de voltar sua atenção a mim.

— A gente não precisa falar disso.

Droga.

— Se quiser se abrir com alguém, não me importo. Tem certeza?

Ela faz que sim, e Sandy chega com os nossos milkshakes. Lembro-me da dica da sra. Hazel — *ser vulnerável para que as outras pessoas também sejam* — e respiro fundo. Se eu puder me abrir em relação à minha própria vida, quem sabe Dee também não se sinta mais confortável antes de compartilhar seu segredo comigo.

— Eu faço terapia — confesso.

Dee termina de dar um gole no milkshake.

— Por quê? — Ela fica com cara de quem acha que se excedeu. — Foi mal, que pergunta mais invasiva para se fazer...

— Tudo bem. — Reflito. — Me parece que a gente tende a guardar muita coisa, sabe? Com medo do que as pessoas vão pensar. A terapia é uma ótima maneira de ajudar com isso.

— Tá, parece uma boa razão geral para se fazer terapia — contorna ela, pegando uma batata. — Mas qual a *sua* razão?

Eita.

Ninguém nunca tinha me perguntado isso de maneira tão direta antes.

É como se eu fizesse terapia desde sempre, por estar preso num dia em que vejo a sra. Hazel toda tarde. Porém, na linha temporal normal — a *verdadeira* (se é que isso existe ainda) —, só faço terapia há alguns meses. Tento me lembrar dos dias de antes do *loop* temporal. Meus pais acharam que seria uma boa ideia eu conversar com alguém depois que o divórcio e a mudança de Sadie me deixaram visivelmente abalado.

— Mark? — chama Dee, me encarando. — É esse o seu nome, né?

Percebo que nossos mistos chegaram e eu nem me dei conta.

— É Clark.

— *Ops.* Tá tudo bem, Clark?

— Tá.

— Não precisa me contar por que você tem uma psicóloga — ela diz, limpando a mão num guardanapo. — É uma coisa particular, eu entendo.

Sei que o celular de Dee vai vibrar a qualquer instante, lembrando-a de que ela tem que encontrar a amiga que vai buscá-la, e eu devia aproveitar para tentar descobrir mais sobre o seu segredo. No entanto, estou abalado depois de perceber que a resposta honesta à pergunta dela não é o que tenho dito a mim mesmo há um bom tempo.

E se escapar de hoje não ajudar a curar minha solidão? E se ela ainda estiver esperando por mim em 20 de setembro, quando eu não puder mais prever o que as outras pessoas vão dizer e fazer?

— Oiê! — cumprimenta Dee, atendendo o telefone. — Ai, meu Deus, é mesmo! — Ela pega suas coisas e se levanta do banco. *Desculpa*, ela balbucia para mim um momento depois.

Sorrio e aceno para a saída.

— Tudo bem.

Dee afasta o celular da boca e me agradece:

— Obrigada por isto.

— Imagina.

— Sério, Mark... quer dizer, Clark. — Ela sorri também. — Você fez eu me sentir bem depois de um dia horrível.

Dee se vira e desaparece porta afora.

Não consegui fazer com que ela compartilhasse seu segredo comigo, mas compartilhei o meu com ela, e ao menos isso me parece um começo. É por isso que a lição de casa da sra. Hazel é tão importante. Posso não seguir à risca cada dica logo de primeira, mas posso usar o *loop* temporal a meu favor e aprender a melhorar. Ainda posso trabalhar no desafio de quatro partes; então, se o amanhã algum dia chegar, minha solidão não estará lá à minha espera.

CAPÍTULO DEZESSETE

Crio uma nova rotina para mim mesmo. Todos os dias, eu acordo, preparo o café da manhã, me arrumo enquanto escuto a banda DOBRA e chego ao Cinema Esplêndido alguns minutos depois de abrir. Emery está na bomboniere, tão focado quanto um filhote de labrador — os fones de ouvido posicionados, os papéis das falas nas mãos e a ansiedade pelo teste estampada no rosto.

Repassamos as falas, mas conversamos sobre outras coisas também. Ele me dá conselhos de como superar a crise do último ano do Ensino Médio (se ele ao menos soubesse o quanto a crise é exponencialmente pior num *loop* temporal), e eu sugiro algumas receitas para leigos que ele pode experimentar para se sentir mais confortável na cozinha. Conto para ele que meus pais estão se divorciando, que eu nunca namorei e que minha irmã mais nova me estressa profundamente — na mesma medida em que eu morreria por ela sem pensar duas vezes. Ele me conta que é o filho do meio entre cinco, um ladrão de pipocas que enche a mão diversas vezes durante os seus turnos (embora seja contra a política do cinema) e completamente apaixonado por uma garota que ele não sabe ao certo se também gosta dele.

— Emery — começo, sorrindo. — Você precisa chamá-la pra sair.

Ele ri, balançando a cabeça em concordância e com as bochechas coradas.

Seja com audições ou confissões de amor, percebi que ele tem uma tendência a se esquivar das coisas que mais o intimidam.

Emery termina nosso dia juntos sempre da mesma forma: me pedindo para fazer aulas de teatro com ele — uma oferta que aceito com um sorriso no rosto antes de ir embora.

Depois disso, vou ver Otto.

A cada hoje, ele acha que estou começando a aprender do zero como me virar na confeitaria, o que explica por que fica cada vez mais perplexo com a minha competência no caixa. Vou ficando mais rápido com o passar dos dias, encarando o horário de pico da tarde com maestria, armado com o meu bloquinho de post-its e minha caneta. No Dia 337, a suspeita dele se acentua quando me pega anotando o pedido de uma moça (três cafés puros e uma dúzia de donuts azuis) antes mesmo de ela o dizer em voz alta. Porém, no momento, acho que ele está ocupado demais para questionar minha aparente feitiçaria.

Quanto mais tempo passo com Otto, mais sinto aquela tristeza secreta borbulhando por dentro dele. A maioria dos clientes, que não sabem de toda a história, pode até vê-lo como a personificação da alegria, mas sua melancolia se torna mais aparente para mim a cada tarde no *loop* temporal. Todos os hojes eu faço questão de curtir sua postagem no Instagram em homenagem ao aniversário de Ben e deixo um comentário cheio de corações azuis com os demais. Porém, por mais que eu considere mencionar algo a Otto a respeito do significado da data, sempre acabo ficando na minha, sem saber como isso pode parecer no dia em que "estamos nos conhecendo". Sempre vai ser um dia difícil, percebo, quer eu diga alguma coisa ou não, mas ao menos ajudei a amenizar a loucura da tarde.

Por fim, vou ver Dee.

Ganhar a confiança dela é a parte mais difícil dos meus dias, como você já deve ter adivinhado a essa altura, porque convencer alguém transtornado a lhe contar um segredo grande e vergonhoso não é tarefa fácil. Na verdade, nunca consegui extrair a verdade dela. Nem uma vezinha.

Alguns dias, estrago tudo antes mesmo de chegarmos ao restaurante. Como no Dia 331. Por pura burrice, mencionei a ligação que ela está esperando da amiga que vai buscá-la no Aragon. Nem preciso falar que esse hoje não acabou nada bem.

— Como é que você sabe disso? — ela perguntou, com o dedo na minha cara e se afastando lentamente. — Me. Deixa. *Em paz.*

E é o que eu faço.

No Dia 340, sugiro comermos mistos-quentes e tomarmos milkshakes no restaurante antes mesmo de ela mencioná-lo, o que ativa seu desconfiômetro.

— Você tem me seguido depois que saio do trabalho? — ela me acusa, enojada. — Vou ser bem direta: eu prefiro comer um misto cheio de formigas a sair pra tomar um milkshake com você, seu babaca.

Compreensível.

As noites em que consigo tirar alguns sorrisos de Dee no restaurante são muito gratificantes. No entanto, mesmo em noites como a do Dia 340, quando piso na bola com a minha abordagem e ela me coloca no meu lugar como o desconhecido intrusivo que pareço ser, é inevitável eu passar a gostar ainda mais dela. Claro, estou desesperado para descobrir o segredo, mas fico ansioso pelas nossas interações a cada hoje, independentemente de se acabarei rejeitado ainda na fachada do Aragon ou não. Sua perspicácia sempre me causa um sorriso, mesmo depois de ela me chamar de embuste e sair andando. O que quer que tenha acontecido com Dee deve ter sido ruim de verdade, pois é difícil imaginar alguém como ela morrendo de vergonha de se abrir para aprofundar o assunto.

Se bem que, como Sandy disse, Dee *não é de falar logo, mesmo quando deveria.*

Eu não deveria fingir que a conheço tão profundamente como quero acreditar.

Alguma coisa ainda está faltando nas minhas interações com cada pessoa. Assim como eu não posso curar a tristeza de Otto ou ajudar Emery a sair-se bem no teste, num único dia eu também não posso forçar Dee a compartilhar um segredo que ela se recusa a contar.

É uma sensação esquisita estreitar laços com amigos que não podem retribuir com o mesmo nível de amizade. Posso saber da vez que o cachorro da família de Emery fugiu quando ele estava no sexto ano, posso entender como a morte de Ben fez Otto e sua ex-esposa se afastarem gradualmente, posso descobrir que Dee começou a frequentar o restaurante muito antes de começar a trabalhar no Aragon e que considera Sandy uma segunda mãe. Porém, quando nos encontramos de novo, eles não sabem nada a meu respeito.

Gosto de resolver minhas pendências, mas minhas tentativas de zerar as dicas da sra. Hazel ainda não curaram minha solidão.

Isso porque todos os dias eu vejo meus amigos, mas eles só veem um estranho.

No Dia 345, decido passar na sra. Hazel pela primeira vez em muito tempo para saber se eu deveria adotar alguma abordagem diferente ao seguir as dicas que ela me deu. Ver Emery, Otto e Dee todos os hojes tornou o *loop* temporal mais agradável, sem dúvida; mas, quanto mais me aproximo deles sempre como um desconhecido aos seus olhos, mais deslocado me sinto.

Será que estou mesmo sendo um amigo ou apenas manipulando as pessoas com quem me importo para me sentir menos sozinho? E será que está funcionando?

— Ouvi dizer que você estava com intoxicação alimentar de manhã, Clark, por isso faltou à aula. — A sra. Hazel joga a echarpe amarela por sobre o ombro. — Presumi que nossa sessão tivesse sido cancelada, mas que bom que me enganei. Acredito que você esteja se sentindo melhor?

Faço que sim, dando de ombros.

— É, tô melhorzinho.

Olho ao redor da sala apertada, mas aconchegante: os recipientes transbordando com balas, os livros e as revistas de psicologia antigas sobre a mesa de centro entre nós dois, o ar-condicionado funcionando ao máximo mantendo o cômodo agradável e fresco. De alguma forma, embora tudo que se torna familiar acabe perdendo a graça, percebo que eu estranhamente sentia falta do refúgio seguro do consultório da sra. Hazel — mesmo depois de 345 dias.

— Tenho uma pergunta aleatória — anuncio logo de cara, evitando conversinha. — Amizade precisa ser algo recíproco?

Ela pondera minha dúvida.

— Meu instinto diz que sim, mas eu adoraria que você se aprofundasse. No que está pensando?

Reflito sobre como me explicar de uma maneira que não faça minha cabeça girar em círculos.

— Tenho amigos novos… Quer dizer, amigos em potencial, eu acho. Me sinto próximo deles, mas não sei se eles sentem o mesmo a meu respeito.

— Por que não?

— Bom, vou voltar um pouco para contextualizar — proponho. — Apliquei três das dicas do seu desafio para combater a solidão a essas novas amizades, mas parece que não está surtindo efeito.

Ela cruza as pernas lentamente, com um semblante perplexo.

— Meu desafio de quatro partes contra a solidão?

— Esse mesmo.

— Eu não me lembro de ter passado essa lição de casa pra você, Clark — ela retruca, franzindo os lábios, imersa em pensamentos. — Já a sugeri a muitas pessoas, mas nunca a você.

— Tem razão, mas a senhora o mencionou algumas semanas atrás, quando toquei no assunto da mudança de Sadie para o Texas — minto, torcendo para não perdermos o foco do assunto por conta de uma questão técnica do *loop* temporal. — Não se lembra?

A sra. Hazel, ainda mais confusa, sacode a cabeça.

— Não, mas confio na sua memória mais do que na minha. E que bom que você tomou as rédeas e decidiu testar minhas dicas antes mesmo que eu pudesse propô-las. — Ela sorri. — Então, me conta. Como isso tem ido?

Suspiro.

— Bem, eu acho, mas não sei se estou colocando as dicas em prática das maneiras certas.

— O que quer dizer com maneiras *certas*?

Encaro a mesinha de centro por um instante e logo me ocorre uma ideia.

— Conheci uma menina, chamada Dee, que está guardando um segredo que a corrói por dentro. — Puxo as balas para mais perto de mim, fazendo com que o pote a represente. — Seguindo a dica número três, eu disse a ela que faço terapia, na esperança de que a minha vulnerabilidade a contagiasse e ela se sentisse confortável o bastante para me contar esse tal segredo.

A sra. Hazel, sorrindo como uma mãe orgulhosa, assente.

— Excelente. E deu certo?

Nego com a cabeça.

— Ainda não. Quanto à dica número dois — boto uma vela antiga próxima ao recipiente de balas para representar Otto —, conheci o dono de uma confeitaria que precisa de ajuda para tocar o negócio durante a tarde.

A sra. Hazel se anima.

— Você já mencionou que gosta de fazer doces, Clark. Me parece uma oportunidade maravilhosa.

— É, eu concordo, mas… Sei lá. Embora eu torne o horário de pico da tarde menos caótico, ele ainda me parece um pouco triste, sabe? E aí tem um ator que eu conheci no cinema — pego a revista de cima da pilha e a coloco ao lado da vela e das balas — que é muito gente boa e legal, mas eu ensaiei um roteiro com ele e…

Perco completamente o fio da meada, porque uma revista chamada *Psicologia agora!* que estava embaixo da que eu peguei para representar Emery chama a minha atenção. Uma das chamadas na capa diz APRISIONADA NO HOJE. As letras menores logo fornecem mais contexto: "É possível viver o mesmo dia mais de uma vez? Essa psicóloga renomada acredita que sim, porque foi o que supostamente aconteceu com ela!".

— O que foi? — questiona a sra. Hazel.

Eu me inclino para a frente e pego a revista. Está tão velha que parece que o papel vai se desintegrar entre os meus dedos.

— Ah, esse troço velho — desdenha ela. — Minha filha sugeriu que eu fizesse uma faxina por aqui, e agora preciso jogar fora uma quantidade vergonhosa do que ela chamou, com muita eloquência, de *tralha*.

Encaro a capa.

— Então faz tempo que essa revista está aqui?

A sra. Hazel pensa.

— Bem, tecnicamente, sim. — Ela aponta para trás do ombro. — Encontrei aquela pilha toda de revistas antigas numa caixa atrás da minha mesa semana passada. Hoje de manhã peguei tudo e coloquei na mesinha de centro, e me esqueci de botar no lixo durante meu intervalo do almoço. Deixa que eu jogo isso fora...

Ela se inclina para a frente.

— Não! — Tiro a revista do alcance dela.

A sra. Hazel arregala os olhos.

— Desculpa! — Limpo a garganta, tentando me recompor. — Quantos anos tem isso aqui?

— Provavelmente umas boas *décadas*. Deve ter o ano aí.

Encontro a data bem pequenininha na capa.

— Fevereiro de 1990.

Ela solta uma risada aguda.

— Minha filha surtaria se soubesse que guardo revistas mais velhas que ela. — Ela suspira. — Fazer o quê? É difícil pra mim abrir mão de coisas que acho interessantes.

— Sabe do que trata esse artigo? — Aponto para a chamada.

A sra. Hazel força a vista, ajeitando os óculos sobre a ponte do nariz.

— Ah — ela diz, balançando a cabeça. — Por isso eu não quis jogar fora antes. Sempre admirei a dra. Runyon.

— Quem é?

— Uma pesquisadora de psicologia que antigamente era superinfluente. Eu a respeitava muito. Ela tinha a mente afiada, sabe? Mas esse negócio de... Como foi que ela chamou mesmo?

— *Aprisionada no hoje?*

— *Aprisionada no hoje*, isso mesmo... — A sra. Hazel sacode a cabeça devagar, deixando implícito que considera aquele conceito uma perda de tempo. — É uma ideia um pouco lunática. Se quer saber mais sobre as contribuições dela à psicologia, existem leituras mais, digamos, *legítimas* que eu poderia indicar.

— O que é *Aprisionada no hoje*?

— O título do livro que ela escreveu. Eu li.

— E aí?

— E aí o quê?

— Do que o livro falava?

A sra. Hazel é pega desprevenida pelo meu interesse.

— Bom — começa ela —, se quer mesmo saber, tinha algo a ver com as experiências dela relacionadas a, como posso dizer... — Ela para e pensa, abrindo uma bala — ... sentimentos extremos de *déjà-vu*, mais ou menos. A coisa toda era meio abstrata, para dizer o mínimo, o que é uma pena, porque muitos acadêmicos passaram a questionar a sanidade da dra. Runyon depois disso.

A sra. Hazel continua falando enquanto eu folheio a revista à procura do artigo com a dra. Runyon. É uma única página, quase no fim do volume, com uma foto da terapeuta vestindo um blazer amarelo e sorrindo carinhosamente. O cabelo dela é castanho, com um corte no estilo chanel, e seu batom vermelho forte se destaca na página.

A matéria conta apenas uns poucos parágrafos:

> Quando era adolescente, Rebecca Runyon se viu em meio a um grande dilema. Todas as manhãs, ela acordava e revivia o mesmo dia: 13 de janeiro de 1970. É isso que ela alega.

A pesquisadora evitou discutir a experiência surreal publicamente durante décadas, por temer a reação do mundo profissional. Por trás das cenas, no entanto, Runyon secretamente pôs mãos à obra, entrevistando outras pessoas que também ficaram, como ela caracteriza no título de seu novo livro, *Presas no hoje*. Milhares de pessoas tiveram a mesma experiência angustiante, acredita ela, e muitos campos de estudo — "a medicina, a psicologia, a teologia, a astrologia", exemplifica Runyon — deveriam começar a levar o fenômeno mais a sério.

"Os dados que colhi sugerem que o destino é falível", aponta Runyon em seu livro, que chega às livrarias em 10 de fevereiro. "E quando o universo permite que alguém se desvie do caminho que deveria seguir, o tempo vai se repetir — como um disco de vinil riscado que não consegue sair do refrão de uma música — até que o percurso das coisas seja corrigido."

Será que a pesquisa da dra. Runyon pode abalar nossas concepções de tempo e destino?

Ou a psicóloga vanguardista, como muitos críticos recentes indicam, perdeu o juízo?

CAPÍTULO DEZOITO

Desde que fiquei preso, li a respeito de diversas teorias sobre *loops* temporais, desenvolvidas por diversos teóricos. Já dá pra ver com base nesses quatro curtos parágrafos que a da dra. Runyon é… diferente.

Ao contrário das centenas de perfis anônimos nas caixas de comentários em artigos de ficção científica, ela não é alguém que está forçando suas ideias horríveis só para chamar atenção ou para jogar mais lenha na fogueira. E, à diferença de todos aqueles caras vomitando ideias sem sentido em fóruns sobre o contínuo espaço-tempo sem nunca terem feito um curso básico de física, a dra. Runyon parece ser uma pesquisadora de verdade, que usa dados empíricos para fundamentar suas alegações.

Preciso descobrir mais.

Pego minha mochila e saio quase correndo do consultório da sra. Hazel.

— Clark? — Ela me chama. — A intoxicação alimentar pegou de novo? O banheiro é ali à direita, se for o caso.

Como seria de se esperar, encontrar uma cópia de um livro nada popular escrito mais de três décadas atrás por uma psicóloga que tacharam de "louca" é tão difícil quanto parece. Procurando freneticamente o título ao voltar para casa, descubro que nenhuma livraria na Terra (ou pelo menos nos arredores de Chicago) o tem em estoque, nem nenhuma das maiores lojas virtuais. É quase como se *Aprisionada no hoje* nunca tivesse sido publicado.

A dra. Runyon também é um mistério para mim.

Consigo encontrar alguns artigos a respeito das suas pesquisas iniciais. A doutora ficou famosa na década de 1980, quando publicou alguns estudos relevantes relacionados à intersecção do luto e da saúde mental. Porém, ela parece ter desaparecido completamente do mundo no mesmo ano em que *Aprisionada no hoje* foi lançado. A menção seguinte que encontrei foi o seu obituário, de quando ela morreu de uma doença rara uma década depois.

O que foi que aconteceu com ela? E o que aconteceu com seu livro?

No Dia 346, uso a desculpa da intoxicação alimentar com a minha mãe pela enésima vez e vou para o Cinema Esplêndido mais cedo do que o normal, torcendo para que passar um tempo com Emery e com um baldão de pipoca possa temporariamente me tirar desse buraco em que minha obsessão com a dra. Runyon me jogou. No entanto, nem isso impede meus pensamentos de voltar ao livro dela.

Emery pigarreia para chamar minha atenção. Tiro os olhos da sexta página de resultados da minha pesquisa de "Rebecca Runyon estava certa em Aprisionada no hoje?" e vejo que Emery está observando a página do roteiro na minha mão.

Guardo o celular no bolso e mudo o tom de voz para o da personagem.

— Oi, você pode me ajudar com o supino?

Porém, Emery me faz parar.

— Clark — chama ele, dando uma risadinha. — Você não precisa ficar aqui.

— Tudo bem.

— Você já fez *muito* repassando as falas comigo algumas vezes — constata ele, me olhando com curiosidade. — Suas segundas devem ser bem tranquilas, né?

Ouço as portas se abrirem atrás de mim e fico tenso, porque ninguém vem ao cinema cedo assim.

Preparo-me para o único desvio possível de acontecer.

Os olhos de Emery se fixam em alguém às minhas costas e um sorriso carismático se espalha por suas bochechas para cumprimentar quem acabou de chegar.

— Seja bem-vindo ao Cinema Esplêndido.

Eu me viro.

Dito e feito, lá está Beau.

Minhas mãos começam a suar. Fazemos contato visual. Ele não diz nada; seu rosto permanece ilegível. Assim como ocorreu todas as vezes que o vi desde o Dia 311, não consigo decifrar o que ele está pensando.

Beau solta o ar derrotado.

— Você não costuma vir aqui tão cedo.

— Você tá me seguindo? — pergunto, surpreso. Depois da nossa última interação, presumi que ele me queria o mais longe do seu radar quanto possível.

— Não, não estou — afirma ele. — Mas é difícil não perceber que você tem passado aqui para ver Emery e ido aos outros pontos das nossas pendências todos os dias, religiosamente.

— Como assim? — indaga Emery, de queixo caído. — Como é que você…? Que pendências?

Beau e eu o ignoramos.

— Não vou entrar nessa discussão com você de novo — retruca Beau, baixinho. — Se cuida, Clark. Você também, Emery. — Ele se vira e vai embora.

Emery solta o ar, transtornado.

— Caraca, que coisa mais estranha.

Corro atrás de Beau.

Nenhuma das vezes que conversamos depois do Dia 310 acabou bem para mim. Então, em vez de tentar convencê-lo de que ele *me quer* em sua vida no *loop* temporal, talvez eu devesse tentar convencê-lo de que ele *precisa* que eu esteja no *loop* temporal.

— A dra. Runyon — começo, alguns passos atrás de Beau. — Já ouviu falar dela?

— Não — responde Beau, olhando para a frente.

— Soube da existência dela no Dia 345. Não encontrei seus livros ainda, mas ela parece saber do que fala, e acho que deveríamos pesquisar mais sobre...

— Dia 345? — interrompe Beau, virando-se para me olhar. — Como assim?

— Dia 345, ué — reafirmo, como se fosse óbvio. — Hoje é o trecentésimo quadragésimo sexto dia, então o Dia 345 foi basicamente o nosso ontem. *Peraí.* — De repente, eu me dou conta de que nunca tocamos nesse assunto. — Há quanto tempo você está preso?

Ele dá de ombros.

— Parei de contar faz um tempinho.

— Mas 346 parece ser o número certo?

Ele fica em silêncio por um momento.

— Pode ser.

— Viu só?! — exclamo, empurrando de leve o ombro dele para mostrar o quanto essa revelação deveria ser estrondosa. Meu estômago embrulha quando me lembro de outra coisa sobre a qual não falamos ainda. — Já sei com base na nossa noite no terraço que nossos dias terminam às 23h16, mas aposto que você também acorda às 7h15, não é?

Ele para, cruza os braços contra o peito e me encara, cheio de suspeita.

— O *loop* temporal sempre me acorda quinze minutos antes do horário que eu deixava no meu alarme antes de ficarmos presos. Como é que você...?

— Porque — digo, com um sorriso convencido — eu também acordo às 7h15.

Nós encaramos um ao outro.

Por um milésimo de segundo, é como se estivéssemos de volta ao Dia 310.

Até que Beau se vira e continua.

— Você ainda não sabe por que eu apareci na aula do sr. Zebb aquele dia, né? — questiona ele.

Chegamos a uma bicicleta presa a um poste e Beau tira uma chave do bolso.

— É só uma das muitas perguntas que você não respondeu — digo, me apoiando na parede de tijolos ao lado da bicicleta. — Pode me contar?

— Não posso.

— *Que surpresa.*

Ele solta a bicicleta e a afasta do poste.

— Confie em mim: eu queria te contar, mas não é uma informação que posso compartilhar porque ela não diz respeito a mim.

— Eu, hein! Por que você tocou no assunto, então? Pra me provocar com as coisas que eu não sei?

Ele passa uma perna por cima do banco da bicicleta e sobe.

— Derek Dopamina.

— O influenciador?

Beau faz que sim.

— Minha irmã adora aquele tonto — digo. — O que tem ele?

— Procura o vídeo dele sobre *loops* temporais — sugere Beau. — Todas as respostas estão lá. Talvez assim você veja que estou falando a verdade.

Dou uma risada.

— Você quer me dizer que, de todas as pessoas, é o Derek *Dopamina* que pode ajudar a gente a escapar de hoje?

Beau começa a pedalar lentamente.

— Legal — murmuro com sarcasmo. — Valeu mesmo, Beau, por ser tão generoso com o seu tempo. Quem sabe eu te veja de novo. Ou não. Quem se importa, né?

Os pés de Beau descem ao chão, parando a bicicleta de repente. Ele se vira para me olhar.

— Eu entendo você fazer isso.

— Isso o quê? Continuar tentando conversar? É, já deveria estar óbvio a essa altura.

— Não. Eu entendo por que você vai aos locais das nossas pendências daquele dia. E não te culpo, mesmo que isso signifique que eu não possa ir a esses lugares também.

Não respondo.

— Aqui, é bom sentir que você tem lugares para ir — ele continua, seus lábios se curvando num sorriso triste. — É bom sentir que as pessoas precisam de você no dia delas tanto quanto você precisa delas no seu. É bom sentir a solidão dando uma trégua, mesmo que não dure muito tempo.

Não sei o que dizer.

Continuamos parados por mais um momento antes de Beau colocar o pé no pedal novamente.

— Derek Dopamina — repete ele. — Assista ao vídeo.

CAPÍTULO DEZENOVE

A ÚLTIMA COISA QUE QUERO DEPOIS DE ENCONTRAR BEAU AO acaso e não acabar nada bem é comer pizza no jantar pela trecentésima quadragésima sexta vez.

— Tem certeza de que não quer nem só um pedacinho? — insiste minha mãe, parada na porta do meu quarto com um prato nas mãos. — Pedi o seu sabor favorito. Ou sopa vai cair melhor no seu estômago?

— Desde quando presunto e champignon é o meu sabor favorito? — balbucio da cama.

Ela estreita os olhos para mim.

— Como é que você sabe que foi isso que eu pedi?

Rolo na cama para encarar a janela.

— Vai ver é coisa de sexto sentido.

— Você ainda vai fazer alguma coisa pra minha festa, né? — grita Blair da cozinha. — Apesar de ter ficado morgando o dia todo.

— No meu tempo, irmã — murmuro.

— Isso é sério? — grita ela de novo, agora com a boca cheia. — Clark, você *prometeu* que ia...

— Eu *falei* no meu tempo!

— Mas não vai ficar bom se você fizer de última hora.

— Ei! — intervém minha mãe enfim. — Vocês dois, sosseguem o facho. Blair, seu irmão está doente hoje e vai fazer alguma coisa bem gostosa para o seu aniversário, então pega leve com ele. E você, mocinho... — Ela para.

Viro o bastante para vê-la de canto de olho.

Ela abaixa o tom de voz.

— Tem certeza mesmo de que está bem?

— Aham.

Ela fala ainda mais baixo:

— Pode me contar se não for mesmo intoxicação alimentar, viu? Às vezes a gente precisa mesmo de um dia pra só… sei lá, respirar. Eu entendo.

— Posso só ficar sozinho?

O quarto fica pesado com um silêncio constrangedor, interrompido apenas pelo barulho de Blair zanzando na cozinha.

— Pode deixar — concede minha mãe, fechando a porta do meu quarto. — Te amo.

Fico de barriga para cima e olho para o teto.

Por mais incompleto que eu me sinta a respeito de cada uma das minhas interações com Beau, pelo menos da mais recente eu saí com a pista mais sólida. Puxo o laptop da minha mãe para cima do peito.

— A que ponto cheguei… — resmungo, digitando *Derek Dopamina loop temporal* na barra de pesquisa.

E… nada.

Nem um indício conectando Derek Dopamina a teorias de *loop* temporal. Nenhum resultado de vídeo, artigo ou imagem chega remotamente perto de explicar por que Beau acha que precisa reconquistar a alma gêmea cujo nome ainda não sei.

— Só pode ser brincadeira — arquejo, deslizando a tela por páginas e mais páginas de resultados. Será que Beau está querendo me ridicularizar? Ele chegou mesmo ao nível de *tirar uma com a minha cara* para de me afastar?

Por mais que Beau deseje que eu me concentre em encontrar minha suposta alma gêmea, não consigo tirar a banda DOBRA da cabeça. Aquele show deve ter tido algo a ver com a gente ficar preso juntos. Não há a menor chance de ser apenas uma coincidência nós dois estarmos nisso — e com a Dee, ainda por cima.

Embora eu tenha revisitado o dia de ontem inúmeras vezes na minha mente, nunca tinha parado para anotar cada detalhezinho. Talvez isso me ajude a relembrar informações relevantes.

Domingo, 18 de setembro, penso comigo mesmo, abrindo um documento em branco no laptop. *O que tenho certeza de ter acontecido?* Bem, comi cereal no café da manhã (ou foram bagels?). Passamos um bom tempo arrumando as coisas da mudança no apartamento da minha mãe. Eu coloquei alguns porta-retratos na estante de livros próxima à televisão... eu acho. Ou foram os talheres que eu arrumei? (Não faço ideia.)

Lembro de conversar com a minha mãe e Blair a respeito da festa da minha irmã no domingo enquanto elas ajeitavam a sala de jantar e eu desmontava algumas caixas de papelão. Blair foi para a casa de uma amiga — ou se enfiou no quarto para assistir a vídeos do Derek Dopamina, algo assim — e a conversa foi parar no divórcio. Minha mãe admitiu para mim que ela tinha pedido, nós entramos na maior briga que já tivemos e, quando acabou, eu estava furioso.

A tarde é que está um pouco nebulosa na minha cabeça.

O clima na casa ficou tenso depois da discussão, então minha mãe foi dar uma voltinha pelo bairro para espairecer. Conversei com Sadie no FaceTime para desabafar sobre o divórcio (só tenho certeza disso porque está no histórico de ligações do meu celular). Depois tirei um cochilo, fiz um pouco da lição de trigonometria e perdi tempo demais nas redes sociais.

É aí que surge a pergunta mais importante.

Certo, Clark, pense.

Domingo à noite...

Eu estava ansioso para ver a DOBRA, mas pouco animado pelas circunstâncias que tinham me levado a isso. Sadie e eu tínhamos comprado os ingressos havia muito tempo — antes de o pai dela arrumar um emprego em Austin e fazer a família toda se mudar para lá. Alguns dias depois de os comprarmos, um grupo de amigos do bairro dela comprou também, e eles a chamaram para ir com eles. Sadie topou, e eu, não querendo ser Aquele Tipo de Amigo, concordei, apesar de preferir mil vezes que fôssemos só nós dois. O negócio todo virou um rolê em grupo — e eu sabia que acabaria ficando deslocado.

Daí Sadie se mudou e revendeu o ingresso, o que significava que eu teria que ir ao show com um bando de gente com quem eu tinha pouca intimidade. Cogitei vender meu ingresso também, mas Sadie me convenceu de que o show seria uma ótima oportunidade de me enturmar. Claramente, não foi o que rolou.

Mas o que aconteceu naquela noite?

Continuo digitando cada detalhe que me vem à mente:

Truman, o vizinho de Sadie, me buscou na minivan do pai dele.

Estava lotada com os amigos de Sadie do antigo bairro dela.

Eu me senti sufocado.

A Cynthia Rubric estava usando batom laranja.

Me entregaram um copo cheio de algum tipo de bebida — tequila? Vodca? Não bebo com tanta frequência a ponto de saber diferenciar — misturada com refrigerante (não o suficiente).

Eu bebi.

O Ron Hamilton estava usando uma pochete prateada metálica.

A bebida bateu um pouquinho.

Odiei a música que o Truman botou pra tocar no caminho.

Chegamos a Chicago.

Bebemos alguns shots num estacionamento sinistro.

Me arrependi imediatamente.

Bateu demais.

Eles continuaram bebendo para melhorar a experiência do show; eu continuei bebendo para silenciar minha timidez.

E porque eu ainda estava irritado pela briga que tive com a minha mãe por conta do divórcio, eu acho.

Fiquei bêbado.

Fomos do estacionamento para o local do show.

Tentei não parecer bêbado quando pegaram nossos ingressos na entrada.

Deu certo (ou a pessoa que passou meu ingresso não se importou o bastante para me barrar).

Mesmo tendo parado de beber, o álcool me manteve alterado, eu acho.

Das três vezes que fiquei bêbado, essa foi a pior.

A banda DOBRA me distraiu. Foi um show incrível.

Mas juro, só me lembro com certeza de duas ou três músicas do setlist.

Lembro de perceber que estava fora de mim e de que eu precisava de ar fresco, então saí.

O Truman ficou sentado com o resto do pessoal do lado de fora durante as últimas músicas.

Quando o show acabou, as pessoas começaram a sair aos montes, e o bairro de Lakeview basicamente virou uma festa na rua.

Eu continuava bêbado. Muito, *muito* bêbado.

Encontrei o grupo e eles queriam ir para... para onde mesmo?

Ah, é, agora consigo ver na minha mente. Aquele túnel de madeira legal, feito para parecer um favo de mel ou algo do tipo.

Espera, o nome é literalmente esse. Chama-se Honeycomb, favo de mel.

Mas eu estava num mau humor do cão. Nem lembro por quê. Vai ver era só o efeito do álcool passando.

Daí eu chamei um carro de aplicativo para voltar para casa enquanto o pessoal foi para o Honeycomb.

Cheguei tarde no apartamento e entrei no quarto sem acordar minha mãe.

Acordei às 7h15 na manhã de segunda-feira de 19 de setembro e nunca mais saí.

Graças a Deus não fiquei de ressaca. Dá pra imaginar ficar preso num *loop* temporal com uma dor de cabeça absurda e náusea constante?

Eu... não tenho a menor lembrança de ter conhecido Beau.

Nadica de nada. Fecho o laptop da minha mãe de novo — desta vez com um pouco mais de força, cortesia da minha frustração, que só tinha aumentado — e me afogo no colchão.

Que opções me restam para escapar?

Relembrar o que aconteceu no show não me levou a nada útil. Não encontro esse tal vídeo significativo do Derek Dopamina em lugar nenhum (se é que existe mesmo), o que me deixa ainda mais cético em relação à teoria de Beau sobre almas gêmeas. No fim das contas, só me resta um percurso a buscar.

E espero que a dra. Runyon possa me mostrar o caminho.

CAPÍTULO VINTE

No Dia 347, me refugio na Confeitaria Tudo Azul do Ben com um brownie na mão. Preciso sair do apartamento da minha mãe para me concentrar em escapar de 19 de setembro. Pego uma mesa no canto da Tudo Azul com meu brownie de café da manhã, abro o laptop da minha mãe e dou início aos trabalhos.

— Ai, ai, ai, dra. Rebecca Runyon... — murmuro baixinho, digitando o nome dela na ferramenta de busca. — O que aconteceu com você, hein?

Tento me aprofundar na pesquisa, passando um pente fino nas dezenas de fontes citadas em sua (curta e, de maneira geral, inútil) página da Wikipédia, indo atrás de cada ente vivo — descubro que ela nunca se casou nem teve filhos — e procurando qualquer informação a respeito de *Aprisionada no hoje*. Spoiler: ainda assim, não consigo encontrar muita coisa.

Como pode um livro de uma psicóloga famosa simplesmente... desaparecer?

Muitos sites mencionam as pesquisas da dra. Runyon, mas poucos exploram suas ideias sobre se ver preso num *loop* temporal. Para piorar, nenhum informa se ela desenvolveu teorias sobre como *sair* dele.

A dra. Runyon morreu numa época anterior à internet, o que parece ter reduzido as pegadas digitais que ela deixou em seu legado. Além disso, suspeito de que sua reputação deva ter sido minuciosamente protegida pelas instituições relacionadas a suas produções intelectuais. A Universidade de Dartmouth adora compartilhar o crédito do trabalho inovador de Runyon sobre os efeitos do estresse pós-traumático entre veteranos de guerra, por exemplo. No entanto, a instituição parece menos animada em ser associada com a mulher que "perdeu o juízo com essa ladainha *à la Feitiço do tempo*", como aponta um comentário aleatório numa postagem do Facebook compartilhada pela Dartmouth, que divulgava as descobertas da pesquisadora.

Otto aparece ao meu lado e coloca na mesa um copo d'água.

— Olá. Você trabalhou a manhã toda e está parecendo uma ameixa seca.

— Valeu, Otto — agradeço, bebendo tudo de uma vez.

— A gente já se conhece? — indaga ele, confuso. — Peço desculpas se sim, geralmente sou ótimo para me lembrar das pessoas.

Putz.

Balanço a cabeça, pensando rápido.

— Não, é que eu sigo a confeitaria no Instagram e o reconheci das postagens.

— Ah, tá. — Ele sorri e faz uma leve reverência. — Que bom que minhas fotos bobas atraíram outra pessoa faminta. Muito prazer… — Ele estende a mão, dando a deixa para eu me apresentar.

— Clark — respondo, cumprimentando-o.

— Muito prazer, Clark. — Ele dá um sorriso e volta para o balcão.

Queria que não doesse tanto ser um completo desconhecido aos olhos dele.

De volta ao trabalho.

Por mais que eu não queira cair no abismo dos chapéus de alumínio, sei que chegou a hora de revisitar alguns dos sites mais sem noção sobre *loops* temporais. Constrangido, começo a digitar até cair no blog de um conspiracionista que já tinha encontrado antes.

E lá vamos nós.

A maior parte do conteúdo do AVerdadeRevelada.net é tão confiável quanto se pode esperar. Há fotos de supostos marcianos comendo em um food truck no Oregon (dá para ver o zíper na fantasia de um dos ETS), uma explicação detalhada repleta de argumentos ridículos que "provam" que as fotos do homem pousando na Lua foram projetadas por um bilionário alemão e um mapa detalhando os hábitos de migração do Pé Grande.

Em outras palavras, não acredito que haja uma política de checagem de fatos no site.

Se bem que, parando para pensar agora, minha experiência no *loop* temporal não me parece menos absurda do que as histórias que aparecem em portais como AVerdadeRevelada.net. Que jornalista *que se preze*, trabalhando para um site de notícias *que se preze*, levaria a sério o meu relato? Se não consegui nem convencer gente inteligente, como a sra. Hazel, de que o que estou vivendo é pra valer, como é que eu posso me considerar diferente do cara que alega saber exatamente em qual caverna o Pé Grande se esconde no verão?

Ao lado de um artigo intitulado CINCO MOTIVOS QUE PROVAM QUE O MONSTRO DO LAGO NESS TEVE BEBÊS DO LAGO NESS há uma postagem curta sobre a dra. Runyon. Ou, como anuncia a chamada, A MULHER QUE FICOU APRISIONADA NO HOJE.

Em comparação às outras matérias do site, a postagem sobre Runyon não parece tão disparatada — embora haja um infográfico desenhado à mão pelo autor ranqueando os melhores planetas para se ficar preso em um *loop* temporal de um dia. (Vênus, diz o texto, leva a medalha de ouro, pois um dia lá equivale a duzentos e quarenta e três na Terra.) Porém, além disso, a maior parte da postagem só regurgita o que eu já li na revista que encontrei no consultório da sra. Hazel.

Ainda assim, traz uma coisa valiosa que o exemplar da *Psicologia agora!* não tem: diversas fotos da dra. Runyon, aparentemente ao lado de colegas de profissão.

O blogueiro responsável por AVerdadeRevelada.net não incluiu nenhuma informação sobre as fotos, o que teria me ajudado a identificar outras pessoas com quem eu poderia conversar (se é que alguma delas ainda está viva). De todo modo, em uma das fotos, uma loira sorridente que tem por volta da idade da dra. Runyon chama minha atenção.

Parece que a imagem foi escaneada de um jornal velho ou algo do tipo. Por sorte, a legenda original foi mantida, escrita numa fonte pequena e quase ilegível no canto da foto. Eu facilmente poderia tê-la deixado passar, se não estivesse analisando cada centímetro quadrado da postagem atrás de pistas.

Na legenda, consta:

A dra. Rebecca Runyon (esquerda) e a professora Cassidy Copeman (direita). Embora a dra. Runyon nunca tenha confirmado ou negado os rumores, há quem sugira que Copeman ficou Presa com ela, revivendo o mesmo dia. Copeman rebate os boatos. "Se Rebecca acredita nisso, sinto muito por ela", declarou Copeman ao *The Journal*. "Uma mente brilhante corrompida pela busca da fama e de dinheiro."

— Presa com ela? — sussurro para mim mesmo.

Busco uma variedade de termos na esperança de encontrar a matéria original em que a foto aparece, mas não encontro indícios de ter sido republicada online. Deve haver milhares de periódicos locais chamados *The Journal* — muitos dos quais provavelmente já nem existem mais, de todo modo —, então eu nem tento descobrir a qual veículo a legenda faz referência.

Em vez disso, abro outra aba no navegador e pesquiso "Professora Cassidy Copeman". O primeiro resultado me dá arrepios: uma página do corpo docente do departamento de psicologia da Universidade de Chicago, na qual Copeman está listada como professora atualmente.

— Puta que pariu! — xingo, mais alto do que deveria. Fecho o laptop, enfio-o na mochila e disparo para a saída.

— Espero vê-lo de novo em breve, Clark! — brada Otto para mim detrás do caixa enquanto aceno em despedida.

Faço sinal para um táxi e peço para o motorista me levar ao bairro de Hyde Park. O trânsito do horário de pico torna o que já me parece a viagem de carro mais longa da minha vida ainda mais insuportável.

— Falta quanto? — pergunto do banco de trás.

O motorista me olha feio pelo retrovisor e se recusa a responder (e, sinceramente, eu mereço essa frieza toda).

Quando começo a ver os prédios cobertos de hera e um pessoal de seus vinte e poucos anos carregando mochilas, sei que cheguei ao campus. Finalmente, o motorista para em frente ao prédio no qual, segundo as informações do site, fica a sala da professora Copeman.

— Valeu! — digo, jogando mais dinheiro que o necessário no banco da frente.

Subo as escadas correndo, entro e olho ao redor como se tivesse perdido um cachorro. Ao contrário do Colégio de Rosedore, não há armários por aqui, nem pôsteres nas paredes, muito menos um espírito escolar cativante. O ar cheira a livros antigos, lápis número dois e QIS ELEVADOS. Não há ninguém por perto, nem placas indicando as salas dos professores. O pânico começa a se instalar, me convencendo de que pirei de vez.

A legenda deixava bem claro: Copeman *não* estava de acordo com Runyon em relação aos *loops* temporais. Aparentemente, ela pensava que o livro de Runyon não era nada além de uma triste tentativa de atrair mais fama e dinheiro. E se ela se irritar por alguém como eu procurá-la? E se me expulsar de sua sala aos risos?

Mas eu consigo.

Eu *preciso* fazer isso.

Já passei dos limites muitas vezes desde o Dia 310, digo a mim mesmo. Não posso parar agora de jeito nenhum — não com uma teoria promissora ao meu alcance.

Um homem ruivo e sorridente, com uma gravata listrada, surge caminhando na minha direção do fim do corredor, com cara de ser amigável o bastante para eu abordá-lo.

— Oi — cumprimento quando ele se aproxima. — Posso fazer uma pergunta?

Ele confirma com um gesto de cabeça.

— Claro!

— Sabe me dizer se a professora Copeman trabalha neste prédio?

— Copeman… — Ele encara o chão, pensativo. — A reitoria realocou nossas salas recentemente, e agora não tenho certeza de onde fica a dela. Se eu fosse você — ele aponta para o fim do corredor —, perguntaria ali dentro.

— Obrigado!

Sigo o caminho da indicação e abro uma porta de madeira com uma placa dizendo SECRETARIA, preludiando o que há do outro lado.

A sala é surpreendentemente grande, iluminada por uma luz fluorescente forte e fede a bolas de naftalina. Uma moça — aparentando ser alguns anos mais velha que eu, com cabelo preto tingido e a pele castigada pelo sol — está sentada à mesa da recepção, deslizando os dedos pela tela do celular.

— Posso ajudar? — pergunta ela, sem tirar os olhos do aparelho.

— Pode. — Vou em direção a ela. — Meu nome é Clark Huckleton, e eu gostaria de falar com a professora Copeman.

— Olá, Clark. Meu nome é Kelly — cumprimenta ela, ainda com os olhos grudados no celular. — A professora Copeman está na Flórida. — Espero ela dizer mais alguma coisa, mas ela se cala.

— De férias? — indago.

— Não, não — responde Kelly. — Pra sempre.

Minha expectativa murcha.

— Ela se mudou com a filha para Orlando no mês passado — acrescenta Kelly.

Kelly enfim abaixa o celular — que bate na mesa com um baque dramático — e concentra sua atenção em mim.

— É só com ela mesmo?

— Pois é, eu queria conversar com ela a respeito de algumas coisas de psicologia.

Kelly sorri.

— Bom, isso eu meio que adivinhei, considerando — ela gesticula ao nosso redor — que estamos no departamento de psicologia. Que tipo de coisas?

Balanço a cabeça.

— Não quero te matar de tédio. Mas como ela trabalha no departamento de psicologia se está na Flórida, então?

— Ela *não trabalha* no departamento de psicologia.

— Mas o site da universidade a lista como membro do corpo docente.

Kelly se inclina na minha direção e abaixa a voz, embora não haja mais ninguém conosco.

— Já faz um tempinho que ela está mal, cara. Me surpreende muito que a tenha deixado trabalhar até outro dia. — Ela dá de ombros. — Mas, agora, ela se aposentou. Tipo, oficialmente. O site só não deve ter sido atualizado ainda.

— É muito sério?

Kelly faz uma careta, como se tivesse se dado conta de que falou demais.

— Longe de mim ser insistente, mas... tem alguma maneira de eu entrar em contato com ela? — pergunto, sabendo que as probabilidades são ínfimas. — Ela por acaso deixou algum e-mail ou telefone?

Kelly sorri, entretida.

— Isso eu não posso fazer, obviamente.

— Bom, você sabe se há algum professor ou aluno que a tenha conhecido bem e com quem eu possa conversar?

Ela para, analisando meu rosto.

— Como é seu nome mesmo?

— Clark.

— Clark, você não está... Merda, como era aquele termo mesmo... Aprisionado no hoje, está?

Quase solto um arquejo.

— Estou.

O rosto dela se anima antes de explodir numa gargalhada.

— Espera, é sério?

— Uhum.

Ela não parece convencida.

— Não tá tirando uma com a minha cara?

— Não. Definitivamente, não.

— Parabéns! — comemora ela. — Você é o primeiro.

Kelly se levanta da cadeira, vai até um armário grande atrás de sua mesa e abre as portas. Lá dentro, abarrotando a prateleira interna, estão dezenas de cópias de *Aprisionada no hoje*.

Faço um esforço descomunal para não gritar.

— Antes de a Copeman se mudar, a filha deixou isso aqui com a gente — ela explica, pegando um exemplar da prateleira. Kelly passa os dedos pela capa brilhante. — Disse que a professora queria que a gente desse o livro a qualquer pessoa que viesse atrás dela querendo falar sobre estar preso no hoje, fosse alguém daqui ou não. — Ela me olha. — Aproveitando, qual é a do título? Não cheguei a ler.

Paro, ponderando se devo ser direto.

— É uma referência a ficar preso num *loop* temporal.

Kelly ri, examinando a capa mais uma vez.

— Eu não fazia ideia de que a Copeman escrevia ficção científica. E eu aqui achando que a mulher estava doida e eu teria que acabar jogando esses livros todos fora antes do Natal. — Ela me entrega uma cópia. — Preciso ler.

Se o que Kelly está dizendo é verdade e o presente de despedida da dra. Copeman ao departamento de psicologia foram exemplares gratuitos do livro de Runyon, ela deve ter mudado de opinião em algum momento depois de ter sido citada naquela matéria antiga. Talvez tivesse passado a acreditar na história.

E provavelmente ficou Presa com ela também.

Olho para o rosto concentrado e professoral da dra. Runyon, que me encara de volta.

A dra. Rebecca Runyon ficou APRISIONADA NO HOJE, diz a capa. Meus dedos formigam quando toco a superfície.

— Por favor, não jogue esses livros fora antes do Natal — peço a Kelly, apesar de saber que ela não vai se lembrar da conversa. — É o tipo de livro que vai demorar para chegar às mãos certas.

Ela sorri de volta, um tanto intrigada.

— Pode deixar, Clark.

Sigo pelo corredor e abro o livro, deparando-me com uma anotação feita à mão na página do título:

Para quem quer que tenha procurado este livro,
Você não está sozinho. Você consegue chegar ao amanhã.
Acredito em você.
— Cassidy Copeman

P.S.: Se precisar da minha ajuda:
AprisionadaNumLoopTemporal@gmail.com

CAPÍTULO VINTE E UM

NUNCA DIGITEI UM E-MAIL MAIS RÁPIDO NA MINHA VIDA.

Destinatário: AprisionadaNumLoopTemporal@gmail.com
Assunto: Preciso de ajuda, estou Aprisionado

Oi, professora. Espero que esteja bem. Meu nome é Clark Huckleton, tenho dezessete anos, sou de Illinois, e estou Aprisionado no hoje (19 de setembro). Poderíamos conversar? Eu adoraria descobrir mais coisas com a senhora. Obrigado.

Envio a mensagem antes mesmo de sair do prédio de psicologia e encontro um banco à sombra no campus para mergulhar no livro.

No segundo capítulo, entendo por que o mundo todo pensou que a dra. Runyon tinha ficado biruta. Porém, mais importante ainda, vejo que a retórica dela faz um certo sentido. Tudo na dra. Runyon me parece crível. Ela não era só uma pessoa tirando ideias do mais absoluto nada, nem estava se debruçando somente sobre sua própria experiência de estar Presa. A dra. Runyon passou anos procurando e entrevistando centenas de outras pessoas que relataram experiências semelhantes. Havia muita consistência entre as histórias também — e com a minha.

No final da tarde, o calor insuportável me obriga a procurar um lugar com ar-condicionado. Passo o resto da noite no campus, variando entre saguões de prédios à medida que cada um se fecha para o público, olhando para a minha caixa de entrada em intervalos de poucos minutos para ver se a professora Copeman me respondeu (não rolou). Enquanto devoro o livro na lavanderia de um dormitório em que entrei, um aluno cheio de suspeita me aborda com cautela.

— Ei — chama ele, semicerrando os olhos para mim. — Em qual andar fica o seu quarto?

Olho para o celular.

Droga. Já são 23h15.

— Hum...

Quando meus olhos se abrem após um breve piscar, estou encarando minha cômoda branca no Dia 348. O *loop* temporal me poupou de uma interação desconfortável com um aluno de graduação xereta, mas agora tenho que começar do zero.

Escrevo um e-mail quase idêntico para a professora Copeman — mas desta vez incluo o meu número de celular —, mando mensagem para a minha mãe dizendo que estou com intoxicação alimentar e volto para o campus para pegar o livro com Kelly.

— Oi, tô Aprisionado no hoje — anuncio logo de cara quando entro.

— Eita — responde ela, tirando os olhos do celular para me olhar. — Vocês existem mesmo, hein?

Pego o livro, encontro o mesmo banco à sombra no qual me sentei no dia anterior e volto de onde parei. Cada página que viro me parece um feixe de esperança, pois a pesquisa da dra. Runyon se alinha perfeitamente com a minha experiência.

Por exemplo, a maneira como ela acha que os desvios funcionam:

Cada dia permanecia surpreendentemente igual para cada entrevistado, a menos que suas próprias mudanças de comportamento alterassem as do mundo ao seu redor, ela escreve na página 81. *As pessoas não Presas nunca demonstravam comportamento espontâneo e modificado.*

É, eu me identifico.

Ela também ecoa a minha dificuldade de acessar as memórias de antes de ficar Aprisionado:

Quanto mais tempo um indivíduo permanecia Aprisionado, mais rapidamente suas lembranças da vida anterior esvaneciam, relatou a dra. Runyon na página 112. *Até mesmo se lembrar de fatos básicos do que teria sido o "ontem" — a saber, como estava o clima ou o que foi servido no jantar — se tornava cada vez mais difícil.*

Confere.

Mas foi só no nono capítulo que eu soube, sem dúvida, que a teoria da dra. Runyon estava correta.

As experiências relacionadas ao começo e ao fim de um dia que se repete indicaram uma inconsistência extraordinária, escreveu ela. *Os entrevistados relataram acordar à mesma hora todas as manhãs, e seus dias terminavam — e recomeçavam de imediato — num ponto aparentemente arbitrário no decorrer do dia. O Homem de Toronto nº 4, por exemplo, disse que acordava com a buzina de um ônibus na frente do seu apartamento às 6h49, e que seu dia terminava às 17h13, quando, no dia original, ele pegou o elevador para descer no prédio de seu escritório.*

Levanto os olhos do livro com um sorriso plantado no rosto e uma lágrima surgindo no meu olho.

Eu sempre soube lá no fundo, mas ainda é uma sensação incrível ver a confirmação de tudo nas páginas entre meus dedos.

Não, eu *não* estou louco. Não, eu *não* estou perdendo o juízo. E, mais do que nunca, agora tenho certeza de que não sou o único a passar por isso.

Porém, uma coisa para a qual ainda não tenho resposta é: o que fez Copeman mudar de ideia?

Claramente, algo deve tê-la inspirado a reconhecer que também tinha ficado Presa após ter negado publicamente. Do contrário, por que ela daria o livro — *e seu e-mail pessoal* — para pessoas como eu?

Meu celular vibra. Olho para a tela, achando que é outra mensagem da minha mãe perguntando se estou me sentindo melhor, mas é de um número desconhecido.

Oi. Meu nome é Jodie Copeman-Brown. Minha mãe, a professora Copeman, está se sentindo disposta o bastante para conversar agora. Está disponível para uma chamada de vídeo?

Fico de pé em um salto, com o coração martelando. Respondo de uma só vez:

Oi, Jodie. Claro, seria ótimo.

Começo a me balançar para a frente e para trás no banco, abanando meu rosto suado com o livro. Depois de 348 dias repetidos, será que o momento finalmente chegou? Estou mesmo prestes a falar com alguém que entende o que estou passando?

A tela do meu celular se acende com o mesmo número desconhecido. Respiro fundo, endireito as costas no banco para acalmar o nervosismo e atendo a chamada de Jodie no FaceTime.

A tela ganha vida ao mostrar uma mulher de meia-idade, loira e de bochechas coradas, com óculos redondos e de armação branca.

— Clark! — cumprimenta-me ela. — É a Jodie aqui. Tudo bem?

Tento segurar o celular do jeito mais estável que consigo, apesar de a adrenalina causar tremores em todo o meu corpo.

— Tudo, e você?

— Ah, só mais uma segunda-feira caótica, como dizem, e aposto que você mais do que ninguém concorda comigo.

Jodie apoia o celular numa bancada e começa a cortar alface na minha frente. A cozinha grande, com panelas de cobre penduradas e um fogão de aço-inoxidável duas vezes maior do que o da minha mãe, preenche o espaço às suas costas. É como se eu estivesse assistindo à *live* de uma chef famosa na internet.

— Se importa se eu terminar de fazer a comida enquanto a gente conversa?

— Imagina.

— Ótimo. Então, preciso dizer algumas coisas antes de você conversar com a minha mãe. — O semblante de Jodie muda na mesma hora, e ela vira a faca para apontá-la diretamente para a câmera do celular.

Engulo em seco.

— Você não está nos passando um trote, né?

— Claro que não.

— Porque já aconteceu muitas vezes antes — emenda Jodie, me fuzilando com os olhos pela tela. — Os adolescentes acham que é piada, ligar para uma idosa que só está tentando ajudar. É doentio.

— Não sou uma dessas pessoas — garanto. — Juro.

— E você não é um daqueles *relâmpagos* insuportáveis também, né?

Balanço a cabeça, confuso com a pergunta.

— Tipo, um lampejo no céu?

Ela revira os olhos.

— Enfim, não importa. Então, você está mesmo Aprisionado?

Confirmo.

— Jura?

— Juro.

Ela abaixa a faca para a tábua de corte de novo e sua expressão volta a ficar amigável.

— Pode conversar com ela.

— Seria ótimo.

— Mas preciso alertar: ela não está bem. — Jodie joga a alface com legumes numa tigela. — Ela não tem muita energia e não vai conseguir falar por muito tempo.

— Sem problemas.

— Se eu fosse você, faria as perguntas mais importantes primeiro.

— Certo.

— Chad, Jon! — grita ela por sobre o ombro. Afasto o celular. — Venham comer! — Ela se vira para o celular e abaixa a voz. — Está pronto, Clark?

Limpo a garganta e assinto.

Jodie levanta o celular da bancada e começa a andar pela casa. Meu estômago embrulha de nervoso.

— Só por curiosidade — digo —, quantas pessoas como eu ligaram procurando a professora Copeman?

Jodie ri enquanto a tela tremendo a segue por um corredor para fora da cozinha.

— Já perdi a conta.

Ela sai da casa pela porta dos fundos e um borrão de paisagens verdejantes me relembra de que a professora se mudou para a Flórida.

— Mãe, está pronta para falar com ele? — indaga Jodie, sua voz soando ao fundo no celular.

Há um momento de pausa antes de ela colocar o aparelho sobre uma mesa de vidro e a professora Copeman aparecer.

— Oi — cumprimenta ela, sorrindo carinhosamente.

A figura magra e frágil da professora Coleman parece ainda menor com o roupão vermelho enrolado na frente. O cabelo loiro ondulado em sua foto com a dra. Runyon foi substituído por mechas de cabelo grisalho ralo, e seu rosto redondo e cheio de vida agora está esguio e cheio de rugas. Eu tenho certeza absoluta de que uma lufada forte de vento poderia levantá-la da cadeira em que ela está sentada em seu quintal.

Dois meninos, provavelmente alguns anos mais novos que Blair, estão fazendo bagunça numa piscina inflável atrás dela.

— Chad, Jon, falei pra vocês entrarem — ordena Jodie. — A salada de taco está pronta.

Um dos dois pede "só mais um minuto", mas Jodie permanece firme.

A professora não diz nada enquanto eles saem com as toalhas enroladas no corpo e permanece em silêncio mesmo depois de já terem entrado.

Portanto, decido falar primeiro.

— Obrigado por falar comigo hoje. Eu…

— Você precisa falar mais alto — salienta Jodie, fora da câmera. — Praticamente grite, Clark.

Engulo em seco e levanto o tom de voz.

— Obrigado por aceitar conversar comigo hoje, professora. Encontrei o livro da dra. Runyon na Universidade de Chicago.

Ela assente e continua sorrindo.

— Está aproveitando a aposentadoria em Orlando? — pergunto.

Ela assente mais uma vez.

— Faz frio demais em Illinois.

A voz dela é calma, leve e sussurrada. Aumento o volume do celular para o máximo.

Jodie sussurra para mim, fora da tela:

— Faça suas perguntas logo, Clark. Não temos muito tempo.

Meu coração começa a bater ainda mais rápido.

— Professora Copeman — digo, sem nem saber por onde começar. Decido ir pelo caminho mais óbvio: — Eu, hum... estou Aprisionado.

O sorriso dela permanece imutável.

— Não se preocupe. Vamos resolver.

Meus olhos automaticamente se enchem de lágrimas.

Ouvir alguém reagir à minha verdade dessa forma — não com confusão, não com ceticismo, mas com *esperança* — é como ganhar um abraço quentinho do qual eu não sabia que precisava. Eu queria ter compartilhado esse sentimento com Beau no Dia 311, percebo — e senti algo parecido, por um milésimo de segundo, na piscina da escola, quando ele confirmou que estava preso também. Mas foi um momento tão rápido que eu não consegui deixar o alívio tomar conta de mim, como agora.

— Leu o livro da Rebecca? — ela pergunta, falando lentamente.

— Estou na metade. — Seco os olhos e levanto o exemplar para mostrá-lo na câmera.

— E ele te trouxe algum conforto, espero?

Confirmo, envergonhado pelas minhas emoções e desesperado para que meus olhos parem de verter água.

— Com toda a certeza.

— Por que as lágrimas, então?

Dou de ombros.

— Acho que é só um peso saindo das minhas costas, por saber que alguém acredita em mim.

O braço da professora Copeman treme, e ela pega o copo à sua frente para dar um golinho em um líquido cor-de-rosa.

— Sei bem como é isso — assegura ela, pousando o copo na mesa de novo. — Sei muito bem.

— Como foi para a senhora, ficar Presa? — indago.

O pânico então se espalha dentro de mim.

Será que passei dos limites?

A dra. Runyon pode ter desejado dividir a sua história, mas não sei se o mesmo serve para a professora Copeman. Claramente, ela mudou de ideia a respeito de discutir o livro e a teoria da dra. Runyon, mas vai saber se está disposta a compartilhar sua própria experiência com um estranho...

Falo mais alto depois de ela ficar em silêncio:

— Talvez eu não devesse ter...

— Tudo bem — fala Jodie. — Mãe? Quer contar a ele?

Copeman parece confusa.

Jodie fala mais alto.

— Ele está perguntando como foi ficar Presa.

Ela dá outro gole na bebida.

— Uma tortura.

Balanço a cabeça, concordando.

— Pode ter sido só em 1970 — continua Copeman —, mas nunca vou me esquecer do tipo específico de desespero que é estar Presa.

— A senhora tinha dezenove anos na época, não é, mãe? — confirma Jodie.

Copeman assente.

— Tinha. E nosso dia Presas foi 13 de janeiro. Nunca vou me esquecer.

Ouço Jodie chegar mais perto antes de sussurrar no microfone do celular:

— Minha vida toda ela teve medo de janeiro, Clark. No dia 13, ela não olha para os calendários. Nem sai da cama. Acho que parte dela tem medo de que aconteça de novo.

Engulo em seco.

Sinto pena da professora Copeman — e ainda mais medo do meu próprio futuro, de um jeito que nunca considerei. Mesmo se eu tiver sorte de escapar de hoje, será que serei torturado pela data de 19 de setembro pelo resto da vida?

— Quando foi que ela te disse que ficou Presa? — pergunto a Jodie.

— Mãe — chama ela, arrastando o celular pela mesa. Ela o apoia contra um objeto mais próximo da professora Copeman. — Ele quer saber quando foi que a senhora decidiu contar para a família que ficou Presa. Quer compartilhar?

Copeman dá um pigarro.

— Quando fiquei doente, eu sabia que a hora havia chegado. Meu maior arrependimento na vida foi não ter falado publicamente antes, quando teria feito diferença.

Eu me sento na grama ao lado do banco.

— Eu queria mesmo perguntar à senhora sobre isso. Li uma citação antiga em que a senhora negava as alegações da dra. Runyon.

Copeman confirma.

Continuo, agora um pouco mais titubeante.

— A senhora a acusou de, hum… buscar fama e dinheiro. Era mesmo como a senhora se sentia na época?

A professora abaixa o queixo lentamente, pensando em suas próximas palavras.

— Não. Mas eu me recusei a contar a verdade ao público por puro egoísmo.

— Mãe, *para* — intervém Jodie. — Seja mais gentil consigo mesma.

— Eu só estava pensando na minha reputação — retruca Copeman.

Jodie suspira, dirigindo suas palavras a mim.

— Minha mãe é e sempre foi *brilhante*. Uma líder para mulheres na área de psicologia, assim como a dra. Runyon. Pelo amor de Deus, ela estava na primeira turma de alunas de Princeton. Não é, mãe?

Copeman continua em silêncio.

— Foi lá que elas se conheceram, então — concluo, lembrando de um dos primeiros capítulos do livro. — No primeiro ano da graduação.

— Exatamente. Então, não, não teve só a ver com a *reputação* dela — corrige Jodie. — Dá para imaginar a reação das pessoas se ela tivesse contado ao mundo que tinha ficado Presa num *loop* temporal? Quer dizer, acho que sim, considerando que você sabe o que aconteceu com a dra. Runyon. O trabalho da vida dela teria sido prejudicado, sem falar que ela teria perdido o emprego, o salário do qual nossa família dependia.

— A Rebecca se dispôs a abrir mão de tudo, pois sabia quantas pessoas ajudaria — argumenta a professora Copeman. — Eu também deveria ter tido a mesma coragem.

— Mãe, a dra. Runyon não tinha marido e filhos para alimentar em casa, então...

— Eu também deveria ter tido a mesma coragem — ela repete, com o máximo de força que seus pulmões permitem.

A mão de Jodie aparece detrás da câmera e toca o pulso da mãe.

— Eu sei — diz carinhosamente. — Sei disso, mãe.

Aposto que *Aprisionada no hoje* teria sido levado muito mais a sério quando foi publicado se a professora tivesse concordado em respaldar o que a dra. Runyon defendia nele. Fico me perguntando quantas pessoas teriam sido ajudadas. A julgar pelo arrependimento nítido na voz de Copeman, aposto que ela acredita que somos muitos.

— Em que iteração você está? — questiona Copeman. — E quem é seu Parceiro de *Loop*?

— Meu Parceiro de *Loop*? — ecoo, sentindo as palmas começando a suar. — Acho que ainda não cheguei nessa parte do livro.

— Mãe — Jodie se adianta. — Parceiros de *Loop*. Pode explicar isso melhor para o Clark?

— É a pessoa com quem você fica Aprisionado — esclarece Copeman. — A minha Parceira de *Loop* foi a Rebecca.

— E antes que você diga, porque minha mãe já ouviu isso *centenas* de vezes — intercede Jodie —, sim, tem alguém preso com você no seu *loop* temporal. Tem que ter.

Beau.

— Mas por que estamos Aprisionados juntos? Como isso aconteceu?

— O destino cometeu um erro — explica Copeman de maneira direta.

— Porque… o destino cometeu um erro — repito para mim mesmo. — Não sei se estou conseguindo acompanhar.

— O livro entra em mais detalhes, mas, no geral — fala Jodie —, significa que era para você ter conhecido o seu Parceiro de *Loop* em… que dia é hoje mesmo?

— 19 de setembro.

— Pronto. Era para você ter conhecido o seu Parceiro de *Loop* no dia 18 de setembro. Ontem. No entanto, um de vocês fez cagada.

Copeman estremece ao ouvir o palavrão da filha.

— Desculpa, mãe, mas é a verdade.

— Um de nós errou? — indago. — Como assim?

— Um de vocês fez algo que levou o destino a cometer um erro — ressalta Copeman. — Como resultado, vocês nunca se encontraram.

Então… era para eu ter conhecido Beau ontem à noite.

Só pode ter sido no show da DOBRA.

— O que preciso fazer para saber quem de nós dois errou? — pergunto. — E como descobrimos qual erro cometemos?

A professora Copeman não responde por um momento, e seus olhos começam a se fechar.

— Mãe, tudo bem? — questiona Jodie. — Quer fazer uma pausa?

— Não — ela responde, ajustando o robe e endireitando a postura na cadeira. — Eu só não ouvi a pergunta.

— Eu respondo, então — propõe Jodie. — Tecnicamente, o *loop* temporal só pertence a *um* de vocês dois, ainda que estejam presos juntos. Você se mete no *loop* temporal da pessoa que fez merd... *Desculpa.* Da pessoa que errou.

— Tem alguma forma de descobrir de quem é o *loop* temporal?

— Você tem que terminar o livro, Clark, mas, sim, existe uma maneira — suspira Jodie. — A que horas você acorda todos os dias?

— 7h15.

— É a mesma hora em que você acordou no 19 de setembro original?

Paro e penso por um momento.

— Só pode ter sido, porque é a hora em que meu despertador toca para eu ir para a escola.

— Então, o *loop* é seu — assegura a professora Copeman, que parece ficar mais sonolenta a cada segundo. — Seu dia repetido começaria no horário em que seu Parceiro de *Loop* acordou no dia original, se o *loop* temporal fosse dele.

Meu estômago embrulha.

— E se os Parceiros de *Loop* tiverem acordado na mesma hora?

— As pesquisas de Rebecca nunca encontraram uma resposta para isso — diz Copeman.

Não mudaria nada na minha situação, de todo modo. Porque, quando eu encontrei o Beau do lado de fora do Cinema Esplêndido, no Dia 346, ele disse que também acorda às 7h15 todo dia — quinze minutos antes de seu alarme tocar no 19 de setembro original. De alguma forma, eu fiz com que nós dois ficássemos presos.

De algum jeito, isso tudo é minha culpa.

— Me parece que foi você que fez o destino cometer um erro, Clark — opina Jodie. — Não seja duro consigo mesmo, isso acontece. A que horas seu dia acaba?

— 23h16.

— E você sabe onde era para você ter conhecido seu Parceiro de *Loop* no dia 18 de setembro?

Não sei se o local do show é a resposta definitiva.

— Acho que sim? — digo, soltando o ar. — Estou confiante de que sei mais ou menos, mas...

— Você precisa descobrir o lugar exato — estipula Jodie. — É essencial.

— Por quê?

— Porque você precisa encontrar o seu Parceiro de *Loop* e levá-lo para lá às 23h16. É quando o universo queria que vocês tivessem se conhecido em 18 de setembro.

Meu coração dispara.

— Mas se era pra gente ter se conhecido ontem, por que estamos Aprisionados no *hoje*? — questiono. — Não faria mais sentido que ficássemos Aprisionados no dia em que deveríamos ter conhecido nosso Parceiro de *Loop*?

— Você disse mesmo "faria mais *sentido*"? — Jodie ri. — Meu querido, você está Aprisionado num *loop* temporal. *Alguma* coisa faz sentido, por acaso? Além do mais — o braço dela aparece na tela com uma jarra na mão para encher o copo da mãe —, a dra. Runyon especula a respeito disso também. No capítulo 27, eu acho. Ela se refere ao dia em que se fica Aprisionado como o *período de benesse da fenda temporal*. O universo nos oferece um dia extra para consertar o erro. E corrigi-lo.

— E é assim que chego ao amanhã? — pergunto, sentindo meu braço se arrepiar inteiro. — É assim que *nós dois* chegamos ao amanhã?

— É — responde Jodie. — Às 23h16, leve seu Parceiro de *Loop* ao local onde vocês deveriam ter se conhecido, e eu asseguro que, antes que você se dê conta, vai estar em 20 de setembro. Mãe, quer parar para descansar?

A professora Copeman, cujos olhos permaneceram fechados durante o último minuto, luta para permanecer desperta. A tentativa falha, no entanto, e ela perde a consciência de novo.

Jodie pega o celular e vira a câmera para si mesma.

— O remédio a deixa grogue. Acho que vamos ter que parar por aqui.

— Ok.

— Está se sentindo melhor, pelo menos?

A resposta mais sincera é que estou me afogando na cachoeira de revelações que foram jogadas na minha cara nos últimos minutos. Ainda assim, estou me sentindo bem. Espetacular, até.

Pela primeira vez, tenho um plano confiável para chegar ao amanhã.

— É, hum... muita coisa pra digerir — admito, sorrindo.

— Uma sensação nada fora do comum.

— Mas me sinto ótimo. Vocês me ajudaram muito. Obrigado mesm...

— Entrei em pânico — interrompe a professora Copeman.

Jodie vira a câmera de volta para a mãe.

— O que foi, mãe?

Esforço-me para ouvir a voz fraca da professora, trazendo o celular para ainda mais perto da orelha.

— Entrei em pânico — repete a professora. — Por isso, ficamos presas. Eu causei o erro do destino. — Ela começa a abrir os olhos de novo. — Havia apenas algumas mulheres no campus na época, e muitos dos homens não nos queriam lá.

— Babacas — resmunga Jodie, fumegando.

— Me disseram que eu era a única moça na turma de introdução à psicologia, e eu fiquei com medo — continua Copeman. — Faltei à primeira aula e prometi a mim mesma que trancaria a disciplina. Mal sabia eu que não era verdade, eu não era a única aluna na turma. Quando a Rebecca e eu descobrimos, depois de 119 iterações, que deveríamos estar naquela aula *juntas*, chegamos ao amanhã. — Covinhas aparecem em suas bochechas, como se ela estivesse tendo uma lembrança maravilhosa. — Nós viramos melhores amigas.

Cento e dezenove iterações? Não sei bem o que isso quer dizer, mas Jodie começa a falar antes que eu possa perguntar.

— Aquelas duas eram unha e carne — conta ela. — A dra. Runyon apresentou minha mãe ao meu pai. Um dos contatos da minha mãe viabilizou a pesquisa mais improvável da Runyon. Não consigo nem imaginar como a vida delas teria sido diferente se nunca tivessem se conhecido em 13 de janeiro de 1970. — Jodie vira a câmera de volta para si mesma quando a mãe apaga de novo. — Isso deve inspirá-lo a continuar lutando, né? Seja quem for que você deve conhecer, seja quem for seu Parceiro de *Loop*, o universo tem grandes planos para vocês dois.

O universo tem planos para mim e Beau.

A gratidão toma conta de mim, enquanto vejo a professora Copeman dormir e acordar na tela à minha frente. Ela pode até ter feito o destino cometer um erro com a dra. Runyon e diminuído o impacto de *Aprisionada no hoje* anos e anos atrás, mas ela também acabou de salvar Beau e a mim.

E, pelo visto, nosso futuro juntos.

— Obrigado, professora Copeman — agradeço, embora tenha certeza de que ela não está me ouvindo.

Jodie começa a voltar para dentro da casa.

— Preciso levar o Chad para o treino, mas, antes de desligar — ressalta ela, apoiando o celular na bancada da cozinha de novo —, que bom que minha mãe mencionou que ela e a dra. Runyon ficaram Presas durante 119 iterações. Você faz ideia de em qual número está? Dizem que é fácil perder a conta. A dra. Runyon até escreveu que muitas pessoas que ela entrevistou não faziam ideia de em qual iteração escaparam. Um palpite, talvez?

— Não sei ao certo o que é uma iteração.

Jodie limpa a tábua de corte.

— Ah, é, você ainda não terminou o livro. Iterações são o número de dias, digamos assim, que você passou Aprisionado. O número de ciclos em que você viveu o mesmo dia.

— Ah. Nesse caso, sim, contei todos. Estou no Dia 348.

Ela congela.

— Trezentos e quarenta e oito?

Assinto.

Ela suspira, imersa em pensamentos, levando a mão ao quadril.

— Ok...

Sinto o calor subindo pelo meu rosto e pelo meu pescoço.

— Por quê? Isso é ruim?

— Não.

— Porque sua reação fez parecer que é ruim.

— Mãe, a gente vai se atrasar! — Ouço um menino gritando de outro cômodo.

— Eu sei, já vamos! — Jodie chega mais perto do celular. — Clark, eu vou dizer uma coisa que vai parecer alarmante, mas não quero que entre em pânico, está bem?

Agora o calor está *mesmo* subindo pelo meu rosto e pelo meu pescoço.

— É o tipo de coisa que as pessoas dizem quando alguém *deveria* entrar em pânico.

— Segundo a teoria da dra. Runyon... — Ela para, pensando. — Bem, acho que não tem um jeito agradável de dizer isso. Talvez você só tenha 365 dias para escapar, querido.

— Nossa... E se eu não conseguir?

Ela aperta os lábios.

— A Runyon nunca soube ao certo.

Sento-me novamente no banco, sentindo meu estômago embrulhar.

— O que você quer dizer?

Dentre as centenas de pessoas que ela entrevistou, a dra. Runyon nunca encontrou alguém que tivesse passado mais de 365 iterações Aprisionado. Mas, estatisticamente falando, ela deveria ter encontrado. — Jodie dá de ombros. — Trezentos e sessenta e quatro iterações? Uma mulher em Lisboa escapou. Trezentos e sessenta e cinco? Um cara em Sacramento conseguiu chegar a 6 de julho de 1999 sem problemas. Mas 366? — Jodie balança a cabeça. — Todos os entrevistados escaparam em 365 dias ou menos. Entende onde quero chegar, Clark?

Sinto meu coração martelando na costela.

— Então, se eu não escapar em 365 iterações, vou... morrer?

— Não! *Não* — responde Jodie, enfaticamente. Ela faz uma pausa. — Bem...

Fico de pé ao sentir o nervosismo fluindo pelo meu corpo.

— Mas então isso quer dizer que só tenho mais alguns dias para escapar.

— Talvez a dra. Runyon estivesse errada — Jodie tenta me confortar —, porque ela enfatizou no livro que não sabe *o que* acontece exatamente, e são necessários mais estudos de caso. As pessoas morrem? Flutuam para o abismo? Simplesmente... *desaparecem?*

— Isso — pontuo, mal conseguindo respirar — não está ajudando.

— A questão é que...

— Mãe! Vamos logo!

— Calma, garoto! — grita Jodie por sobre o ombro, antes de olhar direto para a câmera. — A questão, Clark, é que ninguém sabe ao certo. E você ainda tem tempo para descobrir. Talvez não muito.

Ela sorri.

Mas isso não me ajuda.

— *Mã-nhê!*

— Preciso mesmo ir — despede-se ela. — Boa sorte, Clark.

Antes que eu possa responder, Jodie desaparece.

Guardo o celular no bolso e desabo de novo no banco.

Estou no Dia 348. É minha trecentésima quadragésima oitava iteração.

Isso significa que, se a dra. Runyon estiver certa, só tenho mais dezessete dias para descobrir quando e onde era para eu ter conhecido Beau em 18 de setembro — e convencê-lo de que o destino dele está nas minhas mãos.

CAPÍTULO VINTE E DOIS

DEZESSETE ITERAÇÕES. É SÓ ISSO.
Tudo que me resta.

Não sou nenhum sr. Zebb, mas descobri que, se cada um dos meus dias Aprisionado dura exatamente dezesseis horas e um minuto, isso significa que eu só tenho cerca de 272 horas para escapar. Parece muito tempo, mas não vai ser nada fácil arrumar um jeito de convencer Beau de que a teoria de almas gêmeas em que ele acredita não passa de *lorota* e que ele precisa de mim tanto quanto eu preciso dele para chegar ao amanhã.

Entro no apartamento depois de voltar do campus, sob uma camada grossa de suor salgado e em crise existencial.

— *Eita!* — grita minha mãe quando voo pela sala de estar como um tornado. — Pedi pizza pra gente, deve chegar em uns...

— Já volto! — grito, correndo para o quarto e fechando a porta.

— Tô falando — ouço Blair dizer através da parede fina. — Ele está enlouquecendo, mãe.

Eu me encosto na porta e fecho os olhos, tentando (e falhando) acalmar a avalanche de pensamentos ansiosos que correm pelo meu cérebro. A professora Copeman e Jodie me passaram informações cruciais a respeito da teoria da dra. Runyon, mas ainda há muito que eu não sei sobre como Beau e eu nos encaixamos nela.

Então, do que é que eu tenho *certeza*?

Eu estava no show da DOBRA noite passada no Lakeview Live. Beau também, assim como Dee e os amigos de Sadie. Não vi Beau; mas, de acordo com ele, ele me viu.

Se a teoria da dra. Runyon estiver correta, cometi um erro em algum momento antes ou às 23h16 — o momento em que, de acordo com o destino, eu deveria ter conhecido Beau. O momento do qual nenhum de nós dois pôde passar na data de 19 de setembro.

Mas onde é que eu estava exatamente às 23h16? Tento lembrar da linha do tempo de ontem, mas é difícil saber ao certo. E quem poderia confirmar que onde eu estava é onde eu deveria ter estado se fiz o destino cometer um erro em algum ponto do domingo?

Abro o celular e começo a procurar toda e qualquer evidência que tenho da noite passada que contenha uma indicação de horário e possa me apontar na direção correta. Não mandei mensagem para ninguém durante o show, exceto algumas variações de "saudades" regadas a álcool e cheias de emojis de coração para Sadie às 21h47 e às 22h02. Isso não me ajuda em nada.

Vasculho meus e-mails e encontro o ingresso do show. Se foram pontuais, a DOBRA entrou no palco às 21h30. Faltando algumas músicas para acabar, fui tomar ar fresco do lado de fora da casa de show. Portanto, supondo que a banda tenha tocado por cerca de uma hora no total, eu provavelmente estava do lado de fora do Lakeview Live entre umas 22h15 e 22h30, quando Truman e o resto do pessoal se juntaram a mim. Eles cruzaram a rua e foram em direção ao túnel do Honeycomb, mas eu pedi um carro para voltar para casa. Se tudo estiver certo — e é um grande talvez —, eu estava embriagado no banco de trás de um carro aleatório voltando para casa na hora em que era para eu ter conhecido Beau.

Não adianta. Preciso dele para juntar as últimas peças do quebra-cabeça. E estou disposto a fazer qualquer coisa por isso.

Vou às pressas para a sala de estar com minha ideia insana (se não completamente despirocada), inspirada pela minha mãe.

— Como se faz um BO de pessoa desaparecida? — pergunto a ela.

Ela está pegando a pizza à porta.

— O quê?! — pergunta, franzindo a testa. — Quem desapareceu? — Ela fecha a porta.

— Um dos meus amigos da escola.

— Um dos seus amigos da escola está desaparecido? — repete minha mãe para si mesma, confusa, levando as pizzas para a sala de jantar. — Do que você está falando, Clark?

— Impossível — grita Blair do quarto dela. — Você não tem amigos na escola, como pode ter um amigo desapareci...

— Ei! — grita minha mãe para o corredor.

— Calma, é só brincadeira — corrige Blair. — Aliás, o que você vai fazer para a minha festa amanhã, Clark?

Minha mãe coloca as caixas de pizza na mesa e se vira para mim, reluzindo de suor.

— Fala comigo. O que está acontecendo?

— Eu falei: um amigo meu está desaparecido. O nome dele é Beau.

— Eu o conheço?

— Não.

— Faz quanto tempo que ele está desaparecido?

— Algumas horas.

Minha mãe me fita com seu olhar de "você não tá falando sério".

— Ou talvez alguns dias, não sei! — acrescento rapidamente, antes que ela se desinteresse de vez. — O que eu sei *com certeza* é que ele sumiu e ninguém consegue encontrá-lo. Eles divulgam os BOS de pessoas desaparecidas? Tipo, em Chicago?

— Blair, vem comer! — grita minha mãe, zanzando pela cozinha.

— Pediu de quê? — indaga Blair.

— Pepperoni e calabresa.

— Você não liga mesmo para o fato de que um amigo meu está *desaparecido*? — pergunto, enquanto ela pega os utensílios para a janta. — A essa altura, ele pode estar em qualquer lugar.

— Não sei o que foi que deu em você hoje, mas... — Ela para com os pratos descartáveis na mão antes de se virar para mim.

— Achei que estivesse doente e nem tinha ido à aula. De onde foi que você chegou?

— Fiquei melhor e fui pra terapia.

— Mas, se você foi pra terapia — ela olha para o relógio acima da pia —, chegou cedo demais. Tá mentindo pra mim?

— Não.

— *Clark.*

— Não interessa agora.

— Claro que interessa agora — rebate minha mãe, com um olhar de decepção tomando seu rosto. — Pensei que você estivesse gostando das sessões com a sra. Hazel. Pelo menos mais do que as com o dr. Oregon e o sr. Rample...

— Eu não matei a sessão, só acabamos mais cedo hoje.

— Isso não faz sentido, Clark, a terapia não *só acaba mais cedo* porque você...

— Deixa pra lá. — Volto para o quarto a passos duros e bato a porta.

Bem, podia ter sido muito pior.

Não tenho tempo para esperar outra chance de encontrar Beau casualmente no cinema, na confeitaria ou no Aragon. Vai saber quanto tempo ele vai passar sem ir a esses lugares no intuito de me evitar? Eu provavelmente teria mais sorte se acampasse na frente do edifício do John Hancock Center e ficasse gritando o nome dele do que se montasse tocaia na Tudo Azul.

E se eu tentasse encontrar os avós dele? Não deve haver muitos idosos com o sobrenome Dupont em West Edgemont, afinal de contas. Porém, depois de alguns minutos e diversas pesquisas que não levam a nada, lembro que os avós são os pais *da mãe* dele, então o sobrenome pode ser qualquer outro (e dificilmente Dupont).

Será que eu conseguiria encontrar alguém para me ajudar a hackear o site do Lakeview Live? Acho que tive que inserir minhas informações de contato quando comprei o ingresso para a DOBRA, o que significa que Beau deve ter tido que fazer o mesmo. No entanto, quais são as chances de eu encontrar alguém que não só entenda de TI, mas também tenha a malícia criminosa para me ajudar a conseguir algo assim numa única iteração? Quase nulas, provavelmente.

Talvez eu pudesse invadir um noticiário noturno e implorar para Beau me encontrar em um dos locais das nossas pendências juntos? (Tá, essa ideia é ainda mais irracional do que fazer um BO de pessoa desaparecida.)

Eu me jogo no colchão e continuo cavoucando meu cérebro atrás de pistas que Beau pode ter mencionado no tempo limitado que passamos juntos.

Há algum motivo para ele ter aparecido na aula do sr. Zebb no Dia 310. Embora eu não consiga imaginar por que Beau pensaria que zombar de um professor e saltar de carteira em carteira poderia ajudá-lo a reconquistar uma suposta alma gêmea, aposto que seu ex tem algo a ver com ele estar aqui.

Ah. Espera aí.

Eu me sinto burro por só ter me dado conta agora de que a alma gêmea de Beau talvez seja aluno no Colégio de Rosedore. Será que é por isso que ele foi até lá no Dia 310? Perguntei sobre Beau para dezenas de alunos, mas… não perguntei a todo mundo da turma do sr. Zebb.

Então, é isso. Sei qual é minha próxima melhor opção.

Quando chega o Dia 349, estou inquieto como um pinscher ansioso. Em vez de esperar pela aula de trigonometria para conseguir respostas, decido ir atrás delas por conta própria, já que o tempo agora é crucial. Procuro o máximo de alunos da turma que consigo antes do último período.

— Beau *o quê*? — estranha Sara Marino, estourando a bola de chiclete na minha cara antes da segunda aula do dia.

— Dupont — repito, sentindo o coração disparado. — O nome significa alguma coisa pra você?

— Nadinha — responde ela, fechando seu armário com um baque. — Parece nome de jogador de tênis ou algo assim.

Amanda Hyde me ajuda ainda menos, explicando com toda a certeza do mundo que "Beau Dupont é aquele aluno nojento do segundo ano que ganhou o concurso de comer asas de frango apimentadas" no esquenta do primeiro jogo do time da escola no ano passado. Justine Garcia não me responde nada — só dá de ombros e diz para eu ir ver se ela está na esquina. E Greg Shumaker, é claro, descobre uma maneira de enfiar uma piadinha suja na nossa interação quando vou falar com ele depois do almoço:

— Por que a pergunta, Clark? — ironiza ele com um sorrisinho malicioso, a camiseta toda manchada de achocolatado. — Tá a fim Du*pau*? Vai que é tua.

Quando enfim chega o último período, fiz um total de zero progresso em minhas tentativas de achar uma alma viva que possa me contar algo relevante sobre Beau. Então, vou ter que apelar.

O sinal toca. Thom entra na sala às pressas e ocupa a sua carteira como de costume.

— Acha que o sr. Zebb percebeu? — sussurra ele, ofegante.

Balanço a cabeça.

— Tá de boa.

— Graças a Deus — suspira Thom. — Odeio trigonometria, mas mais um atraso e estou frito.

— Quem odiou a lição de casa? — pergunta o sr. Zebb, sentando-se em seu banquinho. — Não tenham vergonha de falar. Sei que cossenos não são para todo mundo.

Levanto a mão.

— Sr. Zebb?

Ele se vira para mim — ele e o resto da turma.

— Sim, Clark? — pergunta o professor.

Limpo a garganta.

— Posso conversar com a turma rapidinho?

O sr. Zebb fica tão surpreso quanto o restante dos alunos por *eu* pedir algo assim.

— Vai ser rápido — asseguro.

— Hum... — O sr. Zebb abre e fecha a boca. — Está bem.

Uma vantagem de ser o quietinho da sala é que, quando você finalmente tem algo a dizer, as pessoas parecem dispostas a prestar mais atenção.

Eu me levanto, sigo pelo corredor de carteiras e me viro para olhar para todos. É uma visão que meu antigo eu teria detestado: fileiras de rostos vazios fitando minha alma, esperando que o silêncio seja preenchido. Até num *loop* temporal — onde ninguém vai se lembrar disso quando eu acordar na próxima iteração — é uma experiência um tanto desconcertante. Porém, saí da minha zona de conforto vezes o bastante desde o Dia 310 para saber que consigo fazer isso.

Respiro fundo.

— Alguém sabe quem é Beau Dupont?

A sala fica em silêncio.

Depois de alguns segundos agoniantes, Greg Shumaker intercede.

— Cara — ele diz, sorrindo maliciosamente na primeira fileira. — Por que você está tão obcecado por esse garoto?

— É, o Clark passou o dia todo perguntando para as pessoas se alguém o conhece — explica Sara Marino para o sr. Zebb, que está confuso. Ela volta a me olhar. — Tá ficando bem bizarro para o seu lado, viu, Clark?

Muitos alunos riem.

— Eu sei, é estranho, mas espero que faça sentido pra vocês em algum momento — destaco com um sorriso, tentando normalizar uma situação bem atípica. — Mas preciso encontrar Beau o quanto antes.

— Ele estuda aqui? — questiona o sr. Zebb.

— Não — Justine Garcia responde por mim. — O que faz seu surto ser ainda mais estranho, Clark.

— De verdade? — insisto, analisando os rostos, procurando algum que divirja das expressões de gracinha e tédio. — Ninguém conhece o Beau?

Não pode ser. Alguém aqui *tem* que estar escondendo alguma coisa.

Por que Beau teria vindo aqui no Dia 310?

— Do que isso se trata, Clark? — indaga o sr. Zebb.

Começo a ficar vermelho.

— Parece que alguém aqui tá com um *crush* fortíssimo — acrescenta Amanda Hyde.

Mais pessoas dão risada, e começo a desejar que o chão me engula.

Thom então se levanta no fundo da sala.

— Posso conversar com o Clark no corredor, professor Zebb? — pede ele. — Acho que posso ajudá-lo.

A classe borbulha com sussurros e meu coração martela.

O sr. Zebb considera o pedido.

— Certo, então. Façam o que precisam fazer, mas não demorem.

Thom assente. Eu também.

— É sério, *vapt-vupt* — estipula o sr. Zebb enquanto saímos da sala.

Sigo Thom. Assim que a porta se fecha, ele se vira para mim, e seu rosto, que costuma ser pálido, está vermelho feito um pimentão.

— O que você tá fazendo, hein? — pressiona ele, olhando para os dois lados para ver se há mais alguém no corredor.

— Como assim?

Ele dá um passo à frente, estreitando a distância entre nós, e abaixa o tom de voz até praticamente sussurrar.

— Você tá tirando uma com a minha cara?

Abro e fecho a boca, completamente desorientado pela defensiva de Thom.

— Só estou tentando encontrar o Beau. Você o conhece?

Ele me encara, nada convencido.

— Como foi que você descobriu? Foi ele quem te contou?

— Descobri o quê? — Semicerro os olhos. — O que o Beau teria me contado?

— Promete que não é brincadeira?

Olho para a porta do sr. Zebb.

— Pode desembuchar? Não temos muito tempo.

— Não me importo de perder uma aula da matéria menos relevante para a vida dos adolescentes.

Trigonometria. *A matéria menos relevante para a vida dos adolescentes.*

Foi como Beau descreveu a disciplina quando apareceu na aula do Dia 310...

— Só quero saber se isso não é alguma gracinha — ressalta ele.

— Não é, Thom.

— Clark, eu...

— *Thom!* — grito.

Ele tem um sobressalto.

Coloco a mão no ombro dele e levo um tempo para acalmar minha frustração.

— Desculpa, mas eu *não* tô tirando uma com a sua cara. Isso aqui *não é* brincadeira. É uma emergência e preciso encontrar o Beau. *Imediatamente.* Então, por favor — aperto o ombro dele de leve —, pode me dizer o que está acontecendo?

Thom me encara sem piscar. Seus olhos brilham com lágrimas antes de ele conseguir ganhar a luta contra elas.

— O Beau é... — A voz dele some, mal consigo ouvi-lo. — A Brittany.

Não acho que o tenha ouvido direito.

— O Beau é... a Brittany?

Ele faz que sim, engolindo em seco. Nunca o vi tão nervoso. Acho que nunca vi *ninguém* nervoso assim.

— Não entendo o que isso quer dizer — articulo.

— Sabe a Brittany? — repete ele, arregalando os olhos mais ainda. — De ontem à noite?

É como se alguém tivesse inserido uma foto Polaroid borrada e antiga no meu cérebro: Thom, também bêbado, está se apoiando num poste ao meu lado na fachada do Lakeview Live.

— Espera aí… — murmuro, tentando acessar a memória. — Você estava lá. No show da banda DOBRA. Você estava com o Beau?

Ele parece confuso.

— Eu sabia que você estava bêbado, mas não sabia que tinha sido tanto assim…

— *Brittany!* — exclamo.

O nome ricocheteia entre os armários e ecoa pelo corredor vazio enquanto eu finalmente o assimilo.

— *Shh!* — suplica Thom, olhando para a esquerda e a direita. — Fica quieto!

— A Brittany é sua namorada — relembro, abaixando o tom de voz.

Eu estava sozinho do lado de fora quando fui tomar ar fresco — até Thom esbarrar em mim e passar um tempo comigo. Foi coisa de um minuto. Ou foram dois? *Cinco?* Não sei ao certo.

Eu havia me esquecido completamente, e não me admira por quê. Vejo Thom todos os hojes, mas ele nunca mencionou nenhuma Brittany ou nossa conversa no 19 de setembro original, e deve ser por isso que a lembrança se esvaiu mais rapidamente. Por que ele nunca tocou no assunto antes?

— Vocês brigaram, não foi? — indago. Agora que a imagem está ali, a conversa começa a me voltar um pouco à mente também.

— Brigamos. A Brittany *era* minha namorada e, sim, nós brigamos, mas eu acho que você não está entendendo. — Agora o rosto de Thom está ainda mais vermelho que um pimentão. — A Brittany não existe, Clark. O *Beau* é a Brittany.

Sinto meu estômago embrulhando.

Acho que vou vomitar.

— *Você* é o ex-namorado do Beau? — concluo. — *Você* é a alma gêmea?

Thom inclina a cabeça, surpreso.

— Eu definitivamente não sou a alma gêmea do Beau.

Tentando digerir a informação, retomo:

— Então, a história que você me contou sobre você e sua ex-namorada Brittany, que não existe, não combinarem na verdade era uma história sobre você e... o Beau?

Ele faz que sim.

Espero até que um aluno mais novo, que está passando pelo corredor, esteja longe o bastante para não nos escutar.

Olho nos olhos dele.

— Eu não sabia que você gostava de meninos, Thom — ressalto baixinho.

— Ninguém sabe, além do Beau. E agora você também, né. Óbvio.

Por isso Beau se recusou a dizer o nome do garoto com quem vinha tendo problemas. Ele não queria tirar Thom do armário. *Por isso* Thom surtou e saiu da sala no Dia 310. Por isso no Dia 311 ele agiu como se não conhecesse o Beau. Ele estava fundo demais no armário para ser sincero comigo.

Thom cobre o rosto corado com as mãos, envergonhado, e uma onda de compaixão leva embora minha frustração por ter sido enganado.

— Ei — digo para ele, que não desgruda as mãos das bochechas. — Tá tudo bem.

Ele não se mexe.

Tento transparecer calma e sorrio.

— Thom — repito, cutucando-o.

Ele me bisbilhota por entre os dedos.

— Não se preocupa. Seu segredo está seguro comigo.

A porta da sala se abre e o sr. Zebb coloca a cabeça para fora.

— Pronto?

— Pode nos dar só mais um minuto?

Ele olha para nós dois, cheio de desconfiança, mas quando vê a cara de Thom, seu semblante esmorece.

— Só mais um, ok?

Ele entra de volta e fecha a porta.

Thom deixa as mãos caírem para o lado do corpo. Ele se balança para a frente e para trás, todo desajeitado, antes de conseguir falar de novo.

— Eu não fazia ideia de que você conhecia o Beau. Ele nunca falou de você.

— Nós não... a gente é só... Nós ficamos amigos recentemente.

— Onde vocês se conheceram?

Suspirando, penso como eu soaria lunático se tentasse dar uma resposta.

— Um dia eu conto, mas agora preciso encontrá-lo.

— Ele sumiu? — pergunta Thom. — Ele está em perigo?

— Pode ser que sim. Falou com ele hoje?

— Não.

— Pode ligar para ele?

Thom pega o celular, digita na tela algumas vezes e leva o aparelho à orelha.

— Não tá tocando. O celular deve estar desligado, ou a bateria acabou. Não é a cara dele...

A essa altura, já estou acostumado com Beau me evitando, mas agora ele está evitando sua suposta alma gêmea também?

— Te mandei o número dele — anuncia Thom.

— Pode me mandar o endereço dos avós também? — peço.

Ele me olha com desconfiança.

— Randy e Paula?

— Isso.

Ele me encara, e percebo sua preocupação aumentando antes de me mandar o que pedi.

— Sério, o que tá rolando com o Beau?

Hesito.

— Ele está desaparecido... mais ou menos.

— *Mais ou menos* desaparecido?

Thom emenda outra pergunta, mas estou ocupado ligando para Beau do meu celular. Não chama também. Desligo e volto a olhar para Thom.

— Preciso que você responda algumas perguntas sobre a noite passada com o máximo de sinceridade e exatidão que puder, está bem?

Ele assente.

— Do que mais nós dois conversamos lá no lado de fora?

Ele inspira, olhando para o nada e tentando se lembrar.

— Hum, você reclamou da sua mãe. *Bastante.*

— Jura?

Ele solta uma risadinha.

— Embora eu e o Beau tenhamos discuto no show, não pareceu nem chegar perto da briga que você e sua mãe tiveram. Não lembra mesmo de ter me contado?

Ontem.

O dia em que minha mãe disse que *ela* tinha pedido o divórcio. Faz sentido eu ter carregado a raiva para o show no domingo, mas isso agora não me parece superimportante.

Balanço a cabeça.

— Mais alguma coisa?

— Acredito que você se lembre de como nossa conversa acabou, pelo menos? — Thom espera que eu confirme se é mesmo isso.

Balanço a cabeça.

— Você não se lembra… de nada? Nadinha?

— Nao.

Ele limpa a garganta e desvia o olhar.

— Eita, que saia justa. Agora que *você* sabe que a Brittany na verdade é o Beau e que *eu* sei que vocês dois são amigos, mas… — Ele estremece de vergonha alheia. — Você me convenceu a terminar com ele.

O quê?!

— Não.

— Juro. Pior que foi.

Eu me inclino, apoiando as mãos nos joelhos, e encaro o chão, completamente perplexo.

— Você estava bem alterado por causa do divórcio dos seus pais — continua ele —, não parava de falar da sua mãe e de como amor verdadeiro não existe e de como nada é como as mentiras que Hollywood planta na nossa cabeça.

Ai, meu Deus.

— E quando você ouviu o quanto eu estava irritado com a Brittany — ele faz aspas no ar quando pronuncia o nome —, me incentivou a terminar. Disse que eu deveria largar dele. Dela. Enfim. E foi o que eu fiz ontem.

Eu me abaixo mais ainda.

Se eu desmaiar, pelo menos a queda vai ser mais curta.

Sou o motivo de Beau ter levado um pé na bunda.

Acho que, no fim das contas, *eu* sou o garoto que o fez ter problemas com outro garoto.

De repente, Thom fica morto de vergonha.

— Acha que foi por isso que ele sumiu? Porque está bravo comigo, com você e com o término?

— Não, não exatamente, mas… Espera. — Fico de pé de novo. — Você contou pra ele que fui eu quem lhe disse para largá-lo?

Thom faz uma careta.

Puta que pariu.

— Eu não falei seu nome! — defende-se ele. — Eu disse que tinha tido uma conversa esclarecedora com um colega da escola sobre o nosso relacionamento. Só que eu acho que ele acabou descobrindo, porque viu a gente junto do lado de fora da casa de show.

— Ele me viu?

Thom arqueia as sobrancelhas, pensativo.

— Provavelmente, porque ele saiu do Lakeview Live e passou reto pela gente com uma menina que ele tinha acabado de conhecer, então deve ter visto nós dois conversando…

— Menina que ele tinha acabado de conhecer?

Ele inspira, claramente estressado por eu não parar de fazer perguntas.

— Não peguei o nome dela.

— Como ela era?

Thom pensa um pouco mais.

— Não sei… Era baixinha e bonita. Parecia que estava chorando. Eu gostei dos dreads dela.

Dee.

— Foi mal ter contado para o Beau sobre nossa conversa, Clark, mas eu nem sabia que vocês se conheciam. — Ele parece à beira de uma crise de choro. — Por favor, não fique bravo comigo.

Esfrego o ombro dele.

— Não é culpa sua. — É *minha*, penso. — Por acaso o Beau e a menina tentaram falar com a gente?

Talvez tenha sido *nesse* momento que era para o meu caminho ter cruzado com o de Beau.

Mas não, não pode ser. Não podia ser 23h16 ainda.

— Acho que não — responde Thom. — O show tinha acabado de terminar e a calçada estava ficando cheia, então eu me despedi de você e fui embora com ele.

— E a Dee?

— Quem é Dee?

— A menina que estava com ele.

Ele balança a cabeça lentamente, tentando se imaginar do lado de fora da casa de show de novo.

— Acho que ela deu o número para o Beau e depois só… foi embora andando, ou algo do tipo? Mas é… — ele começa a balançar a cabeça — … agora lembro um pouco melhor do rosto dela. Ela tinha mesmo chorado.

Sinto um aperto no coração.

O que foi que aconteceu com a Dee ontem?

Qual é o segredo vergonhoso dela?

— Beau e eu fomos caminhando para o centro juntos e eu terminei. Foi difícil, mas preciso te agradecer.

— Por quê?

— A gente não combinava, Clark. Tipo, nem um pouco. E você me ajudou a ver isso. O Beau é muito legal, ele é só um pouco... — Thom força a vista, tentando encontrar as palavras certas. — Demais?

Inclino a cabeça.

— Como assim?

Ele olha para o corredor para garantir que ainda estamos sozinhos.

— Ainda estou no armário. Não é uma boa situação para ter um namorado que tá *completamente fora*, sabe?

— Não muito bem. Quer dizer que ele é, tipo, ousado?

— É mais do que isso — explica ele. — O Beau tem uma personalidade expansiva. Ele chama atenção por onde passa, fala tudo que lhe vem à mente. E é impetuoso também. Tipo, ele larga tudo para ficar a tarde toda correndo de kart ou passa o sábado inteiro desperdiçando o salário com jogos de fliperama. Ele é meio perdido na vida.

— Olha, não sei, não — contraponho, tentando ser compreensivo sem deixar a honestidade de lado. — Karts e fliperamas me parecem... uma ótima ideia?

— Claro, mas quando se está numa posição como a minha, de não ser assumido, você precisa de alguém mais sutil. Uma *vibe* mais de boa, menos impulsiva... impuls*idiotice*.

Meu estômago embrulha.

— Ele te contou sobre isso?

— Da palavra que a família dele usa para descrever as decisões burras e irracionais que ele toma? — Thom sorri. — Uhum. Ele odeia, mas se a carapuça serve...

O pouco de compaixão que eu vinha tentando nutrir por Thom se dissipa, e em seu lugar surge uma raiva que ferve na boca do meu estômago.

— Não posso dizer que concordo com o que...

— Não, e até aí tudo bem — continua Thom. — O pior de tudo é que ele despirocava *ainda mais* quando a gente discutia. Ele fazia umas coisas exageradas para tentar me impressionar ou fazer as pazes. Enfim. Nunca dava certo, obviamente.

— Exageradas como sair pulando de carteira em carteira para tentar deixar a aula da matéria menos relevante para a vida dos adolescentes mais divertida?

Thom me olha, confuso.

— O quê?

— Esquece. — Respiro fundo, tentando recuperar o foco. — Entendo que vocês acabaram de terminar, mas talvez agora não seja o melhor momento para falar mal do Beau...

— Tem razão.

Dá para ver que ele fica com vergonha. Seu sorriso some.

— E aí, depois que vocês se despediram da Dee, foram caminhando para o centro e terminaram, o que aconteceu?

— Nada.

— Nada?

— É. Eu voltei pra casa. E acredito que Beau tenha ido para a casa dos avós dele.

— A que horas foi isso?

Thom infla as bochechas, pensando.

— Provavelmente, um pouco depois das onze e meia, talvez?

Onde é que eu deveria ter conhecido o Beau às 23h16, então?

Ando de um lado para o outro por um minuto, vasculhando meu cérebro atrás de alguma pista.

— O sr. Zebb vai ficar puto — murmura Thom, olhando para a porta da sala —, se é que ele ainda se lembra de que estamos aqui fora.

Paro de andar.

— A pergunta vai soar estranha, mas... você consegue pensar em alguma razão pela qual eu teria encontrado o Beau aleatoriamente ontem à noite, mas, por qualquer motivo que seja, não encontrei?

Ele olha para o chão, pensativo.

— Bom, você o encontrou aleatoriamente, porque ele viu a gente juntos do lado de fora da casa de shows.

— É, mas a gente não conversou. Eu não o vi. Você por acaso planejava se assumir ontem à noite? Queria apresentar o Beau ao pessoal da escola ou algo assim?

Ele solta uma risada.

— O exato oposto disso. Eu estava morto de medo, sabendo que haveria mais alunos de Rosedore lá. Quando o Truman mandou mensagem me chamando para ir ao túnel do Honeycomb, eu...

— O Truman? — interrompo. — Eu fui para o show com o Truman.

O túnel.

Dou um pulo e Thom tem um sobressalto.

— Então, vocês tinham planos de ir ao Honeycomb? — indago.

— Aham, a gente ia encontrar o Truman, a Cynthia e o Ron lá. E, pelo visto, você também. Mas não chegamos a ir, obviamente. O Truman falou que eles precisaram pegar um caminho mais longo até lá para evitar os seguranças, porque o parque tecnicamente estaria fechado àquela hora, e eu estava muito cansado. Além do mais, eu tinha um namoro para terminar.

— A que horas vocês planejavam chegar?

— Deixa eu ver quando mandei mensagem para o Truman... — Ele pega o celular, abre as mensagens e lê em voz alta: — "Legal, a gente se vê por volta das 23h, 23h15. Só pra deixar avisado: vou levar um amigo de West Edgemont". — Ele me olha. — O que isso tem a ver com encontrar o Beau?

Coloco as mãos atrás da cabeça e suspiro.

— Basicamente, tudo.

Era para eu ter conhecido o Beau no Honeycomb às 23h16, mas deixei a raiva pela minha mãe afetar minha conversa com o Thom, o que acabou fazendo com que eles terminassem e eu voltasse para casa sozinho. Fui eu quem estragou os planos que o universo tinha para nós.

Fui eu quem fez o destino cometer um erro.

E agora preciso consertá-lo.

— Thom — digo, encarando-o e começando a me afastar no corredor. — Se alguma parte de você se lembrar disso amanhã, pode se assumir pra mim, tá? Vou te dar todo o apoio.

Ele me encara de volta como se eu tivesse perdido a cabeça de vez.

— Aonde você vai?

Eu me viro e saio correndo.

CAPÍTULO VINTE E TRÊS

Não me admira que Beau esteja me ignorando. Nem que ele se recuse a ser encontrado. Ele acha que sou o responsável por essa bagunça toda, e está certo em acreditar nisso — só que pelo motivo errado.

Sei que a escola vai entrar em contato com a minha mãe nos próximos minutos para explicar que eu basicamente assediei a turma por conta de um aluno chamado Beau e depois dei no pé. Portanto, o último lugar onde quero estar é o apartamento dela, tentando explicar o que acabou de acontecer.

Em vez disso, vou embora correndo da escola, o mais rápido que minhas pernas permitem, até desabar à sombra de um salgueiro próximo ao centro de Rosedore, onde espero que ninguém esteja me procurando e eu possa finalmente assimilar as revelações de Thom.

Posso até ter causado o término deles, mas ele está Aprisionado porque nunca nos conhecemos no Honeycomb, não porque minhas ações lhe arrancaram sua alma gêmea. Na verdade, depois de conversar com Thom, estou mais convencido do que nunca de que o relacionamento deles estava destinado a ser uma caçamba de lixo em chamas desde o começo. Thom precisa de alguém discreto? Ele quer menos espontaneidade? Não consigo imaginar ninguém que combine menos com ele do que o Beau.

Só que não importa se eu estava certo em pensar que eles não tinham nada a ver. Não incentivei Thom a dar um pé na bunda de *Brittany* por pura sinceridade, e sim porque o divórcio da minha mãe amargou minhas visões sobre relacionamentos e eu estava irritado com ela. E agora que Beau e eu estamos Aprisionados no Dia 349, tenho só mais dezesseis iterações para nos salvar... do que quer que venha depois do Dia 365.

Fico de pé, seco os olhos e reflito sobre as minhas opções enquanto tento acalmar minha respiração. Não posso desperdiçar outra iteração nesse buraco dos infernos de *loop* temporal chorando sobre o leite derramado e desejando ter feito tudo diferente.

Agora eu posso ser melhor.

Se a dra. Runyon estiver certa, só posso escapar de hoje se fizer com que nós dois estejamos no túnel Honeycomb às 23h16. Para fazer isso, tenho que convencer Beau de que não sou a pessoa que ele viu botando lenha na fogueira para que seu namorado terminasse com ele na noite de domingo, jogando a vida dele num liquidificador que triturou nossas percepções de tempo. Pelo menos não era quem eu sou de verdade. Vacilei, eu sei, mas ainda posso nos salvar.

Tento ligar para Beau mais uma vez. Nada.

Mando uma mensagem também, mas nem espero uma resposta.

Pego um carro de aplicativo e sigo para o endereço dos avós de Beau que Thom me passou, só para o caso de ele estar em casa. O carro para próximo a uma casinha térrea de tijolos com um irrigador afogando o jardim marrom da fachada. Uma bandeira dos Estados Unidos que parece grande demais para uma casa desse tamanho balança na varanda. Desço do carro, subo os degraus e bato na porta.

Alguns segundos depois, o avô de Beau aparece.

— Randy? — chamo, me sentindo meio estranho por chamar um idoso pelo primeiro nome.

Ele abre a porta de vidro.

— Quem é que tá perguntando?

Randy tem uma careca brilhante e usa uma calça jeans presa com cinto no alto da cintura. Os pelos do seu nariz são tão descuidados que parecem a linha de frente do exército dos Caminhantes Brancos.

— O Beau está? — pergunto.

— Não. — Ele chega mais perto para fechar a porta.

Minha mão a impede de bater na minha cara.

— Sabe onde ele está?

— Na escola — sibila ele. — Onde você também deveria estar, acredito eu.

Tenho quase certeza de que Beau não está na escola, mas não digo isso a Randy.

— Quem é você? — questiona ele.

— Sou um amigo do Beau, meu nome é Clark.

Ele me olha de cima a baixo.

— Passa amanhã.

Bem que eu queria poder.

Randy faz menção de fechar a porta novamente.

Eu o detenho. Mais uma vez.

— Eu poderia dar uma olhada no quarto dele? Emprestei uma coisa para ele uns dias atrás e gostaria de pegar de volta. — Talvez haja algo lá que me ajude a encontrá-lo. E, não vou mentir, estou curioso para saber como é o quarto de Beau.

Randy franze as sobrancelhas grossas, o que responde à minha pergunta.

— Posso ao menos deixar meu número com o senhor caso ele...

Desta vez, não sou rápido o bastante e ele bate a porta na minha cara. Não me admira que Beau odeie morar aqui com avós que não dão valor a quem ele é; avós que zombam de sua suposta impuls*idiotice*, assim como sua mãe zombava. Eu também ia querer escapar disso.

Suspiro, seco o suor da testa e faço questão de dar uma bicuda e derrubar um dos gnomos de jardim de Randy antes de ir embora.

Passo o restante do Dia 349 evitando uma enxurrada constante de ligações da minha família e de Sadie enquanto perambulo por West Edgemont, pensando no que posso fazer nas minhas últimas quinze iterações — possivelmente, os últimos hojes em que vou existir.

E acordo no Dia 350 com um plano.

Agora que sei que Beau é ex de Thom, fica claro qual deve ser a minha estratégia: não perder Thom de vista. Não duvido que Beau esteja na cola dele, como fez na aula do sr. Zebb. Aposto que ele vai expressar seu amor com alguma tática improvisada, como no Dia 310. E, quando fizer isso, vou estar lá para dizer que ele entendeu tudo errado — que não é de Thom que ele precisa para escapar de hoje. É de mim.

Em vez de seguir meu cronograma usual na escola, decido seguir Thom escondido — esperando do lado de fora de suas aulas, longe da multidão, ou ficando por perto no refeitório com olhos de águia. Eu até o sigo em sua caminhada de volta para casa depois da última aula, presumindo que Beau vá fazer uma visitinha em algum momento durante a noite. Mas ele não aparece. Não dá as caras. Beau, em mais uma iteração, não está em lugar nenhum.

Ele também não tenta encontrar Thom no Dia 351. Nem no Dia 352. Cada vez que passo na casa dos seus avós, Randy parece ainda menos disposto a me ajudar do que no hoje anterior.

Onde é que Beau pode estar?

E por que não está tentando reconquistar a alma gêmea que pensa ser crucial para que consiga escapar?

Não posso seguir Thom por mais um dia — pela quarta vez — sem uma única evidência de que Beau tem planos de aparecer. Não tenho tempo para continuar insistindo nessa estratégia falha.

O melhor plano B que arrumo é tentar, de todas as formas, fazer com que Beau leia *Aprisionado no hoje* — e, para isso, vou precisar de uma mãozinha de Otto, Dee e Emery. Não sei se Beau planeja ir ao local de alguma de nossas pendências entre agora e o Dia 365, mas posso arriscar.

Acordo no Dia 353 e vou direto para a Universidade de Chicago. Kelly está bocejando, com um copo de café enorme na mão, quando entro às pressas na secretaria.

Ela tem um sobressalto.

— Você me assust…

— Estou Aprisionado no hoje — revelo — e preciso de três exemplares do livro da professora Copeman.

Ela pestaneja por um momento, seu rosto bronzeado paralisado com indiferença.

— Preciso arrumar outro emprego — balbucia ela, girando na cadeira para pegar os livros.

Com três cópias de *Aprisionada no hoje* em mãos, corro até a biblioteca do campus, onde me sento a um computador num canto restrito. Se meu plano tiver chance de funcionar, sei que Beau precisa entender como chegamos aqui e como podemos escapar. Ele precisa acreditar que escapar de hoje não está condicionado a Thom. E precisa saber que nossas vidas — agora inextricavelmente conectadas, para o bem ou para o mal — estão se esvaindo a cada segundo.

Digito tudo, explicando os pontos mais importantes da maneira mais clara possível: por que eu estava tão irritado com a minha mãe por ter proposto o divórcio; o modo como eu, sem me dar conta, projetei essa raiva na minha conversa com o Thom e o convenci a terminar o namoro; como, se não fosse por mim, nós dois teríamos nos conhecido no Honeycomb às 23h16 e nossas vidas teriam seguido como o destino tinha planejado. Talvez até… juntos.

Imprimo três cópias da minha carta, cada uma com a mesma mensagem idêntica no topo, em negrito e caixa alta:

VENHA ME ENCONTRAR EMBAIXO DO HONEYCOMB HOJE À NOITE.

Quem pode dizer se vai funcionar?

De qualquer forma, é minha única esperança.

Coloco uma carta em cada exemplar de *Aprisionada no hoje* e decido ir primeiro à Confeitaria Tudo Azul do Ben. Está lotada, como sempre, quando entro e vou até o caixa.

— Oi, Otto — cumprimento-o, ofegante. — Preciso da sua ajuda.

Confuso, Otto seca a testa.

— A gente já se conhece?

— Sim e não.

— Parece que você cortou a fila da Betty, que precisa de três cookies amanteigados para as duas sobrinhas e o sobrinho. Isso pode esperar um momento?

— Não pode — lamento, virando-me para Betty e pedindo desculpas com os lábios antes de me voltar a Otto. — Tem a ver com o Beau.

Otto paralisa.

— Beau?

Confirmo.

— Está tudo bem com ele?

Hesito.

— Talvez. Estou com pressa, mas se você o vir hoje, por favor, *por favor,* entregue isto para ele. — Deixo com Otto um exemplar do livro. — É importante.

Otto dá uma olhada na capa.

— *Aprisionada no hoje?*

— Não tenho tempo para explicar — digo, me afastando do balcão. — Mas Beau precisa ler isso. Posso confiar em você para entregar o livro a ele?

Otto me olha com uma expressão confusa estampada no rosto.

— Pode deixar… como é seu nome mesmo?

— Clark.

— Pode deixar, Clark — garante ele, voltando-se para Betty. Vou embora correndo.

Agora, para o Cinema Esplêndido.

Estou à porta quando Emery enfim aparece, assustado com o fato de eu estar esperando na rua. Ele tira os fones — por um instante, ouço "Avery" tocando antes de ele pausar a música — e limpa a garganta.

— Oi, a gente só abre daqui a…

— Preciso da sua ajuda, Emery — declaro.

Ele olha para onde estaria o crachá com seu nome, que ele ainda não colocou.

— Como você sabe meu...

— Você não me conhece, mas meu amigo, Beau, pode passar aqui hoje, e ele precisa muito, *muito mesmo,* disto aqui. — Entrego o segundo exemplar de *Aprisionada no hoje* com uma das minhas cartas dentro. — Pode entregar a ele?

Emery pega o livro, arregalando os olhos.

— Hum... acho que sim?

— Valeu — agradeço, e então descrevo a aparência de Beau. — Tá salvando minha vida, Emery. E não desista de atuar, um dia você vai ser gigante!

O rosto dele é tomado pela confusão e eu vou embora correndo.

Considero deixar a última cópia do livro do lado de fora do Aragon quando chego, mas decido que é arriscado demais. Começo a bater na porta, gritando o nome de Dee em intervalos de alguns minutos, na esperança de que ela esteja lá dentro, perto o bastante para me escutar. Enfim, depois de vinte minutos sendo um pé no saco, vejo a silhueta dela se aproximando do outro lado do vidro.

— Estamos fechados! — grita ela, agitada, olhando para mim como se eu tivesse um parafuso a menos.

— Dee, sou amigo do Beau. Ele precisa da sua ajuda.

Ela olha por sobre o ombro para o saguão.

— Como você se chama?

— Clark — respondo, dando um passo para trás na intenção de parecer menos hostil. — Você não me conhece, eu sei, mas isso é importante.

Ela parece ponderar, mas finalmente destranca a porta e a abre só o bastante para o livro passar.

— É um exemplar de *Aprisionada no hoje* — conto, largando o livro na mão dela. — Beau me disse que talvez passe aqui mais tarde. Se ele aparecer, pode entregar o livro para ele?

Ela para e pensa.

SE O AMANHÃ NÃO CHEGAR

— Você é algum tipo de *stalker*?

— Não.

— Um *serial killer*?

— Definitivamente, não.

Ela pensa um pouco mais.

— Está bem.

Dá para ver que ela não acreditou plenamente que eu não fosse nenhuma daquelas coisas, mas Dee não pestanejou antes de me pôr em meu devido lugar nos hojes anteriores, quando não me considerou digno de confiança. Então, estou certo de que o livro já teria sido tacado na minha cara se ela não tivesse o intuito de fazer o que lhe pedi.

— Muito, *muito* obrigado, Dee. Valeu mesmo.

Ela assente, dando um sorrisinho sutil, antes de fechar a porta. Solto um suspiro exausto e vou para o meu último destino do Dia 353.

O túnel Honeycomb.

Não vejo a hora de deixar o asfalto e o sol forte para trás e me abrigar à sombra, no coração do parque Lincoln. Aposto que foi uma caminhada barulhenta e escura ontem à noite, quando Truman e os demais cambalearam bêbados do Lakeview Live até o Honeycomb, mas hoje está claro e tranquilo. Os pássaros chilreiam, o zunido sutil da brisa me ajuda a me acalmar e os sons da vida urbana somem aos poucos, virando um agradável som ambiente.

Olho para o mapa no meu celular e percebo que o Honeycomb vai surgir assim que eu virar pela última vez para atravessar um aglomerado de árvores perto do zoológico. Duvido que Beau já esteja lá, esperando por mim todo contente, como se fosse a cena final de *Clark e Beau: feitos um para o outro*. Então, não é totalmente devastador quando viro e confirmo que ele realmente não está por perto.

Eu me aproximo do Honeycomb e me acomodo embaixo de sua estrutura alta e cheia de entrelaçamentos. É bastante óbvio por que a instalação de arte ganhou esse nome. O monumento de madeira bege é moldado em células ovais estonteantes, o que lembra muito um favo de mel. Fotógrafos de casamento se esbaldam aqui, Sadie me contou uma vez, e faz sentido: é um lugar aconchegante, instalado numa parte limpa do parque, com a cidade de Chicago saudando as nuvens, ao sul, e a infinidade do lago Michigan, ao leste.

Teria sido um lugar mágico para conhecer alguém especial como Beau — se eu não tivesse sabotado a mim mesmo.

Eu me sento de pernas cruzadas no túnel do Honeycomb e espero. Não preciso ir. Não preciso ir a lugar nenhum, não tenho nenhuma responsabilidade pendente, exceto tentar escapar da data de 19 de setembro de vez com o meu Parceiro de *Loop* ao meu lado.

O céu começa a escurecer à medida que o sol se põe no horizonte. Tanto turistas quanto cidadãos locais passam pelo túnel — tirando selfies, rindo das piadas uns dos outros, admirando a beleza da estrutura contra uma tela de azul e verde. Eu me escondo atrás de arbustos para evitar um segurança à espreita depois de o parque ter sido fechado.

Beau não aparece.

Espero e espero. Ando de um lado para o outro. Quando a escuridão começa a tomar conta de Chicago e as luzes artificiais iluminam o horizonte, uma sensação devastadora de derrota começa a tomar conta de mim.

Abro o aplicativo do relógio digital e vejo outro dia se acabando. *23h15min31s, 23h15min32s...*

O que foi que Beau fez hoje? Será que ele foi a alguma das nossas pendências?

23h15min44s, 23h15min45s...

E se ele foi e mesmo assim decidiu não me encontrar no Honeycomb?

23h15min52s, 23h15min53s...

E se eu o perdi de vez?

23h15min59s...

Minha cômoda branca me olha de volta. Dia 354.

Suspiro, reviro na cama e me preparo para repetir minha estratégia pela segunda vez.

Vou à universidade, pego os exemplares de *Aprisionada no hoje* e imprimo as três cartas. Deixo os livros nos locais das nossas pendências antes de ir ao Honeycomb esperar por Beau. O sol sobe no céu e depois some. Turistas e moradores de Chicago animados vêm e vão. Eu me escondo do mesmo segurança. E, enquanto observo o relógio se aproximar das 23h16, me dou conta de que perdi outra iteração, que chegou ao fim sem dar em nada.

No dia 355, faço tudo de novo.

Beau não aparece.

Será que aconteceu alguma coisa com ele? Ele ainda está evitando os lugares das nossas pendências só para me ignorar — a única pessoa que pode ajudá-lo a escapar?

Dia 356. Dia 357.

Lavar, enxaguar, repetir.

Depois de deixar os livros no Dia 359, meu desespero me leva a bater de porta em porta no bairro dos avós dele, na esperança de que alguém, *qualquer pessoa*, possa me indicar a direção certa. Ninguém sabe me dizer nada.

Memorizei o número do celular dele depois que Thom o passou para mim, e liguei e mandei mensagens para Beau todos os dias também. No Dia 361, faço mais que isso. Recruto um estranho na rua disposto a me ajudar a ligar para Beau, na esperança de que ele atenda um número desconhecido. Esse plano falha também.

Meu pânico atinge um novo patamar no Dia 363. Inspirado pela viagem de Beau a Rosedore no Dia 310, invado o Colégio de West Edgemont fingindo ser um aluno transferido para ver se seus colegas de turma o viram por aí. Passam-se uns dez minutos e um zelador todo desconfiado começa a me encher de perguntas, então vou embora antes que ele possa me enxotar.

Minha solidão vai de mal a pior — e então estaciona em *insuportável*.

E, ainda assim, nada.

Nada de Beau.

Sinto-me completamente impotente por saber que minha vida está se esvaindo e o resto do mundo ao meu redor continua funcionando normalmente.

Apesar dos meus esforços, sei que minhas chances de escapar de hoje são praticamente nulas a essa altura. Se Beau vai ou não aparecer no Honeycomb está fora do meu controle. Mas sabe uma coisa que me conforta? A lição de casa da sra. Hazel. Não sei se é possível combater a solidão num *loop* temporal, mas foi o que fiz em ao menos um dos meus dias repetidos: o Dia 310. E dar ouvidos ao conselho dela foi o que permitiu que isso acontecesse.

O *loop* temporal pode até me derrotar se eu estiver sozinho, mas eu me recuso a partir me sentindo solitário.

No Dia 364, decido ir à terapia depois de ter deixado os livros e as cartas nos locais das pendências.

— Clark — diz a sra. Hazel, colocando uma caneca na mesinha de centro e olhando a hora. Ela fica de pé, surpresa em me ver. — Eu não sabia se você viria mesmo.

— Por que não? — pergunto, entrando. — Temos sessão hoje, não?

— Temos, mas sua mãe ligou agora há pouco perguntando se eu tinha falado com você. Disse que você faltou à aula porque estava doente e que não estava conseguindo encontrá-lo.

— Ah.

— É bom você ligar pra ela agora mesmo — pede a sra. Hazel. — Ela está preocupada.

— Acabei de falar com ela — minto. — Disse que a intoxicação alimentar passou.

— Falou mesmo?

— Aham.

Ela me olha com suspeita.

Eu a fito de volta.

— Está bem, então — ela assente, gesticulando para a minha poltrona. — Pode se sentar.

Eu obedeço.

— Eu gostaria de ir direto ao ponto, pular todo o protocolo chato de "como foi seu dia", se a senhora não se importa.

A sra. Hazel arregala os olhos, pega de surpresa pela minha sinceridade. (Nunca fui tão direto *assim* antes de 19 de setembro.)

— Está bem, então, Clark. Pode começar.

Suspiro.

— Estou solitário, sra. Hazel.

Ela sorri compassiva, pegando uma bala do recipiente.

— Estou orgulhosa por ter me contado.

— Obrigado. — Cruzo os braços sobre o peito. — Lembro de a senhora ter mencionado um tempo atrás algo sobre quatro dicas para combater a solidão.

A sra. Hazel para.

— Eu mencionei isso?

— Sim, mas não me lembro de todas as quatro etapas — minto novamente, tentando abordar o assunto.

Ela reflete.

— Que estranho.

— Por quê?

— É que eu não me lembro de a gente ter discutido minhas quatro dicas — pondera minha psicóloga, cruzando as pernas. — Mas claramente minha memória está me falhando. Sim, Clark, tenho um desafio de lição de casa em quatro partes que costumo passar aos pacientes para que eles tentem se sentir mais conectados. Descobri que pode ajudar muito quem se compromete de verdade. — Ela sorri. — Você gostaria de tentar?

Assinto, sorrindo de volta.

— Uhum.

A sra. Hazel fica de pé, vai à sua mesa e começa a mexer nos itens até encontrar a caderneta e a caneta que estava procurando.

— Vamos lá. O desafio em quatro partes pode parecer difícil de cumprir de uma vez só, ainda mais para alguém como você, que diz pender mais para a timidez. Não tem problema algum! — Ela começa a escrever. — Pode levar o tempo que precisar. É muito mais importante tentar pôr as dicas em prática do que cumpri-las rápido demais ou com perfeição. O que quero dizer é que o que conta aqui é o *esforço* a longo prazo, Clark. É o próprio *esforço* que vai plantar os frutos que você vai colher. — Ela arranca o papel da caderneta e volta para o meu lado da sala, estendendo o braço para eu ler.

Pego o papel da caderneta e olho para baixo, relembrando cada um dos quatro pontos enquanto os leio:

4 dicas p/ o Clark combater a solidão:
Tentar fazer uma nova amizade.
Ajudar alguém que esteja precisando.
Ser vulnerável para que as outras pessoas também sejam.
Fazer aquilo que mais lhe dá medo.

— Hum — murmuro, fingindo estar assimilando o que estou lendo, como se fosse novidade para mim.

Não é que as minhas tentativas de riscar a segunda, a terceira e a quarta dica tenham falhado completamente. Ajudei Otto no horário de pico da tarde na confeitaria; tentei demonstrar vulnerabilidade com Dee, apesar de nunca ter conseguido descobrir o seu segredo; e concordei em fazer aulas de teatro com o Emery, embora isso me assuste.

Mesmo assim.

As dicas não me parecem... concluídas.

— Dá para ver as engrenagens do seu cérebro girando — pontua a sra. Hazel, parada do meu lado com um sorriso no rosto. — O que está se passando aí na sua cabecinha, Clark?

— Há três pessoas com as quais quero tentar colocar isso tudo em prática — explico —, mas preciso arrumar um jeito de descobrir a melhor maneira de fazer isso.

— A melhor maneira?

— Aham. Sei que é o esforço que mais vale, mas ainda quero ajudar uma pessoa, ajudar *de verdade*, demonstrar vulnerabilidade de uma forma que seja contagiante e ir fundo o bastante para descobrir o que mais me daria medo de fazer. — Dou de ombros. — Entende o que quero dizer?

A sra. Hazel fica radiante.

— Bem, Clark, em primeiro lugar, o fato de você ter tocado no assunto me mostra o quanto você cresceu desde que nos conhecemos. — Ela sorri. — Posso te dar um conselho?

Confirmo.

— Por favor.

— Geralmente, eu passo essa lição de casa dividida em quatro partes, porque percebi que é mais fácil para muitos pacientes colocá-la em prática dessa maneira segmentada — explica ela. — Mas, para você, acho que pode ajudar pensar nas dicas como uma coisa inteira por si só, não como itens individuais para serem resolvidos separadamente. — Ela se abaixa para ficar mais perto das anotações. — Veja bem, muitas vezes é assustador ser vulnerável — ela aponta o dedo entre a terceira e a quarta dica —, mas, quando nos abrimos, isso ajuda outras pessoas de maneiras mais profundas — ela sobe o dedo para a segunda dica —, o que pode muito bem acabar levando a uma bela amizade.

Ela aponta para a dica número um.

— Está tudo interconectado, Clark — conclui a sra. Hazel. — E, quando isso fica claro pra gente, surge a nossa melhor chance de combater nossa solidão. E, assim, ajudar outras pessoas a combaterem a delas também.

Olho para o papel mais uma vez e reflito por um momento enquanto as ideias surgem.

— Acho que faz sentido, sra. Hazel — declaro, ficando de pé.

Vou para a porta.

— Aonde você vai? — questiona ela, levantando-se também.

— Nossa sessão acabou de começar.

— Preciso cuidar de algumas pendências — explico. — Mas se não nos virmos mais, obrigado por tudo, sra. Hazel. — Sorrio.

— Por que a gente não se veria mais? — As linhas na testa dela ficam mais evidentes com a preocupação. — Clark, você está me assustando.

— Vou ficar bem. — Abro um sorriso mais largo para tranquilizá-la de que estou dizendo a verdade. — Você foi minha psicóloga favorita. De longe. E eu amei nossas sessões.

Abro a porta e vou embora antes que ela possa me impedir.

CAPÍTULO VINTE E QUATRO

Pego um caminho mais longo por Rosedore depois de ir embora da minha sessão com a sra. Hazel, esperando que o ar fresco me ajude a pensar na melhor forma de fazer valer a pena minha última tentativa de colocar a lista dela em prática. Mesmo nunca tendo me sentido lá muito apegado a este lugar, estou me sentindo surpreendentemente sentimental ao ver a cidade em que nasci pelo que pode ser a última vez. Quando passo pelo parque da cidade, lembro da pessoa cuja voz eu adoraria ouvir agora.

— Oi — diz Sadie, atendendo minha chamada no FaceTime. Ela está girando espaguete num garfo, sentada na bancada da cozinha nova da família. Porém, logo percebo que ela não está tão animada quanto de costume. — Onde você tá?

— Eu te amo — digo, sem perder nem um segundo.

— Tá tudo bem?

— Como assim?

Ela me olha como quem diz "você deveria saber o que quero dizer".

— Seus pais ligaram há um tempinho perguntando se você tinha dado notícias. Disseram que você faltou à aula porque estava doente, mas não está em casa e não retorna as ligações deles. E agora me ligou para dizer que me ama? — Ela abaixa o garfo. — Tem coisa aí.

O pai grisalho de Sadie aparece no canto da tela, com seus óculos de grau.

— Oi, Clark.

— Oi, sr. Green — cumprimento-o com um aceno de cabeça. — Como está aí em Austin?

— Quente demais. E aí em Chicago?

— Quente demais também.

— Maravilha — responde ele, levando uma taça de vinho tinto aos lábios. — Que história é essa de que sua mãe e seu pai não estão conseguindo falar com você?

Sadie se levanta e se dirige para algum lugar mais particular com a tigela de macarrão na mão.

— Pai-ê, para de ouvir a conversa alheia.

— Vê se liga para os seus pais, Clark! — grita o sr. Green, ao longe. — Senão eu mesmo ligo.

— Pode deixar, sr. Green.

A tela fica turva quando Sadie sobe as escadas para se esconder no quarto antes de fechar a porta.

— Meu pai às vezes consegue ser irritante, mas você entendeu, né? — indaga ela, sentando-se sobre a colcha de cama e os travesseiros cor de laranja. — Você precisa ligar para os seus pais.

— É, eu sei.

— Tipo, pra ontem.

— Eu sei, eu vou.

— Mas também — ela continua, enrolando mais espaguete no garfo. — Você esqueceu da nossa chamada de vídeo antes da aula hoje, o que quase nunca acontece, e passou o dia todo sem responder minhas mensagens, o que *nunca* acontece.

Sadie está claramente chateada, e com razão. Parece um daqueles raros momentos em que *eu* preciso prestar apoio a *ela*, e não o inverso...

Preciso de você.

A mensagem que Sadie me mandou no Dia 310 pisca na minha memória e meu estômago se contorce com a culpa. Passei tanto tempo focado em encontrar Beau, resolvendo pendências e tentando escapar do dia de hoje que eu havia me esquecido. Abro a boca para perguntar como ela tem passado, mas Sadie fala primeiro.

— Mas é sério, cadê você, hein? — questiona ela. Ela abaixa o tom de voz. — Me assusta quando você vem com esses "eu te amo" aleatórios, Clark.

Levanto o celular acima da cabeça para que ela possa ver onde estou.

— Parece familiar? — pergunto.

Ela força a vista para a tela por alguns segundos antes de entender, então sorri.

— Os balanços do Parque de Rosedore.

— Onde viramos amigos no Ensino Fundamental.

— E onde prometemos ter um ótimo último ano do Médio...

— ... mesmo se não pudéssemos passá-lo juntos.

Encaramos os retângulos em nossas mãos, desejando mais do que qualquer coisa que fossem as versões reais de nós mesmos cara a cara.

— Desculpa ter estado tão desligado hoje — começo. — Tem sido uma segunda-feira *daquelas*, para dizer o mínimo, e eu... Sadie?

Os olhos dela estão cheios de lágrimas.

— Peraí, peraí, para — intercedo, sentindo a culpa bater na mesma hora. — Não chora! Desculpa, eu não quis sumir e te deixar no vácuo com as mensagens...

— Não é isso. Quer dizer, isso é parte do motivo. Mas agora, vendo você nos balanços, nos *nossos* balanços... — Ela para de falar. — Eu não tenho um monte de amigos novos aqui, Clark. Não tenho nenhum.

Ajeito os fones para ter certeza de que a ouvi corretamente.

— Você não fez amigos no Texas?

— Não — responde ela, secando os olhos.

— Mas... — Fito o celular, confuso. — Você sempre fala das pessoas novas da sua vida.

— É. Isso se chama "mentir".

— Mas... — repito, tentando processar a revelação. — E as meninas do Clube do Podcast? Ou aquele seu *crush* que frequenta a primeira aula do dia com você? A menina que tem um furão de estimação, que fez teste para entrar no time de futeb...

— Eu exagerei tudo. — Ela engole em seco. — São pessoas com quem eu converso *de vez em quando*, mas não dá para dizer que temos uma *amizade*. — Ela abaixa a voz de novo, agora praticamente sussurrando. — Ninguém me chamou pra nada fora da escola. Nem o pessoal do Clube do Podcast, nem o Chris da primeira aula, nem a Sydney do furão. — Ela funga o nariz. — Não sou a srta. Extrovertida aqui, Clark. Sou a srta. Invisível.

É *por isso* que Sadie precisava de mim no Dia 310. Alguma coisa nas reverberações dos meus desvios naquele hoje fez com que ela entrasse em contato comigo pedindo ajuda. E eu não respondi.

Mas não foi só no Dia 310. Ela precisou de mim em cada 19 de setembro que eu vivi, independentemente de ter mandado mensagem ou não.

E pensar que eu passei cada hoje neste *loop* temporal tão absorto na minha *própria* solidão que não consegui enxergar o mesmo na minha melhor amiga.

— Por que você não me contou? — questiono, tomado pela culpa. — Você sabe que podia ter me contado a verdade, Sadie.

Ela dá de ombros.

— Eu sei que deveria ter contado. Tenho feito a mesma coisa com os meus pais. É só que... eu sei como vocês me veem, sabe? Como se eu fosse uma menina que ama se divertir, que está sempre alegre e consegue dançar com cada pedra que surge no sapato.

— Mas se mudar para o outro lado do país logo antes do nosso último ano do Ensino Médio é uma *rocha* — digo.

Uma lágrima escorre até seu queixo.

— Tá tão difícil encontrar gente com quem me identifico aqui, Clark. *Tão* difícil. Você não faz ideia da *bad* que me bateu ontem sabendo que você, o Truman e o resto do pessoal estavam todos juntos no show da DOBRA.

Eu nunca tinha visto a Sadie assim antes. Levo um momento para pensar no que dizer, ainda mais sabendo que pode ser minha única chance de falar.

— Eu... nossa, me desculpa *mesmo* — digo. — Eu devia ter sido um amigo melhor para você, Sadie. Deveria ter perguntado mais vezes como você estava.

— Tá tudo bem.

— Não tá, não. As coisas andam difíceis pra mim também, mas você me ajudou a sobreviver a este ano sem você, e eu só achei que você não precisava do mesmo apoio vindo de mim.

Ela dá de ombros e sorri, ainda com os olhos marejados.

— Estou tão solitário aqui sem você.

Ela sorri.

— Estou solitária aqui sem você também.

— Vamos sair dessa solidão juntos daqui pra frente — asseguro. — Temos um ao outro.

— Nós vamos passar as próximas férias de verão juntos — promete Sadie, sonhando acordada, embora nós dois saibamos que isso não vai rolar. — Vou voltar para aí.

— E eu vou fazer doces pra gente todo dia — acrescento.

— E *finalmente* vamos conhecer caras que sejam dignos do nosso tempo.

— E nunca mais morar a mais de quinze quilômetros um do outro. Nunca mais.

— *Nunca.* Mais.

Ficamos em silêncio pela terceira vez.

— Obrigado por me dizer a verdade. Estou orgulhoso de você.

— Também estou orgulhosa de você — responde Sadie. — Nossa, quantos dias emotivos, hein?

— Como assim?

— A briga com a sua mãe ontem. Parece ter sido horrível.

Suspiro.

— É.

— Como seu pai está lidando com o divórcio, já que foi ela quem pediu?

— Ele tá bem. Eu acho.

É aí que me bate a dúvida.

Será *mesmo* que ele está?

— Se eu fosse ele, estaria devastada — ressalta Sadie. — Que bom que ele está segurando as pontas.

Mas eu não faço ideia se ele está mesmo.

Vi meu pai tão pouco no *loop* temporal por causa do trabalho dele e dos nossos cronogramas separados de segunda-feira que nem chegamos a conversar sobre o que minha mãe me contou. Só que eu preciso fazer isso. Agora.

Não sei quantas chances mais terei.

Olho para além do parque à minha esquerda, na direção da região onde morávamos antes.

— Sadie, se importa se eu desligar agora? Sua pergunta me lembrou de que preciso fazer uma coisa com o meu pai.

Ela dá um sorriso doce.

— Claro. Obrigada por ouvir meu desabafo.

A tristeza começa a ficar sufocante quando me cai a ficha de que esta pode muito bem ser uma das últimas vezes — talvez *a* última — que vou ver o rosto da minha melhor amiga, ouvir sua voz, rir das nossas piadas internas. É o Dia 364, e poucas horas me separam de… seja lá o que aconteça depois do Dia 365.

Há milhares de coisas sobre as quais poderíamos conversar, e mais um milhão de coisas que ela merece saber, se for mesmo a última vez. Porém, decido ir pelo caminho mais simples e direto ao ponto.

— Eu te amo — declaro, atribuindo mais verdade do que quando falei a mesma coisa minutos atrás, mais do que todas as outras vezes que falei. — Você é, e sempre vai ser, minha melhor amiga.

Sei que é impossível que ela entenda por que esse momento significa tanto para mim, mas o brilho nos seus olhos me faz ponderar se, lá no fundo, ela entende.

— Também te amo. — Ela engole em seco. — Pra sempre.

E, então, o sorriso choroso dela desaparece da minha tela.

CAPÍTULO VINTE E CINCO

Eu me aproximo da casa que, até algumas semanas antes, tinha sido o lar da nossa família.

Não é singular ou impressionante. Com as venezianas amarelas e os arbustos verdes enfileirados na varanda da frente, parece qualquer outra casa do bairro pela qual você passaria sem nem prestar muita atenção. Ainda assim, é especial para mim.

Chego mais perto da porta da frente e organizo meus pensamentos antes de entrar.

O rosto barbado do meu pai — branco feito um fantasma com o celular pressionado à bochecha — se transforma em alívio quando ele me vê. Ele para de andar de um lado para o outro.

— Ele acabou de entrar — ele diz para quem quer que esteja do outro lado da linha. — Te ligo daqui a pouco. — Ele desliga e me olha com reprovação.

Uma onda de culpa me avassala.

— Desculpa, pai.

Por tudo.

Mas ele acha que só estou me desculpando por ter tomado chá de sumiço esta tarde.

— Onde foi que você se meteu? — pergunta ele, exausto. — Vim pra casa mais cedo do trabalho para tentar descobrir onde você estava. Sua mãe sabe que você está aqui, filho?

— Aham — minto.

Ele pergunta alguma outra coisa, mas não escuto. Atravesso a sala de estar acarpetada e me lanço em direção ao peito dele, pressionando minha bochecha na gravata amarela de patinhos.

Meu pai me abraça forte.

— O que aconteceu, hein?

Não sei o que quero dizer ainda, então só continuo no abraço. Ele começa a esfregar minhas costas e repete a pergunta.

Ainda assim, não consigo encontrar as palavras certas.

Ficamos assim por mais alguns segundos — ou talvez um minuto inteiro (estar Aprisionado mexe muito com o seu senso de tempo) — até que eu o solto. No mundo real, meu pai me viu há apenas alguns dias, mas para mim me parece uma eternidade.

— Filho — diz ele, desta vez num tom menos hostil. Temos quase a mesma altura, talvez eu estivesse mais alto que ele agora se tivesse conseguido fazer dezoito anos, mas ele ainda precisa abaixar o rosto para olhar nos meus olhos. — Fala comigo.

— Você e a mamãe.

— O que tem?

Hesito, refletindo sobre o quanto eu deveria ser direto.

Por outro lado, essa conversa não pode virar um sermão para fazer a orelha da minha mãe queimar. Ainda estou bravo por ela ter separado nossa família sem um bom motivo, mas o tempo que me resta com ela também é limitado, e revisitar minha raiva pelo divórcio com o meu pai agora vai dificultar minha despedida da minha mãe em breve. Quando canalizei essa raiva no lugar errado, fiz o destino cometer um erro, o que me deixou Aprisionado neste *loop* temporal. Por que eu seguiria esse mesmo caminho de novo?

Preciso encontrar uma maneira de perdoar minha mãe, assim como Sadie decidiu me perdoar também.

Se bem que meu pai merece ter essa conversa comigo. Ele precisa entender que sei que o divórcio foi ideia da minha mãe e que a destruição da nossa família não teve nada a ver com ele. Sei que não deve importar, considerando que o dia de hoje vai recomeçar daqui a algumas horas — porém, só para o caso de 20 de setembro existir num multiverso que suceda o Dia 365, meu pai vai saber que *eu* sei que não é culpa dele.

— Sinto muito por ela ter feito isso com você — digo, apressado. — Por ela ter feito isso com a gente.

— Do que você tá falando, filho?

— Entendo que todos os casais têm problemas, que vocês brigavam às vezes e que nenhuma família é perfeita, mas ainda assim... — Minha voz está instável, mas preciso continuar. — Ela não precisava ter feito isso.

— Pedir o divórcio?

— Isso.

Ele solta o ar. Sinto o cheiro do enxaguante bucal de menta, algo de que nunca achei que fosse sentir falta um dia.

— Você deve estar com fome.

— Não tô.

— Com sede?

Hesito.

— Vem — sugere ele, indo para a cozinha. — Tem do seu favorito aqui.

Eu o sigo.

Tinha me esquecido de como a casa ficara mais bagunçada em comparação a quando todos nós morávamos aqui — e é estranho que seja assim, porque uma família de quatro pessoas consome mais comida, tem mais coisas e faz mais bagunça que um só homem. Só que o meu pai está se mostrando uma exceção.

O laptop dele está aberto na bancada ao lado de um caderno de planejamentos, de um emaranhado de carregadores de celular e de uma pilha de itens da despensa que ele ainda não guardou (o que deixaria minha mãe fula da vida se ela ainda morasse aqui). A mesa da sala de jantar, no cômodo adjacente, está coberta do que torço para ser roupa recém-lavada — mas não tenho certeza —, e há uma montanha de louça suja próxima à pia.

Meu pai empurra o laptop para o lado, deixando espaço para eu me sentar. Ele vasculha a geladeira por um segundo e volta com uma latinha laranja, que ele abre com um som de *ts-ts* e desliza para mim.

— Que bom que a gente vai poder conversar sobre isso — constata ele, vindo para o meu lado. Ele se inclina e apoia os antebraços na bancada.

Dou um gole, sabendo que talvez seja a última vez que vou ter essa sensação de euforia causada por qualquer que seja a mistura artificial com gosto de laranja que desce pela minha garganta.

— Não quero que fique bravo com a sua mãe. — A seriedade na voz do meu pai me surpreende. — Ela me contou sobre a conversa de vocês ontem.

— Quer dizer, a briga? — rebato, com os olhos marejados.

— É.

— O que ela falou?

Meu pai costuma ser bastante assertivo com suas palavras, mas dá para ver que agora ele está mais cauteloso.

— Ela disse que te contou que foi ela quem pediu o divórcio, e que você não aceitou bem.

— E que foi ela quem quis se mudar também — acrescento. — E isso é foda pra caralho.

Droga.

Eu não queria que minha raiva transbordasse assim, mas sinto que está acontecendo agora.

— O que é foda pra caralho? — questiona meu pai. — E não fale palavrão.

— É *complicado* — corrijo — que ela não só tenha forçado o divórcio à família toda, mas também feito Blair e eu nos mudarmos com ela. Isso é muito egoísmo da parte dela, pai. — Dou outro gole. — Tá, ela prometeu que vamos passar só alguns meses lá até ela encontrar um lugar melhor, mas ainda assim, sabe? Você já viu aquele apartamento minúsculo; é péssimo.

— A situação é mais complicada que isso, filho, mas não discordo que o apartamento seja pequeno para vocês três.

— Mal sai água do chuveiro, a casa toda tem cheiro de cigarro por causa do último inquilino e as paredes são mais finas que papel — enumero. — Sou obrigado a ouvir todas as conversas vazias de sétimo ano da Blair, quer eu goste ou não.

Meu pai sorri.

— Por que você não tá mais bravo? — pergunto.

Ele olha para a bancada.

— Não é simples assi...

— Parece que eu sou o único que está dizendo a verdade sobre o quanto essa situação toda é complicada. Sei que a Blair está triste, mas ela mascara isso sendo chata. Só que, de todos nós, você deveria estar mais bravo ainda. Por que não está tão irritado com isso tudo quanto eu?

— Filho, eu entendo, mas sua...

— Se não fosse pela mamãe, ainda estaríamos todos morando aqui, pai. Você não sente nossa falta? Meu último ano não teria virado de cabeça para baixo, você não estaria passando todas as noites nesta casa silenciosa, e...

— Eu tive um caso, filho.

Eu *acho* que ouvi o que ele disse, mas... não pode ser verdade.

— O quê?!

Ele para, respira fundo e umedece os lábios.

— Eu traí sua mãe.

Minha mente fica vazia.

Não penso em mais nada. Nem sinto mais nada. Só fito os olhos dele, confuso com as palavras que saíram aos solavancos de sua boca.

Em seguida, no piloto automático, levanto da cadeira e dou um passo para me afastar da bancada.

— Você... teve um caso — ecoo em voz alta.

Ele assente, evitando meu olhar.

— Tive.

— Você traiu minha mãe.

— Traí.

Engulo em seco.

— Como... como pôde fazer isso?

A cozinha fica quieta. Não sei o que dizer e, embora eu veja que ele tem *muito* a falar, meu pai escolhe continuar em silêncio.

— Não foi coisa de uma vez só — ele admite, praticamente sussurrando. A vergonha em suas palavras é tão palpável que parece uma mão agarrando meu pescoço. — Nós dois concordamos em não contar para você e sua irmã por enquanto, porque queríamos proteger vocês. Mas... — Ele para. — Acho que você merece saber, ainda mais agora, vendo o quanto está irritado com a sua mãe. Isso não é certo.

Eu não sinto nada.

— Por isso ela quis o divórcio — ele conclui, cedendo à verdade. — E foi por isso que achei que seria justo vocês dois morarem com ela quando ela insistiu em se mudar daqui. Porque *eu* errei. *Eu* causei essa bagunça toda. — Ele para. — Ela não conseguia continuar, e eu não posso culpá-la. Você também não deveria.

— Você teve um caso — repito, começando a assimilar o impacto de suas palavras. — Com quem?

— Não importa.

— Claro que importa, pai — insisto. Sinto meu entorpecimento virando raiva. — Eu conheço a pessoa?

— Não — responde ele, encabulado. — Ela não mora aqui. Foi um erro idiota.

— Quer dizer, *erros idiotas*, né? — corrijo, enfatizando o plural. — Porque, como você disse, não foi coisa de uma só vez. Você errou várias vezes, então?

Ele abaixa a cabeça, apoiando os punhos sobre a bancada.

— É melhor eu ir — anuncio.

— Não, filho, vamos conversar.

— Eu não tenho mais nada para falar com você.

— A gente não pode pelo menos conversar sobre a sua mãe? Pode ficar bravo comigo o quanto quiser, eu mereço. Sei que não vou convencê-lo do contrário agora, e isso é justo. — Os olhos dele se enchem de lágrimas — Porém, você não deveria ficar bravo com ela, está bem? Ela não merece. Ela deveria ficar com a melhor versão de você.

Vou em direção à porta.

— Pode pelo menos me prometer isso, filho? — pede meu pai atrás de mim. — Pode me prometer que vai dar o seu apoio a ela?

Eu me atrapalho para destrancar nossa porta emperrada e a abro quando consigo.

E se eu não tivesse vindo aqui? E se eu nunca tivesse ficado Aprisionado no hoje? Será que teriam me contado a verdade um dia?

Será que eu teria guardado rancor pela minha mãe até o fim de tudo?

— Tudo isso tem sido um pesadelo para você e para a Blair, e a culpa é minha — admite meu pai. — Sua mãe está solitária, Clark. E eu quero que você ofereça o seu apoio a ela, porque eu não posso.

Fico imóvel, olhando para o gramado da frente, que costumava ser de todos nós.

Solitária.

— Você e a Blair são tudo pra ela, filho — ele continua, sua voz se estilhaçando em milhões de cacos. — Vocês são o mundo inteiro para ela.

Quero fugir dele — ir para o mais longe possível, o mais rápido possível. *Não há um único motivo pelo qual eu não devesse fazer exatamente isso*, penso — fora o fato de que este é o Dia 364. Por mais furioso, exausto e confuso que eu esteja, não pode ser nosso final. Não vou permitir que isso aconteça.

Dou meia-volta, atravesso o carpete e me jogo nos braços dele de novo — talvez pela última vez.

— Eu te amo — sussurro.

— Te amo mais, filho. — Ele me aperta com mais força. — Podemos conversar de novo amanhã?

Espero que sim.

— Uhum.

— Posso contar pra sua mãe que você já sabe de tudo antes de tocar no assunto com ela? — pergunta ele, baixinho. — Mas tudo bem se preferir falar com ela hoje.

— Tudo bem, pai. Não vou falar nada. — Eu nem sei *como* falar a respeito disso ainda.

Assim como antes, o tempo parece congelar. Não sei quantos segundos ou minutos se passam, mas, quando dou por mim, estou saindo pela porta da frente, atravessando o gramado e seguindo de volta para o apartamento pequeno e não tão terrível que agora tenho tanto orgulho de chamar de lar.

As lágrimas finalmente chegam à medida que acelero o passo, irritado comigo mesmo por ter sido tão duro com a minha mãe, por ter projetado minha raiva em algo que não tinha nada a ver com isso e convencido Thom a terminar com Beau, por ter feito a gente ficar Aprisionado e estragado tudo.

Entro em casa às pressas.

Minha mãe vem correndo para a sala de estar com as mãos cruzadas sobre o peito.

— Clark — suspira ela —, por que você não…

Puxo ela para um abraço enquanto minhas lágrimas, salgadas e quentes, continuam a cair. Elas escorrem pelo meu rosto e molham os seus ombros expostos e bronzeados.

— Tá tudo bem — sussurra ela no meu ouvido. — Eu tô aqui.

— Desculpa — sussurro de volta. — Por ter brigado com você ontem e por ficar tão irritado com a sua situação com o papai.

— Clark, tá tudo bem — repete ela. — Eu tô aqui.

— E não quero que você se sinta sozinha, tá? — digo, fungando. Sinto o cheiro do seu xampu. *Pode ser a última vez que sinto o cheiro do xampu da minha mãe.* — Não quero que você nunca se sinta sozinha.

Independentemente de se foi ou não minha mãe quem causou o divórcio, isso nunca deveria ter me impedido de conversar sobre esse assunto com ela. Se eu tivesse exposto meus próprios sentimentos mais cedo, talvez tivesse percebido melhor o das outras pessoas. Talvez eu tivesse perguntado a Sadie se ela estava mesmo bem antes de ficar Aprisionado; talvez eu tivesse tido uma conversa honesta com o meu pai sobre o caso; talvez eu tivesse deixado minha mãe cozinhar comigo depois da pizza alguma noite, quando eu poderia ter falado sobre o motivo de eu ainda estar chateado. Eu poderia tê-la ajudado a se sentir menos sozinha.

Ouço os passos de Blair entrando na sala.

— Cara! Onde você estava? — Embora eu não consiga vê-la, sinto-a pondo os braços ao redor do meu torso também. — Era para você ter feito doces para o meu aniversário hoje!

Minha mãe suspira.

— Pode dar um minuto para mim e seu irmão, por favor?

— Tudo bem — digo, soltando as duas. Pisco para afugentar as lágrimas e seco os olhos. — Vou começar enquanto a gente conversa. O que acha de brownies de blue velvet?

Blair arregala os olhos.

— *Blue* velvet? Brownies azuis?

— Seria ótimo ter uma ajudinha na cozinha — proponho, sorrindo para a minha mãe. — Vocês topam?

CAPÍTULO VINTE E SEIS

A PRONTAR NA COZINHA É AINDA MAIS DIVERTIDO EM FAMÍLIA, percebo tarde demais.

Minha mãe, com a espátula na mão, olha de mim para a tigela de ovos batidos com açúcar mascavo.

— A consistência parece certa?

Paro de untar a forma e viro o pescoço para verificar.

— Com certeza.

Ela sorri, toda orgulhosa do trabalho que fez. Não a vejo feliz assim há muito tempo.

— Vocês duas estão indo superbem... — elogio, feliz — ... para amadoras.

— Ah, para, vai — rebate Blair, sorridente, sentada sobre a bancada enquanto confere a nossa lista de ingredientes. — Pelo menos estamos tentando.

É uma surpresa tão estranhamente agradável ver Blair ajudando com a receita em vez de ficar com a cara do celular e usar a língua como um chicote. Lembro-me de quando eu estava naquele raro estado de bom humor fazendo os brownies da Tudo Azul da última vez e de como aquele dia acabou com ela me agradecendo na porta do apartamento.

Você é um ótimo irmão mais velho, e eu te amo.

Vi que a maneira como eu tratava minha mãe afetava os dias dela também (embora ela nunca admitisse isso para mim), mas eu ainda não tinha movido um dedo para mudar a situação — até agora.

— Ei, e se isso aqui virasse uma tradição nossa? — propõe minha mãe, mexendo o conteúdo da tigela com a espátula. Ela olha de mim para Blair, sorrindo de orelha a orelha. — Preparar algo juntos nas noites de segunda?

Sinto um aperto no peito.

Quero contar a verdade a ela; dizer que meu tempo é curto e que há uma grande chance de eu não estar aqui para a segunda rodada das nossas receitas de segunda-feira. Só que, assim como decidi na minha última conversa com Sadie, minha mãe não precisa ouvir toda a verdade agora.

— Acho uma ótima ideia — digo.

Ela limpa as mãos no avental e se vira para a minha irmã.

— E você, filha?

Blair levanta a cabeça da lista de ingredientes e reflete.

— Pode ser. Se a gente evitar fazer bolos a todo custo, eu tô dentro. — Ela desce da bancada. — Vou fazer um intervalo...

— Da tarefa árdua de ler os ingredientes? — provoca minha mãe, brincando. Olho para ela e nós dois sorrimos.

— *É* — retruca Blair, entrando na onda e achando graça. Ela vai para a sala de estar e se joga no sofá com o celular na mão. — Mas ainda quero botar o corante azul quando for a hora.

Termino de untar e passar farinha na forma e confiro a temperatura do fogão, mas ainda vai levar um tempo (ao contrário dos utensílios novos da Confeitaria do Ben, o fogão do nosso apartamento é arcaico e leva a vida toda para pré-aquecer). Começo a ajudar minha mãe com a limpeza enquanto ainda temos alguns minutos entre uma etapa e outra, mas ela me afasta.

— Não precisa se preocupar — afirma ela. — Eu lavo.

— Tem certeza?

— Aham. — Ela chega perto de mim e sussurra: — Por que não vai passar um tempo com a sua irmã? Por favor, tente distraí-la daquele tonto dos vídeos. Aposto que ela o está assistindo agora, se achando a sorrateira.

Engulo uma risada, abaixando o tom de voz também.

— O Derek Dopamina?

— Esse infeliz aí mesmo.

Por um momento, deixo minha mente vagar.

No que é que Beau estava pensando quando falou do Derek Dopamina e da teoria dele sobre *loops* temporais? *Será* que ele estava tirando uma com a minha cara, querendo que eu perdesse tempo procurando um vídeo sério de um influenciador que viralizou fazendo piadinhas escatológicas? Não parece coisa que Beau faria. Mas se ele acha que o término de seu namoro ocorreu em grande parte por culpa minha, acho que não estaria fora de cogitação.

Não posso desperdiçar minha última noite com a minha mãe e Blair gastando energia para tentar entender a linha de raciocínio de Beau. Antes de ir para a sala de estar, viro-me para a minha mãe.

— Mãe, posso te contar uma coisa?

— O que quiser, filho.

Sinto um friozinho na barriga.

— Tenho me sentido meio... — hesito, mas decido me comprometer. — Tenho me sentido solitário, mãe.

Ela solta um pano de prato e me dedica toda a sua atenção.

— É mesmo?

— Uhum.

Ela dá um sorriso triste, e vejo que seus olhos estão marejados.

— Mas isso é *bom*, sabe? — enfatizo. — Quer dizer, é bom eu estar te contando.

— Eu concordo.

— Eu estava só pensando no que aprendi com a sra. Hazel, e também na nossa discussão de ontem, e eu só... eu queria ter me comportado melhor quando conversei com você sobre isso tudo — explico. — Assim como eu deveria ter agido melhor ao falar sobre como eu estava me sentindo a respeito do divórcio, eu também deveria ser melhor ao desabafar sobre outras coisas. Então... é isso. Quero ser honesto.

Minha mãe vem na minha direção. Depois de pestanejar para dispersar uma lágrima, ela levanta uma mão para acariciar meu peito.

— Que bom que pode se abrir comigo, Clark.

Eu sinto meu rosto ficando vermelho.

— Às vezes me sinto solitária também — acrescenta ela. — Esse negócio do divórcio tem sido difícil para nós todos. E eu sei que o fato de a Sadie ter se mudado não ajuda muito também. Mas a gente vai sair dessa. *Juntos.* — Ela bagunça meu cabelo. — Obrigada por me contar o que está se passando aí dentro.

Faço que sim, sorrindo, e coloco os brownies no forno, sentindo que o peso do mundo saiu dos meus ombros, antes de ir falar com Blair.

— Oi, peste — brinco, caindo no sofá ao lado dela. — O que o Derek Dopamina tá fazendo desta vez?

— *Xiu!* — ralha ela, certificando-se de que nossa mãe não me escutou e abaixando o tom de voz. — Ela não sabe que estou assistindo a um vídeo dele. Por que você acha que o som está baixo e as legendas estão ligadas?

Tento não sorrir.

— Foi mal.

Viro o rosto e vejo aquele insuportável da internet no celular de Blair, seu cabelo estilizado num moicano alto e roxo. O vídeo a que ela está assistindo se chama "o VERDADEIRO motivo de o meu cachorro odiar maionese!", e eu não sei se tenho estômago para isso, mesmo pelo bem da nossa relação de irmãos.

— E *qual é* o motivo verdadeiro de o cachorro dele odiar maionese? — pergunto mesmo assim.

Ela faz um som de deboche.

— Como se você se importasse mesmo, né.

Franzo o cenho antes de ceder.

— Tá, você venceu. Não me importo. Mas gosto que os vídeos dele te deixem feliz.

Ela pausa e vira a cabeça na minha direção.

— Ok, o que tá rolando com você hoje, hein?

— Como assim?

— "Gosto que os vídeos dele te deixem feliz"? — repete ela com um risinho, cheia de suspeita. — Você volta pra casa todo emotivo, chorando e abraçando a mamãe e tal. Daí quer nossa ajuda na cozinha, o que foi divertido e fico feliz que a gente vá tornar isso uma rotina, mas, tipo… De onde surgiu essa versão nova de você?

Fico calado por um segundo, pensando em como responder à pergunta.

— Sei que agi de maneira estranha hoje.

— Um eufemismo.

— E que talvez seja meio esquisito me ver assim.

— Mais um eufemismo.

Sorrio.

— É porque falei com o papai mais cedo — explico, quase sussurrando para que nossa mãe não escute. — Passei lá em casa.

— Só pra falar "oi"?

Reflito por um tempo, depois dou de ombros.

— Eu queria vê-lo. Tivemos uma conversa boa.

— Ele tá bem?

— Aham. — Paro, lembrando que não deveria tocar no assunto da traição. — Assim, talvez ele não esteja cem por cento agora, mas vai ficar. Conversar com ele me fez perceber que a mamãe e o papai precisam da gente agora. Entende? Porque, por mais que doa em mim e em você, são eles que não têm mais um ao outro, mas nós ainda temos os dois.

Ela assente.

— E ainda temos um ao outro. Quero ser um bom irmão para você também. Tá?

Ela assente de novo.

— Essa situação toda tem sido complicada. Percebi que às vezes tá tudo bem admitir isso.

Ela apoia a cabeça no meu ombro e responde:

— Eu sei.

— Te amo.

— Também te amo.

— Agora podemos, por favor, voltar ao vídeo idiota do Derek Dopamina que você estava vendo?

Ela levanta a cabeça do meu ombro com um sorrisinho diabólico e dá *play*. Pego uma almofada de uma das caixas da mudança e a coloco no colo. Blair se afunda no sofá. Assistimos ao tonto de vinte e poucos anos explicar o relacionamento de seu cachorro com molhos. Estou sorrindo por fora e morrendo de vergonha alheia por dentro.

Quando o vídeo acaba, outro começa. Esse agora se chama "PUTZ! Assustei meu vizinho idoso me vestindo de bruxa". Por um milagre, consigo suportar o vídeo todo, sentindo Blair vibrando de rir ao meu lado. O título do seguinte é: "A vez que fui num date com uma MALDITA BARATA". É só depois do quarto vídeo — "Peraí, arco-íris é LITERALMENTE coisa de gay?" — que decido que já chega.

— Tô impressionada pelo tempo que você passou aqui — admite Blair, batendo palmas para mim quando me levanto.

Faço uma reverência e vejo o título do vídeo que vai começar logo a seguir: "Sim, é POSSÍVEL ficar preso no tempo!".

Eu me sento de volta ao lado dela.

— E esse próximo aí?

— Ah. — Blair fecha o navegador e joga o celular de lado. — Aquele era velho e *ainda mais* bobo que o resto. Você ia odiar.

— Do que falava?

— Era uma entrevista que ele tinha feito com um cara que dizia ter viajado no tempo ou algo do tipo.

— *Loops* temporais?

— É, acho que sim. — Ela revira os olhos, porque pelo visto o tópico de *loops* temporais é muito excêntrico até para a maior fã desse influenciador digital tonto. Ela me olha, como se intrigada pela minha curiosidade. — Por que quer saber?

Invento uma história no improviso.

— É que eu estava conversando hoje mesmo com a Sadie sobre filmes com multiversos, e ela mencionou que tem um vídeo do Derek Dopamina falando de algo parecido.

— A Sadie segue o Derek? — indaga minha irmã, surpresa.

— Mas, sim, provavelmente ela estava falando desse vídeo mesmo.

— A questão é que — emendo, agora genuinamente confuso — revirei a internet atrás desse vídeo e não encontrei nada.

Blair sorri.

— Procurou no laptop da mamãe, né?

Confirmo.

— Você sabe que a tela do meu rachou. O que tem a ver?

Ela inclina o pescoço para ver se nossa mãe não está nos bisbilhotando.

— Na época das aulas remotas, eu precisei usar o laptop dela para acompanhar as aulas, então ela mudou alguma coisa na ferramenta de busca para bloquear os vídeos do Derek e assim eu não ia me distrair enquanto estudava. — Ela sorri maliciosamente. — Ela *tinha certeza de* que eu não ia perceber, mas é óbvio que estava errada. Aposto que ela nunca voltou as configurações ao normal.

Ai, meu Deus.

Isso explica. Blair me observa indo para o meu quarto, todo desengonçado, tentando não transparecer nada.

— Tá… tudo bem? — questiona ela.

— Uhum, claro. Já volto.

Fecho a porta e pego o celular.

— Derek… Dopamina… *loop*… temporal — murmuro enquanto digito na ferramenta de busca do navegador.

"Sim, é possível ficar preso no tempo!" é o primeiro resultado.

— Eita! — exclamo ao ver que o vídeo tem mais de onze milhões de reproduções.

Queria ter descoberto antes que o ódio da minha mãe por esse youtuber irritante, esse tempo todo, estava dificultando minha possibilidade de descobrir o que deve ser uma das teorias mais proeminentes na internet. Mas aqui estamos nós.

Aperto *play*.

— Ei, você aí! É, *você*! — começa Derek Dopamina com seu bordão introdutório. Com um moicano bem mais baixo e um rosto mais redondo, o youtuber parece mais jovem do que nos outros vídeos que vi com Blair. Vejo que a data desse é de seis anos atrás.

— Esta semana fiz um vídeo diferente para todos os meus dopa*manos* e dopa*minas*. Mas não se preocupe, galera, que o Derek Doidinho que vocês amam dá as caras, principalmente da metade para o final! Gente, presta atenção. — O energúmeno sorri e se inclina para mais perto da câmera antes de sussurrar: — Eu entrevistei um especialista em relacionamentos que disse, acredite se quiser, que o tempo não é uma linha reta como a gente acha. Foi *bizarro*!

— O que está fazendo aí? — grita minha mãe, da cozinha. — Quer dar uma olhada nos brownies pra gente?

— Só lição de casa! — grito de volta, botando os fones de ouvido para que o barulho da minha mãe e Blair não me atrapalhe. — Já vou!

— Dá pra imaginar viver o mesmo dia de novo e de novo? — continua o influenciador. — Acontece que isso não é só coisa de filme, não. Nada disso! Acontece com pessoas *reais*, no mundo *real*. E, gente — Derek chega mais perto da câmera de novo para sussurrar para mim —, esse cara, o seu Thunderburnt, é *o cara*. Ele até tem o próprio fã-clube. — Derek ri. — Eu tenho meus *dopamanos* e minhas *dopaminas*, o sr. Thunderburnt tem os *relâmpagos*. Sacaram a piadinha? Por causa de *thunder*, de trovão.

Relâmpagos.

Jodie me perguntou se eu não era um deles antes de me colocar para falar com a professora Copeman, mas eu não fazia ideia do que isso significava.

— Ele acha que uma pessoa pode ficar presa num *loop* temporal para reconquistar sua alma gêmea — continua Derek — e, por mais *insano* que isso seja, ele tem evidências para sustentar sua teoria!

O vídeo corta para uma entrevista entre Derek e o idoso sr. Thunderburnt, sentados de frente um para o outro numa biblioteca. O mais velho, vestido com uma combinação clássica de terno e gravata, tem uma franja grisalha flutuando por cima dos olhos mais verdes que já vi na vida. Derek, por outro lado, está usando um macacão amarelo e, por algum motivo, carrega um chihuahua adormecido no colo.

— Então, doutor — começa Derek, fazendo carinho na orelha do cachorro.

— Só para esclarecer: não sou doutor — corrige o sr. Thunderburnt, com uma voz aguda e rouca.

Derek o ignora.

— Me conta da sua área de especialidade, o que você fazia *antes* de descobrir a existência de *loops* temporais.

— Eu fui psicólogo de relacionamentos por vinte anos — responde o sr. Thunderburnt. — Casais de todo tipo que você possa imaginar entraram no meu consultório. Já vi de tudo.

— *De tudo*? Isso inclui zoofilia? — questiona Derek, estremecendo. — Esse tipo de gente meio p… louca? — O vídeo corta um palavrão.

O sr. Thunderburnt para, sem saber como responder.

— Tô brincando, doutor, *é zoeira* — emenda o youtuber, achando graça na própria piada.

Juro, não entendo como Blair gosta desse imbecil.

— Mas, falando sério — retoma Derek. — De que modo conversar com *casais* sobre seus problemas na cama o levou à descoberta de *loops temporais*? — Ele arregala os olhos.

— Depois de ajudar tantas pessoas, você começa a notar os padrões — explica o sr. Thunderburnt —, mesmo os mais sutis. Um padrão particularmente interessante que começou a chamar minha atenção foi…

Derek pula na cadeira, se achando o espertão por surpreender o entrevistado.

O sr. Thunderburnt se assusta e tem um sobressalto.

— Foi mal, doutor, desculpa *mesmo* — ri Derek, segurando a barriga. — Mas foi mais forte que eu. Pode continuar, continua aí...

O sr. Thunderburnt suspira e engole em seco, tentando se ajeitar de novo.

— Durante minha carreira, alguns clientes admitiram para mim que tinham experiências de *déjà-vu*.

— Mas isso não é comum? — pergunta Derek. — Hoje mesmo eu tive um enquanto pedia batata frita no drive-thru.

— O seu caso me parece ser uma experiência normal de *déjà-vu* — comenta o sr. Thunderburnt. — Não foi o caso com os meus pacientes, que relataram experiências duradouras e incrivelmente *intensas* dessa sensação. Esses pacientes alegaram viver os mesmos momentos, às vezes dias inteiros, repetidas vezes. O único denominador comum que consegui apontar entre todas essas pessoas é que essas experiências surreais aconteceram imediatamente depois de seus amores verdadeiros, suas almas gêmeas, terem rompido a relação.

Do nada vem um barulho alto de peido, interrompendo o sr. Thunderburnt.

— Caraca, hein? — grita Derek. A câmera gira para mostrar a equipe que está filmando a entrevista, e logo fica claro que alguém botou uma almofada de pum nos bastidores. — Eu não te aguento, Brett! — grita Derek, apontando para fora da câmera, agora chorando de rir. — Foi você? Você que pensou nisso? Pega a reação dele, *cata a reação dele*! — ordena para o operador de câmera.

Saio do vídeo.

Blair pode até aguentar esse palhaço, mas eu não consigo mais.

Pesquiso "Sr. Thunderburnt *loop* temporal". Naturalmente, todos os resultados estão atrelados ao *youtuber* — *Derek Dopamina entrevista especialista em loops temporais; Dopamanos reagem às alegações lunáticas do sr. Thunderburnt* —, o que explica por que eu nunca tinha encontrado a teoria dele ao fazer as buscas no laptop da minha mãe.

Fico de pé e começo a andar de um lado para o outro, odiando o fato de que *só agora*, em pleno Dia 364, estou descobrindo mais sobre a teoria em que Beau acredita.

Depois de sete páginas nos resultados da pesquisa, finalmente encontro uma matéria confiável sobre o sr. Thunderburnt que não parece ter nenhuma conexão explícita com Derek Dopamina. (Graças a Deus.)

A reportagem, intitulada "Teorias de especialista em relacionamentos sobre o tempo ganham atenção", foi publicada em um jornal pequeno de São Francisco há vários anos.

A matéria começa da seguinte forma:

> Louis Thunderburnt, de 71 anos, passou boa parte de sua longa carreira ajudando casais a resolver suas dificuldades de relacionamento. No entanto, um problema nunca antes previsto tornou-se parte importante de seu trabalho: descobrir como convencer o mundo de que, para algumas pessoas, o tempo não é linear.
>
> Supostamente.

— Clark! — grita Blair. — Eu… acho que deu ruim com os brownies. Era para eles estarem roxos?

Solto o ar, tentando ser paciente.

— É só a luz do fogão disfarçando a cor verdadeira!

Dou uma lida por cima na reportagem, ignorando os fatos que já descobri no vídeo de Derek.

> De acordo com Thunderburnt, muitos de seus pacientes relataram estar, como ele descreveu, "congelados no tempo" — revivendo as mesmas horas, os mesmos dias e até as mesmas semanas repetidamente
>
> "A experiência só tinha acontecido a pessoas que tinham sido abandonadas por seu amor verdadeiro, por mais estranho que pareça", explica o terapeuta

de relacionamentos, citando 22 pacientes que tiveram experiências alarmantemente semelhantes. "Sei que 22 ocorrências em um período de vários anos não parecem uma pista muito promissora, mas as pessoas com quem conversei narraram experiências bastante similares."

Vinte e duas pessoas.

Meu coração começa a acelerar.

Thunderburnt está certo, 22 casos não é grande coisa — mas ainda assim… Também não é como se não fosse nada. E, ao contrário da enxurrada de outras teorias sobre *loops* temporais que li desde que fiquei Aprisionado, esta tem algo importante em consonância com a da dra. Runyon: não é baseada numa anedota ridícula e singular de algum desocupado na internet. Já aconteceu com várias pessoas.

E a experiência delas foi supostamente a mesma.

Nenhum dos pacientes de Thunderburnt estava em estado de perturbação mental ou cognitiva que os classificasse como incapazes de separar a realidade da ficção, observou o profissional — todos estavam perfeitamente estáveis.

Em resposta a um pedido de evidências, o nativo de São Francisco forneceu ao *The Bay Times* registros de décadas passadas que documentam relatórios praticamente idênticos de pessoas de diversos gêneros e orientações sexuais. Todas alegaram ter ficado presas naquilo que um paciente chamou de "*loop* temporal" infinito depois de seus parceiros terem terminado a relação.

A equipe do *The Bay Times* confirmou a autenticidade dos arquivos de Thunderburnt.

Um veículo idôneo conferiu os dados dos documentos de Thunderburnt e confirmou que ele não estava mentindo? A teoria dele tem mais uma coisa em comum com a da dra. Runyon, então: dados confiáveis.

Continuo lendo:

Quase todos os pacientes de Thunderburnt com quem entramos em contato disseram que convencer seus respectivos ex-parceiros a aceitá-los de volta foi o que colocou um fim no suposto *loop* temporal infinito.

Como se recupera um antigo romance?

"A resposta pode variar entre muitas coisas, dependendo da situação", respondeu Thunderburnt. "Alguns pacientes disseram que foi preciso mudar a opinião da família da pessoa amada a seu respeito. Outros disseram que precisaram roubar o ex de terceiros — uma nova pessoa com quem seu antigo parceiro estava se relacionando. E houve aqueles que tiveram de provar a suas almas gêmeas que tinham mudado — que haviam se tornado mais gentis, mais atenciosos, esse tipo de coisa."

Tiveram de provar a suas almas gêmeas que tinham mudado.

Não me surpreende que Beau pense que precisa mudar quem é para reconquistar Thom.

"Sei o que está pensando", disse Thunderburnt. "Será que meus pacientes não podem ter imaginado tudo? Será que o trauma do abandono de suas almas gêmeas não deu início a algum tipo de fantasia alterada, onírica? Bem, pode ser que sim", admitiu o especialista em relacionamentos antes de concluir: "Porém, acredito que, depois de ouvir seus relatos em primeira mão e ver como suas experiências foram inegavelmente consistentes, duvido que esse seja o caso".

Jogo o celular no edredom.

Será que a teoria de Thunderburnt pode estar certa?

Ela se baseia em evidências empíricas para sustentar o que ele defende: alegações corroboradas por um veículo de notícias. E, ainda que, para mim, Beau e Thom formem um casal mais dos infernos do que dos sonhos, sou inexperiente em relacionamentos em todos os sentidos da palavra. Será que eu tenho mesmo como saber com certeza que eles *não* foram feitos um para o outro?

Das duas, uma: ou preciso que Beau me encontre no túnel Honeycomb às 23h16, ou ele precisa me esquecer e reconquistar o Thom. Só não sei qual de nós dois está certo.

CAPÍTULO VINTE E SETE

Lá ESTÁ ELA, ME RECEBENDO PELO QUE PROVAVELMENTE SERÁ A última vez: minha cômoda branca.

É meu trecentésimo quadragésimo sexagésimo quinto dia Aprisionado.

Trezentas e sessenta e cinco iterações de pizza de champignon com presunto, receitas de aniversário e cossenos. Trezentas e sessenta e cinco iterações do achocolatado derramado do Greg, das chamadas no FaceTime com a Sadie e das balas sendo esmagadas pelos dentes da sra. Hazel. Se a dra. Runyon estiver certa, pode ser hoje mesmo: o último dia em que estarei vivo. Se o certo for o sr. Thunderburnt, será preciso que Thom aceite voltar com Beau para que Beau chegue ao amanhã.

E se *isso* acabar acontecendo, não faço ideia do que será de mim.

Rolo para fora da cama e me espreguiço próximo à janela, apreciando a vista não tão terrível das árvores balançando com a brisa — uma cena a que eu bem queria ter dado mais valor antes deste momento. Vou para o banheiro e lavo o rosto, lembrando a mim mesmo de respirar, *apenas respirar*, parado em frente ao espelho com o meu eu de imutáveis dezessete anos me olhando de volta. O tom da minha pele, as ondinhas castanhas do meu cabelo, meus olhos azuis.

A essa altura, não sei como me sentir a respeito da teoria do sr. Thunderburnt. A confiança que Beau depositou nela deve ser o motivo de ele ter evitado me encontrar no Honeycomb. Mas o que posso fazer a respeito disso agora?

Nada. *Absolutamente nada.*

Então, não posso me concentrar em onde estarei daqui a dezesseis horas. Eu me recuso a desperdiçar minhas horas finais sozinho com a minha solidão. E com a minha nova estratégia para completar a lição de casa da sra. Hazel em mente desde a nossa última sessão, acho que tenho uma chance.

Posso passar o Dia 365 sem me sentir solitário, assim como no Dia 310, mas decido cumprir as pendências de um jeito bem diferente.

Primeiro, vou à Universidade de Chicago. Pego os exemplares de *Aprisionada no hoje* com Kelly e redijo e imprimo minhas últimas cartas para Beau. Só que, desta vez, menciono que descobri a teoria do Thunderburnt, e incluo uma nota mais pessoal.

Uma nota que me assusta de verdade, mas que incluo mesmo assim.

Depois, vou à minha primeira pendência pela última vez: o Cinema Esplêndido.

— Eita! — exclama Emery, como sempre, surpreso por ver outra pessoa. Aceno e ele tira os fones de ouvido. Ouço "Avery" da banda DOBRA tocando, como de praxe. Emery joga o roteiro de lado.

— Antes que você pergunte, não, eu não sei mesmo se nosso refrigerante é *natural*.

Atravesso o saguão.

— Eu nem acho que refrigerante possa ser... *natural*?

Ele dá de ombros.

— Bem, isso nunca impediu outros clientes de perguntar.

Finjo olhar o que está em cartaz na única sala do cinema, como se já não soubesse tudo de cor.

— Alguma coisa te chamou a atenção? — Emery preenche o silêncio.

Suspiro.

— Pra ser sincero? Não.

Ele ri.

— Mas tenho um favor estranho para te pedir — digo.

Emery inclina a cabeça.

— Ok...?

— Não consegui encontrar meu amigo hoje de manhã, mas sei que ele vem muito aqui — digo, antes de pegar uma cópia do livro e descrever a aparência de Beau. — Você se importa de lhe entregar isso se ele passar por aqui?

Emery pega o livro da minha mão, encarando a página.

— *Aprisionada no hoje*. Parece interessante.

— E é — afirmo, um tanto nervoso. — Tem um bilhete dentro que você pode acabar vendo, então, se não for pedir demais, por favor não o leia, tá?

— Que foi? Escreveu uma declaração de amor pra ele ou algo assim? — Emery ri.

Fico vermelho.

— Ah... putz — contorna ele. — Sério? Eu não imaginei que...

— Tudo bem.

— Que legal!

— Acha mesmo?

— Claro! — Ele ergue a mão para dar um soquinho na minha.

Eu o cumprimento, sentindo o calor subindo pelas minhas bochechas.

— Valeu.

— Tá nervoso? — indaga ele, animado. — E por que este livro em específico?

Respiro fundo.

— Eu levaria a tarde toda para explicar o motivo do livro, mas, sim, com certeza estou nervoso. — Sorrio. — Recentemente, fui aconselhado por uma pessoa bastante inteligente a fazer a coisa que mais me assusta. Então — aceno a cabeça para *Aprisionada no hoje* —, é isso que estou fazendo.

— Se arriscando — conclui Emery, balançando a cabeça. Ele para. — É muito estranho você ter vindo aqui hoje.

— Por que diz isso?

— Eu estava pensando em fazer algo que me assusta amanhã também.

Olho para os papéis do roteiro.

— Achei que isso parecia um roteiro. Você vai fazer um teste importante, é?

Ele também olha para as falas.

— Ah. É, vou, sim. O primeiro, na verdade. — Ele solta o ar. — Mas não é isso. Um primeiro teste, por mais assustador que seja, *definitivamente* não é tão assustador quanto contar à sua melhor amiga que você está apaixonado por ela.

Meu queixo cai. Emery já tinha mencionado gostar de uma menina num hoje anterior, mas não tinha deixado claro que se tratava de sua melhor amiga — e que ele tem planos de contar para ela *amanhã*.

— Que legal! — comemoro. — Bem, eu acho que você deveria ir ao teste *e* contar para essa menina de sorte como você se sente, mesmo que essas duas coisas o deixem morto de medo por dentro.

Ele assente devagar, refletindo.

— Quer saber? Você tá certo. — Ele bate o punho na bancada, e dentro da vitrine um pacote de M&Ms cai. — Vou fazer isso mesmo.

Dou risada.

— Incrível.

— Que doido, sabe? — ele reflete, me olhando admirado. — Eu estava meio assim de dizer a ela como me sinto, mas você chegou quase que como um sinal do universo.

— Obrigado? — Dou de ombros, envergonhado, antes de indicar o roteiro. — Qualquer hora posso passar por aqui e ajudá-lo a treinar as falas. Se você quiser ajuda, é claro.

Ele se alegra.

— Sério mesmo?

Confirmo, balançando a cabeça.

— Por que não?

— Você é ator? Porque eu estava querendo me inscrever numas aulas de teatro, e sai mais barato se você levar um amigo…

Levanto a mão para interrompê-lo, sorrindo.

— Não sou ator, e por mais que essas aulas pareçam interessantes, não é muito minha praia.

Ele ri.

— Ok, justo.

— Mas falei sério sobre ajudá-lo com as falas — retomo, estendendo a mão. — Meu nome é Clark.

Emery me cumprimenta.

— Emery.

Pegamos o número um do outro.

— É melhor eu ir agora — decido. — Mas eu...

Emery se estica por cima da bomboniere, pressionando a barriga no vidro, e me abraça. A camisa polo dele tem cheiro de pipoca amanteigada velha e colônia forte demais para o verão, mas ainda assim o abraço é maravilhoso, e eu sinto que deveria ter acontecido há muito tempo.

— Eu precisava muito disso hoje — constata Emery. — Valeu, Clark.

Saio do Cinema Esplêndido imaginando uma versão atualizada da lista de dicas da sra. Hazel:

4 dicas p/ o Clark combater a solidão:
Tentar fazer uma nova amizade. (BEAU)
Ajudar alguém que esteja precisando. (OTTO)
Ser vulnerável para que as outras pessoas também sejam. (DEE)
Fazer aquilo que mais lhe dá medo. (EMERY)

CAPÍTULO VINTE E OITO

GERALMENTE, EU IRIA ATÉ A CONFEITARIA TUDO AZUL DO BEN para ajudar Otto no horário de pico da tarde, mas ir à universidade pela manhã e ver Emery à tarde atrasou meu cronograma. O Aragon não fica muito longe do Cinema Esplêndido, de qualquer forma, então vou encontrar Dee saindo do trabalho.

Logo após o relógio dar dezoito horas, ela aparece saindo pela porta.

— Oi? — digo, seguindo seus passos. — Você por acaso…

— Não — corta ela.

— Mas você nem…

— Não sei o que você quer me vender, amigo, mas não tô com tempo, energia, nem paciência para isso agora. — Ela continua andando sem parecer disposta a me dar um minuto de sua atenção.

— Não estou vendendo nada, eu só…

— A resposta *ainda assim* é não — sibila ela. — Não tenho interesse em sair com você, ficar com você ou fazer *literalmente qualquer coisa* com você.

— Eu conheço o Beau.

— O quê?!

— Sou amigo do Beau, o cara que você conheceu no show ontem.

Ela para e se vira. Seu rosto, molhado de lágrimas e inchado de chorar, me analisa de cima a baixo.

— Quem é você?

— Clark — respondo, um tanto ofegante —, e sinto muito que Beau não tenha entrado em contato hoje.

Ela semicerra os olhos.

— Foi ele quem o mandou aqui? Como se você fosse algum tipo de assistente pessoal? — Ela parece duvidar de mim ainda mais. — Ele por acaso não sabe usar o celular, não?

— O Beau teve um dia difícil — esclareço, o que provavelmente é verdade.

Assim como na maior parte dos meus hojes, não sei o que ela pensa de mim.

— Juro que não estou tentando dar em cima de você, dormir com você, vender alguma coisa. Desculpa, mas já que estou aqui… parece que desabafar sobre o que está te incomodando poderia fazer bem. Eu estava planejando pegar alguma coisa para comer no restaurante ali da esquina. — Indico o cruzamento logo à frente com a cabeça. — Quer vir comigo?

Ela suspira, pensando a respeito.

— Pode ser.

— É?

Ela pensa mais um pouco.

— Aham.

Caminhamos em silêncio, e eu me lembro de que não deveria ser invasivo — muito menos quando se trata de um segredo tão importante e pessoal quanto o de Dee parece ser.

Entramos no restaurante, e imediatamente meu nariz é tomado pela mistura de cândida e carne grelhada antes de nos sentarmos.

— Oi, querida, o que posso… *ai, meu Deus* — arqueja Sandy ao ver o rosto de Dee. — O que aconteceu?

Dee dá risada.

— Hoje tem sido um dia *daqueles*. — Ela me indica com a cabeça. — Sandy, este é… como é seu nome mesmo?

— Clark — respondo, sorrindo para Sandy. — Como vai?

Mas Sandy está distraída demais com o estado de Dee para se importar comigo. Ela abaixa o tom de voz de novo e aponta o dedo na minha direção, sem tirar os olhos de Dee.

— Ele é gente boa?

— É.

— Tem certeza?

— Bem… — Dee me fita. — Espero que sim. Talvez seja melhor ficar de olho nele.

Sandy balança a cabeça e nos entrega os cardápios, endireitando a postura.

— O de sempre?

Dee faz dois joinhas para ela.

— Dois do de sempre, por favor.

Sandy vai embora para providenciar o nosso pedido.

— Então — exala Dee, secando o rosto. — Que bicho mordeu o Beau hoje?

Reflito sobre como desenvolver a conversa.

— Talvez seja melhor ele mesmo contar — concluo. — Mas basta eu dizer que 19 de setembro tem sido complicado para ele.

Ela solta uma risada aguda.

— Ah! — Ela aponta para os olhos vermelhos e os revira. — Somos dois.

— Três, então.

Isso arranca dela outra risada.

— Mas eu tive uma pequena vitória hoje — pondero, me remexendo no banco, tentando me preparar para a conversa que quero ter.

— Ah, é? — fala Dee, olhando pela janela, claramente pensando em outra coisa. — Me conta aí, Clark.

Engulo em seco, lembrando da dica da sra. Hazel.

— Estou solitário — começo —, e finalmente contei isso para a minha mãe e minha psicóloga.

Ela volta a me olhar, surpresa com a minha revelação.

— Íntimo demais para contar para uma desconhecida? — questiono.

Ela balança a cabeça.

— De jeito algum.

Dee sorri, e eu também.

— Faz um tempinho que estou solitário. Um *bom* tempo. Me fez bem finalmente colocar isso pra fora.

Dee cruza os braços sobre a mesa.

— Você faz terapia, é?

— Uhum.

— Ajuda?

Assinto.

— Mas não encontrei um profissional de que eu gostasse logo de cara — explico. — Os dois primeiros foram horríveis. Quer dizer, eu provavelmente não deveria falar assim. Eles foram horríveis *para mim.* A sra. Hazel, que é minha psicóloga agora, é incrível. Com ela eu sinto como se estivesse mesmo progredindo, depois do divórcio e da mudança da Sadie.

— Quem é Sadie?

— Minha melhor amiga. Ela se mudou para o Texas. *Isso,* somado ao divórcio dos meus pais, me deixou bem pra baixo.

Paro, pensando sobre minha solidão no *loop* temporal.

— É estranho, porque eu costumava botar a culpa da minha solidão numa coisa completamente diferente. Eu estava em negação. Tipo, essa outra questão pode ter *exacerbado* a forma como eu me sentia, mas não era a causa principal. A sra. Hazel me ajudou a perceber isso.

— Que bom — responde Dee. — A negação não leva a nada. — Ela para, assimilando as próprias palavras. — Eu, de todas as pessoas, preciso entender isso.

— Você faz também? — Eu sorrio.

— Terapia?

Confirmo.

Dee nega com a cabeça.

— Já pensei em fazer. Talvez eu devesse. — Ela ri, apontando para o próprio rosto de novo. — *Claramente,* eu teria muita coisa pra falar.

Sandy volta com os nossos milkshakes e os coloca na mesa.

Dee levanta o dela no ar.

— Bom, um brinde a você, Clark, por ter enfrentado sua solidão e pela coragem de me contar.

Sorrio, levantando o copo e brindando com ela.

— Há quanto tempo você trabalha no Aragon? — pergunto.

A partir daí, o nosso papo flui.

Tento não direcionar a conversa para nenhum tema tendencioso, o que é mais difícil do que parece quando você sabe muito mais sobre a pessoa do que ela sobre você. Porém, Dee fala do seu amor por música ao vivo e lista cada membro de sua família grande e de seu grupo de amigos ainda maior. Mastigando o seu sanduíche, Dee me recomenda as melhores regiões de Chicago para comer (Pilsen, ressalta ela, é a mais subestimada), e me conta de seus planos para acabar com o plástico dos oceanos, um dia, quando for engenheira ambiental.

Fico tão absorto ouvindo-a explicar por que o colapso do ecossistema marinho vai ser um desastre para os humanos que fico bastante surpreso quando o celular dela começa a vibrar sobre a mesa.

— Oiê! — ela atende. Seu rosto muda. — Ai, meu Deus, é mesmo! Chego em um minuto, tá bem? Tá bom, tá certo, tchau!

Ela se levanta do banco.

— Precisa ir? — pergunto.

— Foi mal — desculpa-se, jogando dinheiro na mesa. — Esqueci que minha amiga vinha me buscar depois do trabalho hoje.

— Tudo bem.

— Fala tchau pra Sandy por mim? — pede ela.

— Pode deixar.

Abro a boca para me despedir com mais sinceridade, mas ela vai embora antes que a oportunidade surja.

Suspiro, me sentindo surpreendentemente bem com o nosso último jantar de mistos-quentes e milkshakes de chocolate. Claro, estou meio chateado por Dee não ter finalmente desabafado sobre seu segredo vergonhoso de ontem à noite. Mas vai ver essa nunca tenha sido a questão. Talvez tudo girasse em torno de eu motivá-la a falar com outra pessoa, um amigo ou parente próximo, que já tem sua confiança.

Enquanto pego a carteira, ouço o sininho da entrada de novo.

É Dee, voltando para a nossa mesa com um sorriso nervoso no rosto. Ela fica de pé, mas se apoia na lateral do banco.

— Oi — cumprimenta ela.

Sorrio de volta.

— Oi.

— Minha amiga pode esperar um ou dois minutos. Eu só queria... Obrigada por isso, viu?

Sinto meu rosto ficando quente.

— Claro.

— Obrigada por comer comigo e ouvir meu desabafo — ela agradece —, mas obrigada também por ter me contado sobre se sentir solitário e fazer terapia. É isso. Acho que me fez bem ouvir. Me inspirou a pensar em outras coisas.

— Pois não há de quê!

— Não cheguei a contar o motivo de você ter me encontrado basicamente *aos soluços* na calçada — comenta Dee, ajeitando a alça da bolsa no ombro.

— E você quer contar?

Ela vacila por um momento antes de se sentar de novo no banco. Meu coração palpita.

— É *tão* vergonhoso que não contei pra ninguém.

— Ninguém mesmo?

Ela balança a cabeça.

— Bem, seu segredo está a salvo comigo.

Ela respira fundo, me olhando sem piscar.

— Eu... tô apaixonada.

Um sorriso grande se espalha pelo seu rosto, embora eu esteja confuso.

— Parabéns! Isso é inc...

— ... *pelo meu melhor amigo.*

Ela abaixa o rosto para a mesa, quase acertando a testa no sanduíche.

Tiro o prato de perto para o ketchup não sujar o cabelo dela.

— Por que isso seria vergonhoso? É uma coisa maravilhosa! Quer dizer, a menos que seu melhor amigo seja horrível. Nesse caso, talvez não seja uma situação tão boa assim.

— Não — responde ela, sua voz abafada pelo guardanapo —, essa não é a parte vergonhosa. Eu tinha planejado contar pra ele ontem, num show a que eu fui.

— Mas... você deu pra trás, imagino?

— *Bem* — diz ela, ajeitando a postura de novo —, não exatamente. Recebi a confirmação de que ele não sente o mesmo por mim.

— Por que você acha isso?

— Era pra gente ter visto a banda DOBRA juntos, mas ele não apareceu. Parece que a irmã mais nova dele — ela faz aspas no ar — *ficou doente* de última hora.

Espera aí.

— Ele te falou que a irmã mais nova dele ficou doente? — repito as palavras dela, vasculhando a minha memória.

— Aham. Mas aposto que ele suspeitou que eu estava armando alguma coisa e pulou fora porque não sente a mesma coisa por mim.

— E você estava mesmo armando alguma coisa?

Ela esconde o rosto de novo.

— Ah, para. Não devia ser tão ruim assim... Né?

Ela endireita o corpo.

— A DOBRA é a banda favorita dele. Eu conheço a vocalista, a Mae Monroe, porque eles já tocaram no Aragon. Daí — ela suspira —, eu pedi pra Mae trocar os versos de uma das músicas favoritas dele, "Avery", pelo nome *dele* durante o show porque a sonoridade dos dois é parecida.

Ai, meu Deus.

O celular de Dee toca de novo.

— Eu sei, *eu sei*, desculpa, já tô indo. Só me dá mais um minutinho, tá bem? — Ela desliga.

Faço o melhor que posso para conter a animação que flui por todo o meu corpo. Não é nada fácil.

— Qual o nome dele?

— Emery.

Assinto em pensamento, tentando manter a compostura, embora por dentro eu esteja explodindo.

— Entendeu? *Avery, Emery?* — continua ela. — Seria uma troca superfácil.

Limpo a garganta para tentar manter minha voz estável.

— Mas não aconteceu, então?

Dee tenta esconder o rosto pela terceira vez, mas eu seguro a testa dela e levanto sua cabeça de novo.

— Mandei um recado para a equipe dos bastidores, pedindo que avisassem à Mae que o Emery não tinha ido. Achei que seria tranquilo o recado chegar a ela, porque era uma das últimas músicas do setlist. Havia tempo suficiente para ela ser avisada. Mas... não avisaram.

— E tudo bem, né? — Tento encontrar o lado bom da situação. — Aposto que ninguém nem percebeu por causa da similaridade dos nomes.

Tipo, eu sei que *eu* não percebi. Se bem que eu não lembro da banda DOBRA tocando "Avery", então minha percepção não vale lá de muita coisa.

Dee suspira, balançando a cabeça.

— No final da música, a gente tinha planejado que um holofote, *literalmente* um holofote, iluminasse a gente na multidão. Eu diria ao Emery como me sinto, e que faz muito, muito tempo que estou apaixonada por ele.

— Ai, ai.

— A luz do holofote me encontrou e a multidão gritou — ela esconde o rosto de novo, e desta vez não consigo detê-la —, até perceberem que eu estava sozinha, sem o Emery por perto. Daí, só deu para ouvir um silêncio constrangedor. Com ênfase em *constrangedor*. E eu corri para o banheiro.

Mesmo com a minha memória péssima da noite de ontem, eu provavelmente teria me lembrado de algo tão vergonhoso assim, mas já tinha saído da casa de show.

— Graças a Deus o Beau salvou o dia — emenda ela.

— Como assim? — pergunto, praticamente prendendo a respiração.

— Ele me viu sozinha próximo aos banheiros e me perguntou se estava tudo bem. Dava pra ver que ele estava chateado com alguma coisa também. Ele deve ter te contado sobre os problemas com o namorado dele, né? Como era o nome dele mesmo?

— Thom.

— *Thom*. Isso. — Ela esfrega o rosto. — Enfim, então foi isso. A primeira pessoa por quem me apaixonei, que por sinal é meu melhor amigo de infância, me rejeitou sem dó nem piedade ontem, e uma casa de show lotada foi testemunha.

— Dee — começo, sorrindo —, eu garanto que você *não foi* rejeitada.

Ela abaixa o queixo, nada convencida.

— Ah, você garante?

— Garanto.

— E como você pode ter tanta certeza?

— Esse Emery é o tipo de pessoa que mentiria sobre a irmã mais nova ficar doente? — Só passei a data de 19 de setembro com ele, e *até eu* sei que a resposta para a minha pergunta é não.

Ela pensa.

— É, acho que não.

— E você acha que ele abriria mão de ver a banda favorita dele, de última hora, só porque teve a vaga impressão de que você podia estar tramando algo?

Ela balança a cabeça.

— Bem... acho que quando você coloca desse jeito... — O celular dela começa a tocar de novo. Ela atende e diz: — *Tá bom*, tô indo agora, eu juro. — E desliga.

— Olha. — Roubo uma batata frita do prato dela. — Sei que deve doer se sentir rejeitada. E o que aconteceu ontem à noite? Você tem razão, é motivo de pesadelos mesmo.

Ela sorri.

— Mas você não pode deixar que isso a impeça de contar ao Emery como você se sente de verdade. Aposto que vai ficar surpresa com a reação dele. E, mesmo se eu estiver errado e ele não sentir o mesmo, você não vai se arrepender de ter sido honesta com ele.

— Acha mesmo?

— Eu *sei*. Vai por mim. Estou no mesmo barco... mais ou menos — adiciono, escolhendo não mencionar o nome de Beau. — Expressei meus sentimentos para uma pessoa. Numa carta. Não faço ideia de como essa pessoa vai reagir ao que escrevi. Mas, de uma forma ou de outra, ao menos sei que dei o melhor de mim.

— É. — Ela sorri. — Acho que você tem razão.

Um carro buzina em frente ao restaurante. Dee acena, agitada, antes de se levantar e pegar suas coisas.

— Ah! — Lembro dos dois exemplares restantes de *Aprisionada no hoje* dentro da minha mochila.

Dee para ao lado da mesa.

— Aham?

Mas… qual a probabilidade de ela, *milagrosamente*, encontrar o Beau hoje à noite? E quais as chances de ele se importar o bastante para aparecer no Honeycomb — isso *se* a teoria da dra. Runyon for a correta?

Quais chances eu tenho de chegar, de fato, ao amanhã?

— Tudo bem — digo, gesticulando para ela ir embora. — Deixa pra lá.

— Tem certeza?

— Tenho, vai, *vai*.

— Valeu, Clark — agradece ela mais uma vez. — Pega meu número com o Beau, tá?

— Pode deixar.

— E você tá certo mesmo. Passei o dia todo convencendo a mim mesma de que não era pra ser com o Emery. Nunca contei a ninguém como eu me sinto, e agora acho que isso foi um sinal de que eu estava certa e que tudo foi um grande erro. Mas sabe o que mais? *Às vezes acho que o destino pode cometer erros.*

Meu estômago embrulha.

Não. Eu preciso fazer tudo ao meu alcance para escapar de hoje — com Beau ao meu lado.

— Pode me fazer um favor?

Dee assente.

Sentindo-me renovado, pego uma cópia do livro da dra. Runyon.

— Eu sei que a probabilidade é mínima, mas se o Beau te procurar ainda hoje para dar um oi, pode entregar isto para ele?

Dee pega o livro e lê a capa:

— *Aprisionada no hoje*. Do que se trata?

Hesito.

— É… uma história *muito* longa.

Ela coloca o livro embaixo do braço.

— Você me conta quando a gente sair com o Beau numa próxima, tá bem?

— Claro. E quem sabe o Emery não vai junto com a gente também. — Sorrio.

Dee sorri de volta, se despede com um aceno e vai embora.

Fecho os olhos e me imagino riscando outro item da lista da sra. Hazel.

4 dicas p/ o Clark combater a solidão:
Tentar fazer uma nova amizade. (Beau)
Ajudar alguém que esteja precisando. (Otto)
Ser vulnerável para que as outras pessoas também sejam. (Dee)
Fazer aquilo que mais lhe dá medo. (Emery)

Pago nossa conta dos sanduíches e milkshakes, deixo para Sandy uma gorjeta de quinhentos por cento junto com o dinheiro de Dee e saio para ir à minha última pendência do Dia 365.

CAPÍTULO VINTE E NOVE

AJUDAR ALGUÉM QUE ESTEJA PRECISANDO. SEI DE ALGUÉM QUE vai ser muito grato pelo último item na lista de dicas da sra. Hazel.

Nunca fui à Confeitaria Tudo Azul do Ben depois do pôr do sol, mas o estabelecimento está tão azul e convidativo quanto em plena luz do dia. A fachada é visível a quadras de distância, com as luzes calorosas iluminando o exterior de tijolos, e a loja parece estar bem menos cheia do que durante a tarde, sem aquele aglomerado de clientes entrando e saindo.

Abro a porta e, para a minha surpresa, não vejo ninguém lá dentro.

Com isso eu definitivamente não estou acostumado.

O piso azul-marinho está impecável, então suponho que acabaram de limpar o chão. Os ventiladores de teto turquesa, geralmente ligados, agora estão parados. Além disso, as mesas e cadeiras do mesmo tom de azul-royal, que costumam ser organizadas de diferentes formas para se adequarem às necessidades dos clientes, estão perfeitamente alinhadas às paredes na esquerda e na direita.

— Olá? — digo para o vazio.

Ouço um movimento de sobressalto na cozinha.

— Oi! — Escuto a voz de Otto, alta, porém mais contida que o habitual, vindo dos fundos. — Fechamos às oito! Peço desculpas, esqueci de trancar a porta.

Confiro o celular: são 20h02.

— Droga — suspiro, parado próximo à entrada. — Não tem mais brownies de blue velvet que eu possa levar para a viagem?

O ambiente fica em silêncio.

— Sinto muito, senhor — responde Otto. — Mas abrimos às sete, bem cedinho.

Que saco.

Meu estômago embrulha. Minha noção de tempo só piorou desde que fiquei Aprisionado, mas eu devia ter prestado mais atenção no Dia 365, dentre todos os meus dias repetidos. Posso ter acabado de perder minha última chance de ver Otto.

Continuo parado, pensando nas diversas desculpas que eu poderia usar para ficar aqui, antes de perceber o quanto isso seria egoísta da minha parte — ainda mais num dia longo como o de Otto deve ter sido.

Ainda mais no aniversário de Ben.

— Apareço de novo amanhã, se eu puder, então — proponho, me virando para ir embora. — Muito obri…

— Espera aí, espera aí, *espera aí!* — grita ele para mim.

Ouço mais movimento na cozinha antes de o confeiteiro aparecer na porta vai e vem prateada com uma aparência de acabado. Seus olhos, fundos e escuros, estão atipicamente sem vida, e sua barba ruiva — sempre contida por uma redinha de cabelo apertada — desce desgrenhada sobre seu peito. Ele está mais do que apenas cansado. Otto parece derrotado.

— Me desculpe por ter sido tão ríspido — ele diz, envergonhado, abaixando o rosto para o avental, coberto em diversos tons de azul. Ele usa um braço para se apoiar na vitrine e estende o outro na minha direção, segurando um recipiente plástico com brownies de blue velvet. — Aqui está, amigão.

Vou até ele e pego a embalagem.

— Obrigado.

Com muito esforço, ele consegue sorrir.

— Fica quanto? — indago.

Ele abana a mão, indicando que não preciso pagar.

— Não, é sério, eu me sentiria péssimo — reafirmo, enfiando a mão no bolso. — Quanto é? (*Eu* sei que são dois e cinquenta, mas seria estranho um cliente novo saber disso.)

— Já fechei o caixa — ele retruca, balançando a cabeça. — Não tem problema algum. Conte a um amigo sobre a Confeitaria Tudo Azul do Ben e estamos quites.

A loja fica em silêncio, e eu sei que é minha deixa para ir embora. Quero ficar para completar o último item da lição de casa da sra. Hazel, mas aposto que não há nada que Otto gostaria menos de fazer agora do que lidar com um cliente enrolando na confeitaria já fechada.

Portanto, por mais que eu queira ficar, assinto em gratidão uma última vez e sigo para a saída, sentindo meus olhos se encherem de lágrimas.

Adeus, Otto.

Coloco a mão na porta no mesmo instante em que ele me chama.

— Espera aí. A gente já se conhece?

Fico paralisado, me perguntando como eu deveria responder, antes de me virar.

Faço que não.

— É que você parece familiar — continua ele, forçando a vista do outro lado do estabelecimento. — Mas não consigo atribuir um nome ao seu rosto, e eu geralmente sou *muito* bom em me lembrar dos nomes de rostos conhecidos.

Sorrio.

— Nunca vim a esta confeitaria antes de hoje, mas quem sabe? Talvez a gente tenha se conhecido numa outra vida.

O rosto cansado de Otto abre um sorriso.

— É, quem sabe. Prazer, Otto.

— Oi, Otto. Meu nome é Clark.

— Já sei o que é. Você me lembra de um cliente que sempre vem aqui. Que sempre *vinha* aqui, na verdade.

Dou um passo à frente, indo em direção ao centro da confeitaria.

— Sério? Quem?

Ele balança a cabeça, como se não tivesse importância.

— Um rapaz mais ou menos da sua idade que costumava passar aqui pra me ver.

Enrijeço o corpo.

— Não faço ideia de por que você me lembra do Beau — acrescenta ele, mais para si mesmo do que para mim, parecendo confuso com a associação. — Mas, por algum motivo, você me lembra dele.

Engulo em seco, tentando manter a compostura.

— Ah, é?

— Verdade seja dita, vocês dois não se parecem nada — continua Otto —, e não posso falar em termos de personalidade, porque acabei de te conhecer, mas... — Ele me fita, como se eu fosse um mistério que ele não conseguisse resolver, antes de desistir com um dar de ombros. — Sei lá. Vai ver é porque pensei muito no Beau hoje. Não tô falando nada com nada, né? — Ele ri. — Foi um longo dia. Muito, *muito* longo.

Suspeitei mesmo que Otto estivesse escondendo sua tristeza, mas não esperava que ele estivesse *tão* abatido assim. Será que ele passou todas as noites do meu *loop* temporal cabisbaixo desta forma? Será que passou o aniversário de Ben atendendo os clientes com um sorriso na cara o dia inteiro, antes de permitir que a dor viesse à tona quando finalmente fechasse a confeitaria?

Será que ele passou todas as noites sozinho com sua solidão também?

— Eu entendo — afirmo, dando outro passo em direção a ele. — Às vezes as pessoas têm energias que simplesmente... combinam. Não tem outra forma de descrever.

Ele concorda.

Apesar da exaustão óbvia que cobre seu rosto e do fato de que já passou da hora de fechar, fico com a impressão de que Otto não quer mais ficar sozinho. Eu também não quero.

Dou mais um passo à frente, ajustando a alça da mochila.

— Agora fiquei curioso — comento. — Por que esse tal Beau parou de vir aqui?

O confeiteiro ri.

— Quer ouvir a história completa ou a resumida?

Sorrio.

— A completa.

Otto solta o ar, levando um momento para pensar por onde começar.

— Eu pisei na bola, Clark.

— Como?

— Meu filho, Ben, ficou doente vários anos atrás. Eu tinha o costume de levar o doce favorito dele — ele aponta com a cabeça para a embalagem na minha mão —, meus brownies de blue velvet caseiros, para alegrá-lo no hospital. — Otto sorri, olhando para o chão, imerso em lembranças. — Um dia, ofereci o brownie a uma das enfermeiras do Ben. Ela *amou*. No dia seguinte, outro enfermeiro tinha ouvido dizer que meus brownies eram gostosos, então dei um para ele experimentar também. Antes que eu me desse conta, eu estava levando dezenas de brownies toda semana para os funcionários do hospital e para outras famílias que eu via no refeitório. Acho que eu estava quebrando as regras de segurança alimentar do hospital, mas todo mundo gostava demais dos brownies para ligar. Foi assim que conheci o Beau.

Otto se apoia no balcão e tira o peso do joelho dolorido, contorcendo o rosto numa fugaz careta de dor.

— O Beau era um dos pacientes do hospital?

— Não, mas o pai dele era — explica Otto. — Eu sempre via o Beau no refeitório. Isso foi… vejamos… oito anos atrás, então ele era muito novinho pra ficar sozinho no hospital. Isso sempre chamou a minha atenção. A mãe dele… — Ele para. — Basta dizer que ela não ia ganhar nenhum prêmio de melhor mãe do mundo. E aí, com o pai doente e a mãe dele sendo sei lá quem, Beau ficou com a terceira melhor opção. — Otto ri, dando de ombros. — Eu.

Sinto as lágrimas invadindo meus olhos.

— Enfim, Beau amava meus brownies de blue velvet. Amava mesmo — continua Otto. — Então, eu fazia questão de levá-los para ele toda semana. Nós dois passávamos bastante tempo juntos no refeitório do hospital, principalmente quando Ben estava descansando e o pai de Beau estava dormindo. Até que, de repente, os piores dias das nossas vidas chegaram. Na mesma semana, o Beau perdeu o pai e eu perdi o meu Ben.

É como se alguém tivesse me dado um soco no estômago.

— Eu sinto muito.

— É a vida, fazer o quê. — Ele limpa a garganta e endireita a postura. — Posso ter perdido meu menino, mas ganhei um outro tipo de filho, entende?

Tento fingir estar ouvindo uma história sobre dois estranhos, embora os dois já sejam como família para mim a essa altura.

— A gente se divertia muito, o Beau e eu — conta Otto. — Eu o levava para ver as partidas dos Cubs, para jogar fliperama, esse tipo de coisa. Me ajudava tê-lo por perto, e eu acho que com ele era a mesma coisa. Quando eu abri a confeitaria, por volta da época em que a mãe dele sumiu do mapa e Beau foi morar com os avós, este lugar virou uma segunda casa para ele.

— Então, ele vinha muito aqui?

— Nossa, todos os dias — responde Otto. — Ele sempre dava um jeito de sair de West Edgemont e vir para Chicago, não importava como. Antes da aula, depois da escola. Ele também geralmente passava o final de semana todo aqui. Ainda consigo lembrar dele sentado na mesa da cozinha fazendo a lição de casa, como se fosse ontem.

— Aposto que ele gostava de poder chamar a confeitaria de casa — acrescento.

— Talvez — contempla ele —, mas aí eu abri meu bocão e estraguei tudo. — O confeiteiro para, olhando pensativo para o chão.

Espero que ele continue, mas ele não diz mais nada.

— A gente não precisa conversar sobre isso. Sei que já está tarde, de qualquer jeito...

— Tudo bem — afirma ele, balançando a cabeça. — Não tem problema. É só que... eu não gosto muito do namorado dele.

— Por que não?

— Eles não combinam — confessa Otto. — Beau é livre, sabe? Ele não é de ficar num canto. Os sonhos dele são grandiosos, os gestos dele são grandiosos, e com um metro e oitenta e tantos de altura, *ele* mesmo é grande.

Otto ri consigo mesmo antes de continuar.

— Eu sinto que esse outro menino o prende muito. Cá entre nós... — Otto abaixa o tom de voz, apesar de estarmos sozinhos. — O namorado dele não é assumido, pelo menos até onde eu sei. E, assim, quem sou eu pra julgar? Mas isso começou a causar problemas entre os dois. O Beau começou a se sentir um segredo. E esse outro garoto o pressionava a mudar, a se esconder, a reduzir quem ele é... caso Beau quisesse que eles continuassem juntos. — Otto suspira, balançando a cabeça. — Enfim. Uma tarde, fiz um comentário idiota, sem pensar: disse ao Beau que achava que ele merecia mais.

— E acredito que ele não tenha gostado disso?

— Nem um pouco — admite Otto, com um sorriso triste. — Era para eu ter sido o adulto na conversa, mas, em vez disso, deixei a coisa toda virar uma bola de neve, e ele ficou bem chateado comigo. Isso faz alguns meses já. Beau não deu as caras desde então.

Otto abaixa a cabeça.

— Eu não deveria ter dito nada. Eu não estava em posição de dizer nada. Mas meu instinto paterno falou mais alto e eu não consegui segurar a língua. — Ele mexe na barba longa e grossa. — Se eu soubesse que ele ia ficar tão chateado e parar de falar comigo, nunca teria aberto o bico. — Otto aponta para sua aparência transtornada.

— E olha só para mim agora, um caos total, sentindo falta dos meus dois filhos no aniversário do Ben.

A confeitaria fica silenciosa.

Tento encontrar as palavras certas para dizê-las do jeito certo.

— Bom — começo —, não posso falar pelo Beau, mas parece que você o apoiou quando ele mais precisou de alguém. E se nós formos mesmo parecidos, ele nunca vai se esquecer disso.

Otto endireita a postura, seus olhos brilhando com lágrimas.

— Eu não me preocuparia com o motivo de ele não ter aparecido mais para vê-lo — acrescento. — Aposto que ele vai voltar antes de você se dar conta.

Otto pisca algumas vezes.

— Eu também queria dizer uma outra coisa, e espero não soar estranho, considerando que a gente só se conheceu hoje — emendo, lembrando da segunda dica da lição de casa da sra. Hazel. — Sou confeiteiro também e gosto muito do Instagram da Tudo Azul.

— É mesmo?

— Aham. E eu li sua postagem hoje de manhã, e...

Fico tenso.

Otto espera eu continuar, mas minha garganta está completamente seca.

Tantas vezes eu quis falar de Ben enquanto trabalhava na loja, e prometi a mim mesmo que o faria agora, antes que fosse tarde demais. Antes de eu nunca mais ter a chance de fazer isso de novo.

Mas as palavras fogem de mim. Minha mente parece ter se apagado. Permaneço parado, congelado como o sorvete azul da salinha dos fundos, completamente sem fala.

Em vez disso, as lágrimas começam a cair.

— Ah, não — intercede Otto, dando a volta na vitrine e vindo até mim. — Não precisa dizer nada, Clark. Eu sei. Eu sei.

Os troncos que ele tem como braços me puxam. Pressiono a bochecha contra o peito dele, e o aroma de confeitos azuis amanteigados preenche minhas narinas.

— Sei que você não me conhece, mas tenho certeza de que Ben tem orgulho de você, Otto — murmuro, apesar das lágrimas, finalmente conseguindo dizer isso em voz alta. — Sei que ele nunca vai te abandonar.

Assim como, independentemente de onde eu acabar às 23h16, eu mesmo nunca vou abandonar a Sadie, a Blair, minha mãe e meu pai. Vou ficar com eles para sempre, e eles comigo. Assim como Otto e Ben.

Porque se tem uma coisa que aprendi ao ficar Aprisionado é que o tempo pode bagunçar muito as coisas, mas nunca vai destruir a vida que dividi com as pessoas que amo — a despeito de isso ter ocorrido por dezessete anos inteiros ou apenas por uma única tarde resolvendo pendências.

O *loop* temporal pode até ter tentado, mas não conseguiu levar o melhor de mim. Não mesmo. No final das contas, eu consegui voltar para eles.

Nós dois nos soltamos. Espero que eu tenha impulsionado Otto a ter um amanhã melhor, menos solitário, quer eu esteja nele ou não. E, se a teoria de Beau estiver certa e ele conseguir escapar de um desses dias repetidos, espero que ele volte à Confeitaria do Ben. Espero que ele e Otto se acertem.

— É melhor eu ir agora — declaro, colocando os brownies de blue velvet dentro da mochila. — Obrigado por manter a loja aberta por mim.

— Quando quiser — responde ele. — Espero que você volte logo para me ver, Clark.

Eu também.

O que me lembra...

— Ah, a propósito, você por acaso está contratando? Eu adoraria trabalhar no turno da tarde, se achar que pode precisar de uma ajudinha extra por aqui.

CAPÍTULO TRINTA

É UMA LONGA CAMINHADA POR CHICAGO DESDE A CONFEITARIA Tudo Azul do Ben até o túnel Honeycomb — uma distância que eu nunca cogitaria cruzar em circunstâncias normais —, mas quero ver, respirar e ouvir o máximo possível da cidade antes que seja tarde demais.

Reparo nas coisas mundanas ao longo do caminho — uma mulher balançando a cabeça no ritmo da melodia que sai dos seus fones de ouvido, um idoso aproveitando uma sopinha à janela de um restaurante chinês, dois amigos se abraçando antes de se despedirem — e lembro das repetições que eu revivia no caminho de volta para casa depois das minhas sessões com a sra. Hazel. A briga de esquilos que irrompe na esquina da Eighth com a North, o yorkshire estridente que late para os pedestres, o galho da árvore velha que faz barulho com a brisa. Tudo isso costumava desafiar a minha sanidade, mas agora eu daria tudo para viver essas pequenas coisas de novo, uma última vez.

Em vez disso, chego à entrada do parque Lincoln.

Paro, vendo a calçada larga e cinza sob meus pés se transformar num caminho de terra estreito à frente. Respiro fundo e pego o celular, ignorando as dezenas de notificações acumuladas ao longo do dia. Por mais doloroso que seja vê-las, estou em paz por ter me despedido dos meus pais, Blair e Sadie no Dia 364 e não acho que eu tenha coragem de reviver tudo aquilo. O que faço, então, é abrir o aplicativo do relógio.

23h00min53s, 23h00min54s...

Sinto um frio na barriga.

Se a dra. Runyon estiver certa, quinze minutos me separam de… Bem, do que quer que venha depois.

Queria nunca ter feito o destino cometer um erro. Queria que tantas coisas tivessem sido diferentes — mas não foi assim. E agora estou aqui, encarando a escuridão do parque Lincoln, enquanto os segundos passam, antes de o meu destino incerto ser selado.

No entanto, me conforta ir embora do jeito certo, tendo combatido minha solidão no Dia 365.

Fiz a coisa que mais me assustava fazer: expressei meus sentimentos verdadeiros para Beau no recado que deixei no Cinema Esplêndido. Desabafei com Dee e ela se sentiu segura para ser vulnerável comigo e me contar seu segredo, garantindo, no processo, mais um final de contos de fadas para uma história de amor. Por fim, acabei de ajudar um confeiteiro exausto a se sentir menos sozinho quando ele mais precisava.

Posso até estar morrendo de medo do que os próximos quinze minutos trarão, mas pelo menos meu coração está mais preenchido do que nunca.

Imagino o desafio em quatro partes da sra. Hazel uma última vez:

4 dicas p/ o Clark combater a solidão:
Tentar fazer uma nova amizade. (Beau)
Ajudar alguém que esteja precisando. (Otto)
Ser vulnerável para que as outras pessoas também sejam. (Dee)
Fazer aquilo que mais lhe dá medo. (Emery)

Respiro fundo e sigo em frente, com a solidão deixada para trás.

Assim como todos os outros dias em que fui até o túnel Honeycomb, os sons distintos da cidade somem ao longe aos poucos, sendo substituídos pelos sussurros do farfalhar de folhas e do zunido de insetos.

Eu me aproximo de mais uma curva do caminho — a última antes de o Honeycomb aparecer. Normalmente, em todas as outras iterações em que deixei cópias de *Aprisionada no hoje* para Beau encontrar, este era um momento crucial. Meu dia todo levava a essa curva, o frio na barriga pouco a pouco me congelando por dentro, enquanto meus olhos procuravam sua silhueta esguia nos arredores. Só que eu quebrei a cara muitas vezes para ainda esperar vê-lo no túnel esta noite, então viro de uma vez, arrancando o curativo rapidamente, e quando levanto a cabeça…

Minhas suspeitas mais uma vez são validadas.

Beau não está sob o Honeycomb.

Imagino que ele esteja atrás do Thom, na esperança de chegar ao amanhã. E quem sou eu para culpá-lo? Talvez eu só tenha me intrometido na história de amor de outra pessoa esse tempo todo. Vai ver eu sou o vilão do conto de fadas dos dois.

Sigo a trilha até a estrutura em abóbada, assimilando toda a sua beleza, que — embora eu a tenha apreciado tantas vezes antes — não perdeu a graça para mim. De todos os lugares onde eu poderia cair no esquecimento, acho que este não é dos piores.

Depois de verificar que não há nenhum segurança por perto, fico bem no meio do túnel e levanto as mãos para o alto, admirando a forma como o brilho quente das luzes do Honeycomb banha meu corpo num tom de laranja. Respiro fundo, lembrando que tenho brownies de blue velvet na bolsa. Que, então, eu desapareça sentindo o sabor da coisa mais gostosa já criada, né?

Abro a embalagem e dou uma mordida antes de olhar para o celular.

23h09min42s, 23h09min43s…

Merda.

Merda.

Só faltam alguns minutos.

Começo a entrar em pânico.

Achei que estava tudo sob controle. Achei que eu ia conseguir chegar às 23h16 sem entrar numa espiral de ansiedade. Mas agora não sei mais se consigo.

Meus batimentos aceleram. Sinto meu coração pulsando nas pontas dos dedos. Minha mente está turva, meu peito sobe e desce com força, *pra cima e pra baixo*, à medida que meus pulmões começam a pedir por mais ar, e...

— Isso é um brownie de blue velvet?

Tenho um sobressalto.

Não preciso me virar para saber que é ele. Sua voz — grave, rouca e confortável como o crepitar de uma fogueira que ouvi no Dia 310 — sacode meu corpo. Tenho medo de estar sonhando. Olho por sobre o ombro e vejo a figura impossível de não reconhecer, bem embaixo do Honeycomb. Ele dá alguns passos à frente e as luzes da estrutura iluminam seu rosto. Seus lábios abrem espaço para um sorrisinho e seus olhos cor de âmbar me encaram de volta.

Beau.

Ele traz um exemplar de *Aprisionada no hoje* nas mãos.

— Oi — diz ele.

Solto o ar, começando a tremer.

De nervosismo? De alívio? Não sei ao certo. Só sei que meu corpo praticamente entra em convulsão e não quer parar.

Beau vem até mim e me envolve em seus braços.

— Tá tudo bem — ele me acalma. Sua pele está macia, quente ao toque.

Não tenho certeza absoluta de não estar alucinando. Não exatamente. Nos meus braços, Beau *parece* ser real. Sua voz e seu cheiro também me indicam que ele está aqui de verdade. Porém, passei tanto tempo sonhando com esse momento — durante tantas iterações cheias de ansiedade — que não posso ter certeza de que minha mente não esteja imaginando o que eu quero que seja verdade para me proteger do inevitável.

Eu me afasto para ver o rosto dele, sem conseguir falar.

Fitamos um ao outro por um momento.

— Oi — repete ele, firme e sincero, como sempre.

Esse é o Beau que conheci no Dia 310.

E sei que não estou sonhando.

— Desculpa não ter confiado em você antes, Clark — pede ele.

— Mas talvez você não devesse mesmo — concordo, rápido demais.

Ele semicerra os olhos.

— Por que não?

— A teoria do sr. Thunderburnt — esclareço, minha voz falhando. — É o que você acredita ser a verdade, não é?

Ele sorri.

— Então, no fim das contas, o Derek Dopamina te ajudou mesmo a conectar os pontos.

— E se você estiver certo? — indago, meus dentes tiritando. — E se você tiver de voltar com o Thom para escapar de hoje?

— Então, eu não quero escapar de hoje.

— O quê?!

— Eu disse que, então, eu não quero escapar de hoje. — Beau pousa minha mão sobre seu ombro delicadamente e me aperta de leve. — Quem precisa do amanhã, quando tenho você agora?

Meu coração dispara. O de Beau, não.

Eu o sinto dentro de seu peito, lento e estável.

Suas palavras me fazem querer derreter por inteiro, mas minha mente está a mil, tanto quanto meu coração. Preciso saber por quê.

— Por que você não tentou me usar para voltar com o Thom quando nos conhecemos no Dia 310? — questiono. Apesar do calor excessivo, não consigo parar de tremer. — Sei que você não me contou que ele era o seu ex porque ele não é assumido, mas, ainda assim, você poderia ter se aproveitado de mim para reconquistá-lo, já que acreditava na teoria do Thunderburnt.

Beau continua em silêncio enquanto esfrega meus braços. Por fim, ele suspira.

— Preciso te contar um negócio, Clark.

Balbucio um "tá bom", mas não sei se ele consegue ouvir, pois meus dentes não param de bater.

— Eu já tinha feito as nossas pendências antes no *loop* temporal. Muitas vezes — admite Beau. — Eu ia à confeitaria e pedia desculpas ao Otto por ter passado tanto tempo o evitando. Eu ia ao lugar que era meu refúgio quando eu era criança, o Cinema Esplêndido, e me apresentava novamente a Emery todas as tardes. Depois, eu ia ficar com a Dee sob as estrelas porque ela precisava de um amigo, de um ombro para chorar depois de uma noite difícil. Eu tinha o costume de resolver essas pendências todos os dias.

Quero contar a ele sobre Emery e Dee.

Mas quero descobrir mais sobre suas pendências.

— Por que você fazia isso? — indago.

— Pelo mesmo motivo que você, imagino — conclui Beau. Ele para de fazer carinho nas minhas costas e me puxa para perto. — Se eu não podia sair do *loop* temporal, eu pelo menos queria ver meus amigos. Queria compartilhar meu dia com eles. Queria me sentir menos sozinho.

A culpa me consome por dentro, e me dou conta de que deve ter sido muito doloroso para Beau me ver tomando para mim suas pendências — e, em consequência, as pessoas e os lugares que lhe traziam um pouco de felicidade —, enquanto ele me evitava desde o Dia 310.

— Me desculpe por ter lhe roubado o conforto de ver o Otto, a Dee e o Emery — digo. — Eu só estava tentando encontrá-lo, Beau, e não tinha me dado conta do quanto seria egoísta e nocivo da minha parte aparecer nesses lugares o tempo tod…

— Não precisa se desculpar — interrompe ele. — Você só estava fazendo o que era melhor para você *e para mim*. Além do mais, resolver nossas pendências só cura a solidão até certo ponto. Logo se torna doloroso demais apegar-se a pessoas que não podem se apegar a você.

Sei bem como é.

— Daí eu parei. Até que encontrei a teoria do Thunderburnt. E concluí que eu precisava reconquistar o Thom.

— Então foi por isso que você foi à aula do professor Zebb? — pergunto. — Pelo Thom?

— É. Eu já tinha passado pela escola algumas vezes, antes de nós nos conhecermos, para convencê-lo de que deveríamos ficar juntos, só que ele *odiava* quando eu fazia isso — explica Beau. — Então, eu passei a ir vê-lo na casa dele, à noite. Os pais dele não estavam em casa, então não tinha problema. E ele odiava isso menos do que minhas aparições na escola. Mas, ainda assim, não estava dando em nada. Eu não conseguia arrumar um jeito de quebrar o gelo com ele. Foi então que um dia eu tive uma... não sei como descrever... uma *sensação* muito intensa.

— No Dia 310?

— Na verdade, foi no Dia 309, um dia antes de eu te conhecer. E eu lembro de ter essa sensação logo após as cinco da tarde, por mais estranho que a especificidade pareça, porque é quando meus avós assistem a um programa de jogos que eles adoram.

Pouco depois das cinco no Dia 309. Eu devia estar com a sra. Hazel.

Foi quando eu contei a ela que estava solitário.

— Alguma coisa me disse que eu precisava ir para a escola dele no fim do dia seguinte e fazer algo espalhafatoso, tipo atrapalhar a aula que ele mais odeia e levá-lo comigo para as minhas pendências favoritas por Chicago. Assim ele saberia o quanto eu o amava.

— E você o amava mesmo? — pergunto.

— Claro que não. Talvez eu tenha me convencido disso em algum momento antes disso tudo. Mas eu pensava que ele era a chave para a minha liberdade. Então, sabendo o quanto ele odiava trigonometria, pulei nas carteiras durante a aula feito um idiota, torcendo para que *daquela vez* ele se impressionasse com a minha ousadia e que nós fugíssemos juntos. Pensei que a sensação podia estar me dizendo para levá-lo às minhas pendências, porque isso eu ainda não tinha tentado. O Otto não achava que a gente combinava, mas talvez, se eu soubesse quais cartas jogar na confeitaria, eu pudesse mostrar a ele que o Thom não era tão ruim assim, e talvez essa fosse a chave para ganhá-lo de volta. Eu queria levar o Thom para ver a Dee também, e a gente poderia deitar juntos sob as estrelas. E quem sabe assim a gente se apaixonasse de novo. Depois, iríamos ao Cinema Esplêndido, e eu contaria a ele por que gosto tanto de lá, encerrando a noite no terraço, respirando o ar da cidade. E sozinhos, porque assim ele se sentiria confortável, não tendo saído do armário ainda. Obviamente, meu plano explodiu pelos ares — ele ri. — E graças a Deus que foi assim. Quando eu te vi no estacionamento, tive a mesma sensação de novo. Então, chamei *você* para resolver as pendências comigo em vez dele. Agora sei que foi *você* que me atraiu para a aula do sr. Zebb no Dia 310.

Ele me solta apenas o bastante para olhar nos meus olhos.

— Levei um tempo para perceber, Clark, mas era *você* que eu precisava apresentar para o Otto; *era você* que deveria deitar sob as estrelas do salão comigo; foi por *você* que eu me apaixonei no terraço, olhando para a cidade. — Ele sorri, e seus olhos brilham. — Eu já tinha passado centenas de dias desesperado tentando reconquistar o Thom, sem sucesso nenhum. Então, para responder à sua pergunta com outra pergunta, por que eu arruinaria o melhor dia da minha vida fazendo tudo girar em torno dele de novo?

Sei que a cidade ainda deve estar alvoroçada ao nosso redor, que o barulho dos carros e as luzes de Chicago ainda existem em algum lugar para além do túnel Honeycomb. Só que Beau é tudo que eu consigo enxergar, ouvir e tocar. Todo o resto foi reduzido a nada.

Beau solta uma risada.

— O quê? — digo, sorrindo.

— A gente pode esquecer a próxima parte?

— Que parte?

— A hora que eu encontrei você falando com o Thom no corredor da escola na manhã seguinte. Ver vocês dois juntos de novo me fez ter *flashbacks...*

— … de quando você viu a gente conversando do lado de fora do Lakeview Live ontem… — concluo baixinho para mim mesmo.

— Lembrei por que você parecia tão familiar e entrei em pânico — explica Beau. — Te segui durante o dia todo só para confirmar que você estava mesmo Aprisionado. Depois disso, eu sabia que precisava me despedir. — Ele suspira, balançando a cabeça. — Foi errado, mas eu comecei a evitá-lo. Porque eu sabia que gostava de você, Clark, e sabia que você iria me distrair do meu objetivo. Eu não podia deixar o mesmo cara que tinha feito o Thom terminar comigo me impedir também de voltar com ele. Desse jeito eu nunca ia conseguir reconquistar a pessoa que eu achava que era minha alma gêmea. Mas eu estava errado. *Redondamente* enganado.

Beau levanta meu queixo e encosta os lábios nos meus. Eu ficaria assim, *exatamente assim*, pelo tempo que ele quisesse. Porém, um momento depois, volto para os braços dele. Acho que eu gosto dessa sensação tanto quanto do beijo.

— Onde você esteve nos nossos últimos dias, hein? — pergunto, baixinho. — Segui o Thom por toda parte, porque achei que você ainda estaria tentando reconquistá-lo. Fui à casa dos seus avós. Até fingi ser um novo aluno para entrar no Colégio de West Edgemont…

Beau ri.

— Jura? Você realmente seguiu meus passos, né?

— Mas você não estava por lá também.

Sinto o peito dele subindo e descendo.

— Não tenho andado muito bem, Clark. Nada do que tentei ser era o que Thom desejava, então percebi que nunca seria. E eu ainda tinha medo demais do que sentia por você. Fiquei tão solitário preso aqui sem respostas. E eu só… eu não sabia o que fazer, então desisti.

— Desistiu?

— Eu desligava o celular toda manhã. Eu ia a algum lugar novo onde ninguém me encontraria: uma praia deserta, um terraço vazio, qualquer coisa. E aí eu só… não sentia nada.

Meu peito aperta, pois conheci em primeira mão esse nível de solidão.

— Sinto muito, Beau.

— Mas aí, hoje à noite, decidi que tinha me cansado. Tive vontade de ver um filme. Ele se chama *Harry e Sally: feitos um para o outro*. É uma das minhas comédias românticas clássicas favoritas. Já ouviu falar?

Sorrio encostado no peito dele.

— E foi aí que um cara chamado Emery me entregou um livro chamado *Aprisionada no hoje*, que veio com um bilhete — continua Beau, me soltando. — Quer que eu leia um pedaço?

Faço que sim, sem conseguir assimilar direito que isso é real. Que isso *está mesmo* acontecendo.

Ele abre o livro, pega a carta, e começa:

— "Estou com medo de escrever isto, Beau" — lê ele. — "Apavorado, na verdade. Mas não sei se vou ter outra oportunidade de te contar. Se a teoria deste livro está correta, este pode ser nosso último hoje. Então, lá vai."

Ele olha para mim com um sorrisinho.

Acho que vou me derreter por inteiro.

— "Acredito que eu seja sua alma gêmea" — retoma Beau. — "Eu amo sua sede de aventura, mesmo que isso signifique que eu vá ficar no banco do passageiro temendo pela minha própria vida. Amo que você se deixe tocar por uma comédia romântica clichê, mesmo sabendo do final, porque você já o viu centenas de vezes. E amo que você tenha feito do meu mundo um lugar maior, mais iluminado, menos solitário, embora estejamos congelados no tempo." — Ele sorri.

— "Eu te amo, Beau Dupont, e espero que você também me ame."

Ele guarda minha carta de volta no livro e me puxa para si mais uma vez.

— Eu te devo minha vida, Clark Huckleton — declara Beau. — Acredito que você seja minha alma gêmea. E eu tô completamente entregue e apaixonado por você também.

Nós nos beijamos de novo e, assim como no terraço do Cinema Esplêndido, é como se eu fosse sair flutuando.

A sirene de uma ambulância soa numa rua próxima, me trazendo de volta ao chão. Meu estômago revira quando pego o celular e olho o aplicativo do relógio.

23h13min19s, 23h13min20s...

É isso.

Estes podem ser os últimos minutos da minha existência.

Dou um pulo para me afastar dele.

— Mas eu não sei se a dra. Runyon estava certa! — gaguejo, em pânico. — E se ela estivesse errada? E se continuarmos Aprisionado para sempre, ou pior?

Ele reflete, completamente calmo.

— Bom, se for o caso, eu não ia querer ficar Aprisionado para sempre com ninguém além de você.

— E se ela *estivesse mesmo* certa — continuo —, não tenho certeza se este é o local exato. Sei que era para a gente se conhecer às 23h16, e só pode ter sido aqui no parque, mas eu não tenho certeza absoluta de que era *aqui*, neste exato lugar, embaixo do túnel Hon...

— Você se lembra do que eu te disse no Dia 310? — Beau me interrompe, afastando uma mecha caída na minha testa. — Quando a gente estava no terraço?

— O quê?

— Eu disse que não tinha me sentido solitário naquele dia. E é verdade.

Sinto as lágrimas escorrendo pelo meu rosto.

— É verdade pra mim também — complemento. — Não me sinto solitário quando estou com você.

— Não vê? De qualquer forma a gente sai ganhando, Clark — defende ele, com os olhos brilhando à luz laranja do Honeycomb. — Eu não ligo se eu estiver Aprisionado no hoje com você para sempre, se nós vamos acordar amanhã de mãos dadas ou se este for o meu fim e tudo der tela preta de uma vez por todas. — Ele se aproxima, sorrindo, encostando a testa na minha. — Sou o cara mais sortudo do mundo porque pude ter você na vida, mesmo se tiver sido por apenas dezesseis horas.

Minha respiração começa a se acalmar.

Meu coração recupera o ritmo.

Olho a hora.

23h15min03s, 23h15min04s...

Falta menos de um minuto.

Não estou mais tomado pelo pavor, percebo, embora devesse estar. Era para eu estar morto de medo, afinal, meu destino está à mercê de um universo passível de erros. Mas não estou, porque, independentemente do que aconteça às 23h16, eu pude dividir uma vida — completa, complicada, bela e, por vezes, solitária — com as pessoas que amo.

Anos incríveis com a minha mãe, o meu pai, Blair e Sadie.

Dias maravilhosos com Dee, Otto e Emery.

E um *loop* temporal com Beau Dupont.

23h15min13s, 23h15min14s...

— O que vamos fazer amanhã? — sussurra Beau no meu ouvido. — Que pendências devemos resolver?

Fecho os olhos, imaginando o que o amanhã poderia trazer.

— Vamos fazer uma chamada de vídeo com a Sadie. Eu adoraria que você a conhecesse.

— Eu adoraria conhecer sua melhor amiga também.

— E quero ir ver a Dee.

— É mesmo?

— Aham. Ai, meu Deus, Beau, eu tenho tanto pra te contar sobre ela... e o Emery.

Ele ri.

— Mal posso esperar. O que mais?

— Quero assistir *A princesa prometida* com você — proponho. — Desta vez, não vou dormir.

— Perfeito.

Sinto meu peito e o dele subindo e descendo na mesma cadência. Não quero que essa sensação acabe nunca.

Espero mesmo que essa sensação não acabe.

— Acho que teremos brownies de blue velvet na festa de aniversário da Blair — sugiro. — Então, preciso fazer com que isso aconteça.

— Estou convidado?

— É claro. E a gente deveria visitar o Otto.

— Eu estava pensando na mesma coisa.

— Ele precisa de você, Beau.

Ele para.

— Eu também preciso dele.

Abro os olhos e verifico o celular.

23h15min39s, 23h15min40s...

O que quer que aconteça, sei que dei tudo de mim. Claro, posso ter feito o destino cometer um erro, mas, com uma ajudinha da sra. Hazel, também acertei as coisas no final.

23h15min47s...

Fiz uma coisa que me dava medo. *Muito medo.* E fui vulnerável para que outra pessoa também pudesse ser.

23h15min53s...

Finalmente encontrei uma maneira de combater a solidão.

Eu me apaixonei.

E foi melhor do que um dia sonhei que poderia ser.

23h15min56s...

— Não vejo a hora de o nosso amanhã juntos chegar, Clark — promete Beau, baixinho.

— Nem eu — respondo.

Fecho os olhos e o abraço com força — mais forte do que já abracei qualquer outra pessoa. Paro de contar os segundos — também paro de respirar — e me preparo para... *alguma coisa* acontecer, para desaparecer no esquecimento ou ver minha cômoda branca me encarando de volta.

Tenho medo de abrir os olhos de novo. Porém, quando finalmente faço isso, não me deparo com um vazio branco ou preto. Vejo azul. O brownie da Confeitaria do Ben está na minha mão, e Beau ainda me abraça embaixo do Honeycomb.

E, quando olho para o celular, a tela indica: *23h16min09s.*

AGRADECIMENTOS

Como seria ficar preso em um dia que se repete? Como a pandemia fez com que muitos de nós ficássemos presos dentro de casa por tempo indeterminado, limpando nossas agendas e colocando em espera nossas vidas sociais, essa pergunta deixou de parecer um exercício de criatividade enraizado na ficção científica e passou a se parecer com um pesadelo desperto. Em algum momento, comecei a me sentir como Bill Murray em *Feitiço do tempo*, de 1993. Será que um dia a gente chegaria ao amanhã?

Muita coisa mudou desde que a pandemia me motivou a escrever sobre um adolescente gay e solitário preso em um *loop* temporal, mas uma coisa que permaneceu a mesma foi minha certeza de que *Se o amanhã não chegar* teria sido uma história impossível de se contar sem o apoio da minha família, dos meus amigos e dessa equipe editorial incrível.

Um agradecimento infinito a:

Minhas editoras, Amanda Ramirez e Alexa Pastor, e ao restante dos profissionais no selo jovem adulto da Simon & Schuster, que acreditaram na história de Clark e me ajudaram a fazê-la brilhar.

A BookEnds Literary e minha agente, Moe Ferrara, por lutar com unhas e dentes por mim e pelos demais autores do #TimeMoe.

Meu assessor de imprensa, Jeffrey Chassen, por sempre me apoiar (e conhecer meus melhores ângulos).

Minha família em Michigan — minha mãe, meu pai, Melania, Doug, Carson, Parker, Max e Hocus — por seu amor incondicional, faça chuva ou faça sol.

Meus amigos mais próximos, com quem eu não me importaria de ficar preso num *loop* temporal (e, sim, estou colocando vocês em ordem alfabética para evitar interpretações de que tenho meus prediletos): Adam S., Armand, Carlee, Christian P., Christian Z., Dan, Franco, Melissa M., Sean, Sebastian, Victor e Vy.

A grande e belíssima cidade de Chicago e todos seus habitantes maravilhosos, por inspirarem as pendências mágicas de Clark Huckleton e Beau Dupont no Dia 310.

Todas as pessoas — especialmente jovens membros da comunidade LGBTQIAP+ — que já se sentiram presas em sua solidão. O amanhã vai chegar, e eu mal posso esperar para ver nele todos vocês.